# 人民艺术家·王蒙
## 创作70年全稿

诗文编

诗歌　译诗　论李商隐

· 24 ·

人民文学出版社

王　蒙

# 目　录

## 诗　歌

错误 …………………………………………（3）
洗礼 …………………………………………（4）
春风 …………………………………………（5）
鸟儿 …………………………………………（6）
宫灯 …………………………………………（7）
柏林墙 ………………………………………（8）
时差 …………………………………………（9）
旋转的秋千 …………………………………（10）
在吕贝克教堂听音乐 ………………………（11）
纽约诗草（三首） …………………………（12）
水仙 …………………………………………（16）
不老 …………………………………………（17）
晨 ……………………………………………（19）
夜 ……………………………………………（21）
回忆 …………………………………………（24）
畅游 …………………………………………（26）
琴弦与手指的对话 …………………………（29）
随想曲 ………………………………………（31）

| | |
|---|---|
| 问 | (32) |
| 咏物 | (34) |
| 如果 | (38) |
| 双弦操 | (40) |
| 断桥 | (43) |
| 拟唱词 | (46) |
| 遥远啊遥远 | (48) |
| 无题("喧哗的雨驱走一连串陌生的约定") | (51) |
| 夏夜 | (53) |
| 西藏的遐思 | (54) |
| 诗的幽默(十一首) | (81) |
| 欧非之旅(十三首) | (88) |
| 秋之歌 | (104) |
| 夏令时颂 | (106) |
| 心中的心 | (107) |
| 迎宾 | (109) |
| 无题(十首) | (110) |
| 无题("鱼儿在海里是多么自由") | (114) |
| 灯光下 | (115) |
| 我的心 | (116) |
| 西柏林洲际饭店之夜 | (117) |
| 南极和北极 | (118) |
| 即兴 | (119) |
| 流行式样 | (120) |
| 苏格兰威士忌 | (121) |
| 艺术 | (122) |
| 银杏 | (123) |
| 形象 | (124) |

| 工艺品 | (125) |
| --- | --- |
| 昨天 | (126) |
| 透视 | (127) |
| 雪满天山路(之一) | (128) |
| 雪满天山路(之二) | (129) |
| 河与海 | (130) |
| 友谊 | (131) |
| 羡慕 | (132) |
| 绿茶 | (133) |
| 音乐组合(七首) | (134) |
| 命运 | (145) |
| 春天(之一) | (146) |
| 春天(之二) | (148) |
| 泰国风情(五首) | (149) |
| 木卡姆 | (153) |
| 扶风法门寺 | (155) |
| 历史(一) | (157) |
| 历史(二) | (158) |
| 漫语 | (159) |
| 罗马漫步 | (162) |
| 黄鹤楼 | (163) |
| 东湖 | (165) |
| 无题("安安静静") | (166) |
| 旅意诗草(六首) | (167) |
| 文人与酒 | (175) |
| 东欧行(八首) | (177) |
| 怀 | (184) |
| 旅店 | (194) |

3

古城遗址 ………………………………………… (196)
疲劳一解 ………………………………………… (197)
形 ………………………………………………… (198)
海的告别 ………………………………………… (199)
忆 ………………………………………………… (200)
雨 ………………………………………………… (201)
游 ………………………………………………… (202)
雨天 ……………………………………………… (204)
蓬莱 ……………………………………………… (205)
埃及游(三首) …………………………………… (206)
养生篇(四首) …………………………………… (209)
回新疆 …………………………………………… (211)
塔什库尔干 ……………………………………… (212)
张家界("寻仙的路还是采药的路？") ………… (214)
长江行(之一) …………………………………… (215)
长江行(之二) …………………………………… (216)
石林 ……………………………………………… (217)
净土 ……………………………………………… (218)
怀念 ……………………………………………… (219)
温暖 ……………………………………………… (221)
平安 ……………………………………………… (223)
浮游 ……………………………………………… (224)
贝壳 ……………………………………………… (225)
有些话 …………………………………………… (226)
西湖杂咏(六首) ………………………………… (227)
无题("治丧的信封上") ………………………… (232)
无题("在浓绿的远方树荫上") ………………… (234)
动物园(四首) …………………………………… (236)

| | |
|---|---|
| 桂林(外二首) …………………………………… | (239) |
| 无语 …………………………………………………… | (243) |
| 乡居(六首) …………………………………………… | (248) |
| | |
| 旧作十二首 …………………………………………… | (254) |
| 文海往事 ……………………………………………… | (258) |
| 访日俳句十四首 ……………………………………… | (259) |
| 南行十景 ……………………………………………… | (263) |
| 阳朔行十八首 ………………………………………… | (266) |
| 张家界("群山有径腾云意") ………………………… | (270) |
| 自嘲打油 ……………………………………………… | (271) |
| 自画像 ………………………………………………… | (273) |
| 且将故事说浮生 ……………………………………… | (275) |
| 夏日杂咏五首 ………………………………………… | (276) |
| 咏蝉八首 ……………………………………………… | (278) |
| 秋兴 …………………………………………………… | (281) |
| 盛夏杂咏三首 ………………………………………… | (284) |
| 七绝七首 ……………………………………………… | (287) |
| 山居杂咏十一首 ……………………………………… | (289) |
| 哀文友八首 …………………………………………… | (293) |
| 七律五首 ……………………………………………… | (297) |
| 国庆五十周年三首 …………………………………… | (299) |
| 五言古诗二题 ………………………………………… | (300) |
| 瑞士行七首 …………………………………………… | (305) |
| 春日杂咏七首 ………………………………………… | (308) |
| 五绝九首 ……………………………………………… | (311) |
| 山居 …………………………………………………… | (313) |
| 明月落山中 …………………………………………… | (319) |

5

西北杂咏六首 ……………………………………………… (322)
夏日即景七首 ……………………………………………… (325)
己丑秋涂鸦 ………………………………………………… (327)
咏雕窝五律五首并文 ……………………………………… (328)
感怀(二首) ………………………………………………… (330)
老来无虑便猖狂 …………………………………………… (332)
以诗为别 …………………………………………………… (334)
五律五首·西地中海游 …………………………………… (337)
凑韵回应马识途三首 ……………………………………… (339)
山中有历日,年尽不言寒 ………………………………… (341)
五律·贺马氏兄弟双百岁回忆录出版 …………………… (343)
与画家张文新相会 ………………………………………… (344)

新年 ………………………………………………………… (346)
凝思 ………………………………………………………… (349)
假山 ………………………………………………………… (355)
落叶 ………………………………………………………… (356)
海 …………………………………………………………… (358)
树 …………………………………………………………… (359)
旧宅 ………………………………………………………… (361)
初冬 ………………………………………………………… (362)
我说"是的" ………………………………………………… (364)
诗与人 ……………………………………………………… (365)

## 译　　诗

萨碧妮·梭模凯朴四首 …………………………………… (369)
斯坦利·摩斯四首 ………………………………………… (386)
凯瑟琳·格莱丹尔一首 …………………………………… (390)

薇拉·施瓦茨三首 …………………………………（396）
尼努珀玛·梅农·拉奥八首 ………………………（399）

## 论 李 商 隐

雨在义山 ……………………………………………（413）
通境与通情 …………………………………………（427）
对李商隐及其诗作的一些理解 ……………………（438）
《锦瑟》的野狐禅 …………………………………（453）
混沌的心灵场 ………………………………………（457）
李商隐的挑战 ………………………………………（471）
重组的诱惑 …………………………………………（480）
说"无端" ……………………………………………（487）

**附：门外谈诗词** ……………………………………（504）

# 诗 歌

## 错　　误

赞美雏莺的幼弱，
迷恋眼泪的晶莹，
盼望海洋里流着蒸馏水，
大清早唠叨半夜的梦。

　　　　　发表于《文汇报》1957 年 5 月 8 日

## 洗 礼

如果是真正的战士,
就不怕炮火的洗礼,
当敌人藏在自己心中,
可惜,常常把这一条忘记。

发表于《文汇报》1957 年 5 月 8 日

## 春　风

快乐地走在北京的街头，
新盖的楼房向我招手，
春风从四面八方吹来，
寒冷哪儿也不再存留。

发表于《文汇报》1957 年 5 月 8 日

## 鸟　　儿

不，不能够没有鸟儿的翅膀
不能够没有勇敢的飞翔
不能够没有天空的召唤
不然，生活是多么荒凉

发表于1964年

# 宫　灯

点点暗红的宫灯
是夜的美丽的眼睛
顾盼我吧，我也注视着你
心中温煦如饮罢醇酒

　　　　　　　　　　　发表于 1964 年

# 柏 林 墙

微笑从容
如墙的镇定
执拗的皮箱
提醒着路程
扶住
受伤的下巴
滚石乐咀嚼了
松动的牙齿
悲哀如恬静的石块
落寞于璀璨的亮夜
你骄傲的王子出游
——浮雕于
柏林墙上
没有声音

发表于《红岩》1985 年第 6 期

## 时　　差

这里

那里

太阳升起在地平线

太阳没有踪迹

月亮等候在地平线下

月亮孤悬于高空

与霓虹疏离

——地球这个老冬瓜

　　经度是严肃的

这里的早晨

与那里的早晨

永远不会碰

在一起

发表于《红岩》1985 年第 6 期

## 旋转的秋千

一次又一次飞起
——烫手的小火鸡
迷人的痛苦
晕眩的天空
一次又一次落下
啤酒的泡沫帽子
终于破碎了
大地的沉重
却也唤起了风
呜呜的梦
战栗
荡斜了地平线
城市与河流陡起
花木奔涌
灯光滚滚
如五色泪河

发表于《红岩》1985 年第 6 期

### 在吕贝克教堂听音乐

拉上门
关住
摇滚的忧伤
灯影里管风琴
天使合唱
中天撒落如星
虔诚的心里
翻转着
恶毒的念头
技巧熟练的魔鬼
——举杯祝酒
——请给片柠檬
上帝是骗人的么
早已原谅过了
不再乞求原谅

发表于《红岩》1985 年第 6 期

# 纽约诗草(三首)

## 致 S·H

把热情
钉在页行上
把痛苦
做成瓣瓣韵脚
你拉着琴歌唱
月亮药丸
你是诗人
把生命
训练为大写小写的符号
得心应手
爱犬的跳跃
我不知道
是不是只是
诗
你
呼救
温柔
哭

眼泪如玉
鼓掌
我恨你
诗

## 致 N·Y

你
淋漓尽致的
汽车
速度
淋漓尽致的
楼
影
狗尿臊
淋漓尽致的
广告
华灯
信用金元卡
性
自由
艺术
你
无与伦比的
纽约
淋漓尽致的
给我
陌生

感伤

为什么淋漓尽致呢

OK

一次又一次

起飞降落

在

约翰·佛·肯尼迪机场

## 致 A·W
——并答《纽约时报》

你嚼

口香糖

反对国务卿舒尔茨①

嘘

离过的婚超过

结过的婚

好棒

炫耀独立不羁

像炫耀雪佛莱

豪华型立体音响空调

我知道你的舒服

你却

不知道

---

① 在国际笔会第四十八次年会上,许多美国作家对出席开幕式并讲话的美国国务卿舒尔茨发出嘘声。

我的舒服
我
地下斗争
没有糖嚼
有"特种刑事法庭"①

绞架不只是意象
胜利
历史的误会
十年
又十年
天山白了头
才有今天
才有
今天
我亲吻今天
期待明天
不爱吸大麻烟
珍爱我的妻子
经验塑造着不同的人
人
却期待
理解
谢谢三克油

发表于《文汇报》1986年2月4日

---

① "特种刑事法庭"是解放战争期间国民党政府为镇压人民反抗特别是学生运动所设的"法庭"。

## 水 仙

热了便是蒜叶

冷了无异石块

温度适宜

你的魂魄

成了小花朵朵楚楚

瞬间辉煌

矜持漠然

腐烂

发表于《北京晚报》1986 年 2 月 8 日

# 不　老

三十岁的人觉得四十岁的人太老了
四十岁的人觉得五十岁的人很老呵
五十岁的人觉得六十岁的人在老着
六十岁的人觉得七十岁的人真老了

谁又能不老呢

我的女儿明天过十七岁的生日
她说:我都老啦
已经失去了十六、十五、十四
留下了一串串跳皮筋、戴红领巾的日子

四十岁的人觉得三十岁的人年轻
五十岁的人觉得四十岁的人还小
六十岁的人觉得五十岁的人风华正茂
八十岁的人觉得七十岁的人也不算老

所有的先人都羡慕我们年轻
地球和月亮都觉得我们幼小
人类,本来就年轻

活着,便是年轻
留下那青春的鲜活的记忆
追求
奔跑

1986 年

## 晨

我想念你火热的雨点
跳跃在大海那一边

风把雨吹得荡来荡去
世界上留下你的徘徊

你的声息叫我垂下头来
我盼望黑发就这样变白

石头咀嚼着不被击穿的痛苦
地平线上竖起你的雷电

阴天的时候你的笑容也是阴的
晴天时候你的雨丝明亮

点点滴滴嗒嗒嘀
小号吹晴了我和你

我们在尘土里寻找丁香
丁香没谢春天不会老去

扬脸叠起一张白帆
可载得动你的凝视

把雨伞叠成旋转的信笺
邮寄出一片小的宁静

忙忙碌碌丢掉了握手
转身如蜿蜒的河道

汽车催人上路了
别怨我总是时间没有

发表于《中国作家》1986 年第 4 期

# 夜

秃光光的铜牌
你的陨石磨平了
牢骚胀肚的名字

皱纹织成密网
哪里去网
喧闹的标题

在银河系辉煌之后
旧报纸闪烁眨眼
找不到游动的
小虾米

你走到哪里
城市的垃圾车
阻挡在哪里
如墙的放肆
就这样寻找你

合上书页

不要悲伤忧郁
听你唱
蓝格英英的彩

都说你就在近处
早已约好了相遇
当我走近
你却走开

只有新开张的
公司展销系列售
湖水在早熟的西瓜里
等待超度

一处处拥塞的楼道
难以通行油烟
腐乳瓶罐里
竖琴的五十年代

伤风了天鹅
洁白的牙齿
撕咬呵

相信吧
一切都会越过
一切都如浮土
悄悄沉淀

帷幕拉开的时候
颗颗心
仍然期待
艺术
死一样残酷
生一样雍容

  发表于《中国作家》1986 年第 4 期

# 回　忆

回忆是忧伤的
忧伤是陈旧的
是锈

回忆是温柔的
温柔是良善的
是草

回忆是快乐的
快乐是纯真的
是酒

回忆是沉重的
沉重是坚决的
是山

回忆就回忆了
不知道是什么

回忆是现实的

现实即刻成了回忆
是诗

> 发表于《中国作家》1986 年第 4 期

## 畅　　游

畅游过你的忧伤豪迈
去年夏日的阔海
令我思绪徘徊
在陆地与大洋分界处
我们不期而遇

驾一叶扁舟颠簸在你心里
溅几滴咸苦的飞泪
像郑和和哥伦布
终其一生亲近
注视你围绕你吟咏你
又怎解得开你的风采

你只是你
你只是海
你的解释你的微笑你的
无言,都是典型的海的

没有增加没有减少
无力无形一切承载

你记得一切还是
忘却,你的温柔
把胆小的人惊吓
那样激越

无论太阳生出你怎样的辉煌
月光生出你怎样的怜爱
风怎样抚摸你激怒你震摇你
你只是你
你只是海
幽深处一样的从容自在

无始无终如童年的梦
永远的淡泊天真
漫不经心
至尊至爱
永远滔滔
永远讳莫如深
如成人的皱纹
如少年的心事
点点滴滴
无涯无竭
涌去又涌来

到底有多深啊
到底有没有底
心儿能达到的
生命达不到么

倒平添几件
为你的赞叹——悲哀

诗人
观望你的碧波白帆吧
猜一猜下一个时辰你的
气象，突然的与平静的
这也就行了

发表于《黄河诗报》1986 年 7 月 1 日

## 琴弦与手指的对话

请给我以声音
给我以你的痛苦
给我以粗暴、折磨、寻找
力笨的，流畅的，疑惑的
给我以你的呼喊
给我以惊天的热情
直到把我拨断

请给我以声音
给我以你的蕴藏
给我以从不知道自己
所有的，没有的
绷紧的，松弛的
给我以灵魂的颤抖
从未发出过的
惊涛骇浪

还有我们的相互限制
我们各自的影子
带来的误解

我们的不和与嫌弃
相对沉默
许多年月日
终于开始了
演奏

　　　　　　　发表于《诗刊》1986 年第 7 期

## 随 想 曲

风儿在地面周旋
漫行无迹
我便是你的呼吸

田野沐浴着雨
我便是你的水滴
一滴延长的音符

春花开放
我是你的一瓣傲然
杳然飘落

街灯亮了街头
我便是你的深情
顾盼的一目

直到天亮
噩梦拂去
我便是你的笑容
上班去

1986 年

# 问

请告诉我
往昔和而今
哪个更遥远
哪个更陌生
自己和他人
白天和夜晚
哪个更明亮
告诉我
失败和成功
哪个更——沉重

还有
青春和年龄
言语和心
生和死
嫩叶和鸟
智慧和真诚
哪个更珍贵
更短暂
更悲伤

更美丽
更无声
喧哗还是安静

我们坐在石头上
倾听喧哗中的安静
五月的夜晚
你们坐在木栏上
寻找安静中的奔腾
在园中之园
告诉我
月光与华灯
意识流和武打
讣告与出国签证
哪个更使你
惊奇
落泪

长城和她的饭店
小球藻和没有掺"敌敌畏"的
名酒
闭上又睁开眼
懂还是不懂
我的诗和小说
哪样更需要
安乃近还是安定

发表于《北京文学》1986年第7期

## 咏　物

### 之　一

天够大大
也够深深
自己发光
够亮亮
也够洋洋
为什么还要打电话
嫌
别的星星多余

### 之　二

别那么遥远
别那么眨眼
别那么漠然
干脆全摘下来
当灯泡
使唤

## 之 三

你的缺点
任性
你的优点
随意
都骂你
缺乏严谨
却无法企及
你 的
"风"格

## 之 四

空洞
穿不起来
不合身
式样太老
太新
料子太贵
太差
颜色太浅
太深
口袋太多
太少
带来虚荣
令人自卑

你的责任

## 之 五

你这吱吱喳喳的
小东西
扰人清梦
表现自我
蹦蹦跳跳
杯水无意
传播
小道消息
你的毛病那么多
没有你
却又有些
寂寞

## 之 六

就哭一夜吧
淅淅沥沥
气象预报
明天
晴无雨

## 之 七

温柔的白云

被任命为
太阳的助手
从此引起了
争议

## 之 八

你缩短了距离
加速了发生
好的坏的
节省了
能源、时间、友谊
我注视着你
下一秒钟
谁会来
问候
纠缠
通知
串线呢

发表于《北京文学》1986年第7期

## 如　　果

如果春风
不停地耳语告状
落花
拿着申诉
排队上访
雨点
按姓氏笔画
为序人间洒向
青蛙每天来电话
蝌蚪诽谤
出土文物的情思
外宾鉴赏

那时候
卷宗上也就绽开
带露的玫瑰
批复的圆圈
像十五的月亮
汇报咏叹调
使你心跳了

我的诗

和世界同步

挺棒

> 发表于《北京文学》1986 年第 7 期

## 双 弦 操

这世界是拥挤的车厢
这世界是疏落的船舱

这大海是角逐的汪洋
这大海是无边的茫茫

每一个都挑选着航路
每一次选择都显得那样仓促

波浪因忙碌而充盈起伏
大海因宽广而沉着淡漠

白云使你扬起了少年的风帆
涛声令你极目凝视起小船

酸涩的酒浆映射着葡萄的晶莹
甘甜的葡萄未必想念酒汁的酸苦

写诗是一次又一次的涨潮
涨潮又落潮莫非是对诗的捉弄

最美丽的浪花是朴素的
最朴素的海浪还有花么

最大的雄奇是海
最大的无能也是海么

不知道自己要做什么的是风
什么都做了的是风

飞鱼希望自己不仅仅是鱼
飞鱼喜欢的总还是生活在海水里

谁能肯定游泳就是鱼儿的真情
谁能否定浪花就是大海的童心

最好的庆祝是忘却你的航程
最辉煌的忘却是纪念你的航行

海的爱审判着每一条鱼每一条船
严厉的处决是宽恕每一个漂泊者

你排着长龙等待缓慢的挪移
你径直走来想取便取

一朵浪花只经历那么一次激荡
一次激荡里绽开了浪花万朵

这首诗谁知道改了多少次
改来改去海还是海你还是你

这颗星星为了海而升起
这颗星星从不回答海的提问

发表于《人民文学》1986 年第 10 期

## 断　　桥

寸断的恩情
柔软的身体
越过
人与蛇的
凛然的边界
载负重重
浸泡
五月的毒酒液
春天的赤芯
燃烧干
白色与青色的
泪水
爱情
永远不能原谅
背叛
佛塔
永远不能原谅
爱情
只有漫山大水
只有厮杀黑风

吹过了几许
世界
世纪
永远的唏嘘
有谁爱得
像蛇
恨得
像蛇
像火红的链条
宣告
爱是蛇的恨是蛇的
灵魂
蛇是恨的蛇是爱的
形体
你无与伦比的
爱情故事
无与伦比的
迷恋痴情忠诚
纠缠冤仇怨毒
谁知道
你的痛苦
肉体
灵魂
人妖佛蛇僧
死去活来
没有还魂仙草
没有雨中相会的
桥

比蛇还蛇
永远不能说出
我也爱我爱的就是我也是
蛇

发表于《人民文学》1986年第10期

## 拟 唱 词

醒转一觉
曲牌平方十一
昨夜掌声斗室
淡化也
千古象征荒诞
豆浆西皮清水
敢问十娘茶女
同行冤家
何不政协开会
正午夜餐
速速去则个
认领慷慨激昂
三毛演出补助费
名优奥赛罗娃
录制玲珑护照
酒吧冲浪
澳大利亚北美
归不得也哥哥
影后歌星圈阅
三室一厅住宅

端端地

天上人间美景

飞来矣

三十八年过去

未突破

三十五个年岁

水银灯下

犹有豪情潇洒

唱吧唱吧唱吧

乐器打击如雷

且挥手跺一跺脚

三杯两盏

热泪

如雨

　　　　发表于《人民文学》1986年第10期

## 遥远啊遥远

你吹拂灵感的旋律和我的青春一样古老扰动
　　眼底褪色的窗帘
偷录下来的歌声疑惑于电话铃蝉噪间四个
　　东洋喇叭风样掠过
永远迢迢永远想念永远有一颗双翼心脏
　　湖面低飞不忍离去
漂到苇丛深处桨举不落树影变黑你往日的
　　俄语战争爱情歌曲
都说天很阔大有时天也压迫地很阔大有时
　　地也比一首歌窄小于是
红枣不再欢呼啤酒不再惊喜与油炸花生米的
　　相逢叙旧他们都老了
新楼从昨天的沼泽地拱出大雁不再飞来
　　牛仔裤兜紧健康的臀部
歌声在眼泪里漂浮泪水在歌曲里扩散和
　　早已分手的孩子气告别不必举杯
日程表密密麻麻排得进高山湖泊白桦林
　　飞去又飞来沉默的野鸭么
把记忆冲洗一次把树叶冲洗一次把淡黄色的
　　信笺和你的住址冲洗一次

砍掉一半两侧垂着槐树绿虫的漫长胡同
　　折磨童年的小腿酸痛
小金鱼大田螺蝌蚪的逗点在玻璃墙里
　　游来游去自由自在的时候
在饥饿的荷花缸没有水也没有荷花合不上
　　张开的大口的时候
你走向人生走向革命走向艺术走向鲜红的
　　五角形火的歌声如梦
终于满墙新潮满柜艺术和酒满地声名满
　　世界立体声杜比喧闹
不再留恋啤酒花生米饥饿与美食的记忆
　　交叉成重叠的山云雾
辉煌的歌声如海你寒碜的愚傻的歌沉寂别
　　是一番闹热的鼓掌
战争遥远了旗帜遥远了歌声也遥远么你
　　旷野上空凝固的星
你变了么加上摇滚打击乐器发酵兑可口可乐
　　装在南方的易拉罐里
你忧伤的笑容依旧荡漾微波终能辨认被迫
　　忘却的如今真要忘却了
秋天的落叶喝醉酒的马车夫泥屋顶上的
　　炊烟马颈上铜铃叮咚
硝烟散去战士回家或永不归去机场上待飞的
　　飞机排成阅兵的长队
沉默是最好的纪念洗净每一个牺牲的名字
　　泥泞的道路变得干硬
这就够了一切烟消云散的时候你仍然使我
　　流下最初的泪水

49

一切烟消云散的时候你仍然使我温柔如
　　苇丛深处失却的吻
那时我还要唱一遍即使声带已不能颤动
　　你仍能听到我的心跳
遥远啊遥远在那儿弥漫着浓雾微风轻轻吹来
　　掀起一片麦浪

遥远啊遥远在那儿我埋葬了自己天长地久

1986 年

## 无 题

喧哗的雨驱走一连串陌生的约定
片刻清风唤醒你活泼的童年
又是早晨六时的航班么赶路
阅读飞行时刻表如读乐谱
不期待变奏的奇迹仍然无眠
蓝天

厮守过的诗如飘飘落下的秋叶
放荡的红叶覆盖着沉思的地面
喜悦过的歌是只只飞走的小鸟
鸟翅儿遮住了娇嫩专注的高天
你泉水跳跃的气泡使我流连
从前

歪斜的松树的身影是教授的条目
这朵花得到了么缀在你的胸前
想念你电话里的柔声曼语
舒展了昨日邮寄来的碧螺雨前
架子鼓敲得越响便越显得嘶哑遥远
无边

尘土飞扬的岁月翩翩出浴
断肠的歌声里浮现出你的凄然
再会　冲破言语的重重屏障
起飞的马达发出痛苦的嘶吼
徐徐着陆是不是仅仅意味着平安
高原

发表于《文汇》1987年第1期

## 夏　　夜

悬空的菱形广告灯明亮了黏滞的夏夜
盒儿带里冒出了一个接一个小小歌星
不停地唱着爱情和狼（郎）狼和爱情
如你常年的早餐油饼豆浆豆浆油饼
冬日可爱的取暖烟囱如今多余呆傻
新楼的门窗关也关不紧乓乓乒乒
拥塞的小院失去了方整的天空
摇着扇子谈论护照蚊虫电视剧风油精
每个球都踢入心窝向着没有中国的
　　墨西哥喊叫
每幅电视广告都暗示着滞销的苦衷
所有的女儿都爱真假莫辨的大岛茂
所有的外国悲剧的根源都是白血症
谁也治不好夏天的脚癣哪怕会打星球大战
合欢开花两个月了仍然满树金红
幸运的鸟儿衔着高考录取通知飞翔
橡皮艇等待着破浪出征海波翻腾
明天明天一切等待着明天开始
汗水蒸发过的日子就要变得明亮轻盈

　　　　　　　　　　1986年8月定稿于拉萨

# 西藏的遐思

一

好客的天真
制作
温柔的绸带
规定
郑重的程序
如法
一道又一道
程序
炮制
一条又一条
轻盈
毕竟
一颗又一颗
受过伤的
心
给你

## 二

夺走过
我的钱财
夺走过
我的声音
夺走过
我的脸孔
夺走过
我的妻子
莲花般
手指
却夺不走
我的
梦

## 三

沉思的脸孔
慈悲的脸孔
恢宏的脸孔
快乐的脸孔
刚强的脸孔
狰狞的脸孔
明洁的脸孔
法力无边
黄金的脸孔

都是伟大庄严的
无
表情

## 四

你敬佛
我敬佛
他敬佛
她敬佛
…………
佛
记得
这多人

## 五

人
追求
生活
生活
追求
什么

## 六

你伟大的印度王子
圆寂

寂寂的圆
包罗
波罗
梭罗
浩大环
死是生始
生是死续
生生死死
死死生生
有无
无有
南无
菩提树
造就了
万种奇观
慧

## 七

外乡人
需要氧
喘息
心跳
需要
水瓶中
汩汩气泡
如生命之怜惜
需要

补充的
平静

## 八

要
卑贱些
更卑贱些
更肮脏些
匍匐
永不起立在
你的
高贵辉煌
证明了
如天

## 九

你
遥远的呼唤
你
呼唤着遥远
被无路
分割的
被有山
遮闭的
梦中的
另一个

倾吐嘶哑
痛苦
欢乐
使得
从没有哑声唤过
嘶声哭过的
幸福的
高雅的
绅士
淑女
落泪

十

孩子
永远的孩子
孩子气的
恐惧
信任
爱
因恐惧而信任
因信任而爱
爱而恐惧
恐惧而爱
信任而恐惧
爱而信任
和恐惧那恐惧
信任那信任

爱所爱
孩子的
排列组合
游戏的满足
满足的游戏

## 十一

维吾尔人和汉人
教给我
爱惜
不要洒落什么
是
藏人
全不一样
教给我
要洒落
要洒落
哈达上的粉末
青稞酒
轻轻弹指
空间飞散
酥油浸泡的
雪花般的米粒
亲手弹洒
如莲
把吉祥如意
洒开

多么浪漫
这绝顶的
藏族的弹洒
爱惜
物件
更爱惜
普降吉祥的
征
象

## 十二

也许
梦中
你得到满足
也许
叫醒催醒
使你痛苦
也许
应该问一问
把你弄醒
能给你
梦中的拥有么
怎么办
和你一起
闭上眼睛
一个世纪又
一个世纪

为了梦
天长地久
反正
终归要睡的

## 十三

睡去的时刻
知识和意识
让我们
惧怕吗

## 十四

你有你的世界
我有我的世界
我们都有世界
却都希望
另一个世界

## 十五

人生
伟大的梦
梦
醇厚的人生

## 十六

无梦
无人生
有梦
无人生
有人生
无梦
无人生却有
永远的梦么

## 十七

你的痛苦
被威胁与被扰乱的
梦

我的痛苦
看着你
沉在梦中
除去了梦
我能给你什么
除去了唤醒

梦使我们怨恨
痛苦使我们
接近

痛苦不麻木
痛苦不痛苦
痛苦是个小小的
疑问的
气孔

## 十八

你从彼岸来
你乘"波音"来
住在"假日集团"
经营的
酒店
乘着"钻石""皇冠"来
欣赏
高原
蓝天
佛
香火

我生活在
高原上
蓝天下
佛旁
香火中
没有去过那边
没有去过假日酒店

没有登过"波音"
"钻石""皇冠"
匍匐在
牦牛旁边

你羡慕
我
不羡慕

# 十九

昏沉中的匍匐
昏沉中的嗫嚅
昏沉中的闪烁
昏沉中的摆动
昏沉中的赞颂
昏沉中的自足
只有
影子
佛的影子
人的影子
光的影子
经卷的影子
空气的影子
眼睛的影子
然后
登上屋脊
出一口气

快门咔嚓

二十

请接受
我的敬仰
我的酥油
我的钱钞
我的拜叩
我的生命
为了你的崇高

为了我的崇高
你不留恋
酥油钱钞……
我却贪求么

二十一

接受酥油的
永远比
献出酥油的
更庄严

二十二

然而有
假日的吊桥

并不摇曳的
神秘的
经幡
河水滔滔
洗净的衣服
在泥土上
晾干
匆匆歌舞
女主人涂着
尼泊尔的
口红
和一条条
和善的
狗
树的爱称
林卡

## 二十三

以及众多的
圆舞曲
"夏普""索尼"
夏威夷电吉他
伴你在土上
踢踏
落下了
写满英文字的
圆珠笔

年轻人的
紧身衫
明媚的
女性的腿
使
喇嘛烦恼

## 二十四

这位
来自大西洋那边
干练的经理
把赤诚的经幡
当做招揽的
花边窗帘
牦牛也变成
现代文明的
花边
雪山蓝天
饱含紫外线的
阳光
永不熄灭的
香火
都是财源

## 二十五

你说

现在都有了
现在最好
再不需要
别的什么
如此这般
我怎能忍心
说什么
别的

## 二十六

她是美女
她是魔鬼
她慢慢地
伸开双臂
向你走来
与你拥抱
无处隐遁
无法抵抗
可怜的人
不要心跳
最好的办法
保持镇静
迎上去
警惕而且
微笑
常转如法轮

## 二十七

你的灵魂
体贴着
他的悲戚
他的慈悲
抚平了
你的灵魂

你的智慧
繁育了
他的身手
一只又一只
眼睛
他的手眼
震肃着你的
灵魂

你的双手
搭架了
他的国度
他的世界
攫住了
你的灵魂

你的力量
他的威严

他的统治
你的平安
走
也走得安然

都是这样
珍重创造物
不珍重
造物者
珍重目标
不珍重
通往的路

## 二十八

三世绵绵
无端无断
而你
不知道过去
你能对过去
说什么
不知道未来
你能对未来
说什么
不知道过去未来
你能对现在
说什么
然而

你完全知道
完全肯定地说
——他知道

你的不知道
知道了
佛知道

## 二十九

彼所有兮
汝所无
汝所有兮
彼所无
汝所苦兮
将欲有
常欲无兮
终须有
彼所苦兮
常欲求
千求万获兮
终不得

## 三十

洒满巴黎香水
他们
因为研究了

你们
而骄傲
你们
因为
不了解
不研究
他们
而骄傲么

## 三十一

才旦卓玛的歌声
往日一样甘甜
西藏的记忆
永远一样新鲜
也许人们相距
确实十分遥远
遥远本身
便是重要的
启示

## 三十二

人皆是佛
人皆有
一千只眼

分明眼

洞察眼

谋略眼

试探眼

远视眼

近视眼

散光眼

聚光眼

欲望眼

望穿眼

挑剔眼

轻薄眼

贪婪眼

乞求眼

嫉妒眼

愤怒眼

平静眼

思索眼

探寻眼

爱怜眼

慷慨眼

宽恕眼

慈悲眼

慈悲眼

仅仅慈悲眼

便有

一百一十三

谁敢张千眼

头晕又目眩
睁到九百九十九
苦如煎
苦如山

且上高原
苦熬着
张开额头
第一千只眼
大智慧
大愚蛮
大欢喜
大洞天
大苦难
曰
一目了然

## 三十三

爱情不是
强奸的依据
责任不是
包办的依据
尊严不是
吹嘘的依据
善良不是
无为的依据
幸福不是

受苦的依据
而西藏是
诗人的
头脑和心的
永远的依据
无凭

## 三十四

你因虔信而苦
我因怀疑而苦
你因虔信而喜
我因怀疑而惊
他又怀疑又虔信
惊喜于自己的
双倍的苦

## 三十五

你的世界
不是你的游乐场
我的世界
不是我的游乐场
你的世界
成了我的游乐场
我的世界
成了你的游乐场
世界欢迎游者

游者欢迎别样的世界

我们的世界

不是我们的游乐场

我们的世界

就是我们的游乐场

## 三十六

汝不知汝何为汝

汝不知我何为我

汝不知生何为生

汝不知死何为死

何为轮

何为回

何为前世

何为来生

何为罪愆

何为功德

汝皆不知

——拿、酥、油、来

## 三十七

你有美金

你有日元

你有马克

你有港纸

法郎、比索、里拉

统统在柜台前
兑换成
共同的语言

你有废弃已久的
烧卷了边角的
藏币
不能流通
不能兑换
不能买一包
纸烟
献给佛
与小小的酥油
火苗儿一道
兑换
得救的灵魂

## 三十八

你的村庄
我的村庄
你的妻子
我的妻子
你的奶牛
我的奶牛
你的酥油
我的酥油
你的光焰

我的光焰
你的心愿
我的心愿
汇聚于
一个古老的
铜钵里

## 三十九

我陌生你
你陌生我
我喜悦你
你喜悦我
我救助你
你救助我
我愤慨你
你愤慨我
我微笑你
你微笑我
我沉思
你沉思
我有你
你有我
我是你的
你是我的
妙谛
玉瓶

## 四十

世界是

谁的世界

生命是

谁的生命

寺庙是

谁的寺庙

你

远来的香客

潇洒如

恒河沙砾

小小沙砾

留下了

长长的足迹

一时吹去

一时埋去

断了

又续

遐思如

烟

发表于《诗刊》1987 年第 2 期

## 诗 的 幽 默(十一首)

### 再 见

如果一株树睡得正好
又何必去把它摇啊摇

如果一本书已经合上
还能不能再翻到那个段落

如果一杯酒不意泼洒
是不是索性把酒杯放下

当水面结成静静的冰层
温暖的鱼儿喜不喜欢破孔

说过再见了　不是说过了么
走吧　不需要真的再见一次

### 香 蕉

经过遥远的路途

辗转许多时间
你来到我的案头
还那么羞涩陌生
得不到一点眷顾
终于又香又甜了
却已经晚了
在把你抛却的时候
我震惊于自己的冷漠

## 失 物(之一)

你寻找你想得到的
你丢失你所寻找的
你失望你所希望的
你急躁你所见不着的
你却得到没有寻找过的
就像等待一个朋友赴约
就像一个朋友失约的时候
你会碰到许多不期而遇的朋友
除了他

## 失 物(之二)

在你急急搜寻的时候
你得不到
在你完全忘怀的时候
它来了
像从来那样

使你出一口气
又憋一口气

## 公园游船

许多空荡荡的小船
像漏了馅的馄饨皮
百无聊赖
拴在一条绳子上

时间到了
长长的队伍
急切的爱情
合家欢的团聚
外省人的游兴
眼巴巴盼望你
…………
中国式的耐心之后
得到你的宠幸
为你而
喜形于色而
傲视落伍的排队者

太液池像煮饺子的锅
你们变成一群沸腾的饺子
热烈的盲动
时间一到
一个大笊篱把你们收拢

夜幕降下的时候
你们开始叹息　低语

## 手　杖

不知为什么
五年前　我还能跑千米
你送给我一只手杖

手杖生不逢时逢主
也就闲置一旁
也没有闹事

后来窗帘绳坏了
手杖帮我开关窗帘
像指挥棒
指挥天光灯光
不知道该为他庆幸终有所用
还是不平
写一篇叫屈的文章
——一直登到香港
如果真的为他着想
也许该祝愿自己
早些伤腿残脚
却又不能瘫倒

## 时 差

这里和纽约相差十六小时
这里和莫斯科相差七小时
这里和东京相差一小时
这里和纽约对话
这里和莫斯科对话
这里和东京对话
很好
即使有误解和冲突
也不是因为时差

我们的时差只有十五秒钟
为什么你老是不愿意与我说话

## 文 字

一个又一个方块字
仓颉造的字
老师规定的
没有道理也不能讨论的字
贾政要宝玉书写的字
　　——到头来仍然无补
被一本再版了三百次的字典
搜罗齐全的字
铅铸的　制成软片的
压成纸模印在纸上显在屏幕上的

古老的字
告诉了　成就了你的
一切

——一位前辈说过
认几个狗字儿
有什么了不起

## 四　季

冬天人们需要温暖
夏天人们需要凉爽

冬天人们盼望春天
夏天人们盼望秋天

糟透了
只有春天和秋天
不知道自己需要什么
又该盼望些什么

## 铁　听

装过阿司匹林
装过茉莉　龙井
装过艰苦朴素的扣子
装过一分　二分　五分
发出过财富的

得意　空洞

后来长了锈
丢到垃圾桶
装着生动的记忆和
一肚子怨气

我建议它动笔写小说

## 白菜与经济学

贮存是一种损耗
贮存是一种技巧

你在贮存中烂掉
你在贮存中身价大大提高

白菜盼望人快将它们做成佳肴
人盼望白菜能长久地填补空缺

看来耐心对于一切都是必要的
包括
白菜

发表于《光明日报》1986年12月4日

## 欧非之旅(十三首)

### 伞

睁开眼睛
是巴黎
打开心扉
是欧洲的寂寞和美丽
张开折叠伞
是一阵冬雨

闭上伞
是一个寒噤
闭上眼睛
是一个匆匆的过客
疲劳的哈欠
闭上心
是
什么都没有

### 一 瞥

说你是轻浮的

如说一个
美丽的女子
用好色的眼

而匆匆的一瞥中
我只看到你的
淡雅
沉默
讲究
古老
风刺骨的
雨忧郁的
骑在马上的雕像皇帝
霓虹灯永远
照耀不到历史
落叶重重
没有打扫
迎接圣诞节的商场
种种打折扣的标价
悄无语

## 阿尔及尔

你海与山的杰作
欧洲与非洲的撞击
洁白的棕榈
洁白的纪念碑
洁白的建筑

洁白的衣饰
严峻的经历
友好的接待
我从左面贴近你的脸庞
再从右面一次

世界为什么这样美丽
而人民为什么要
付出这么多代价
我问太阳
我问雨

## 沙漠玫瑰

你橙黄色的石头
呈玫瑰的形象

在没有生命的地方
你是有毒的么
用冷酷的石块
制造虚幻的花影

你是悲哀的么
在没有水的地方
用没有生命的生命
把玫瑰向往

## 格尔代亚①

这一天
城市与沙漠相会
惊异于陌生的彼此
依稀的同命运
你认出了我么

童年时在一起
与旋风嬉戏
与嘶哑的喉咙吼叫
与枣椰攀登入云
与干涸同时滴水

然后各自寂寞于
沙石与欧洲人的华丽
种子负载羽毛
各自东西
露出一只独眼
面纱上端
热烈而阴郁
起伏如古老的堡垒

沙漠向往城市
姐姐爱她的弟弟

---

① 格尔代亚,阿尔及利亚撒哈拉沙漠北缘小城。

城市留恋沙漠
弟弟怀念前世
光着脚
一起牙牙学语

## 烤 全 羊

真主宠眷你
饮清泉　遗小粒
细草清风
没有来得及追逐
已经进行了
文雅的去势处理
积累肥嫩的贪欲
得道昏睡神仙
身后辉煌如金
唢呐吹吹打打
亮相　保持最后的
形体完毕　欢呼
手指撕扯的盛典
洋葱向嘉宾施礼
骨骼如孤独的雕塑

## 低 语

没有你
没有我
没有旅行

没有飞机
只有噪音震颤
凶猛撞击

震耳欲聋中
出现了你的低语
温柔的
怨恨的
嬉笑的
伴我睡去
唤我　你在哪里

## 小　兔

城市沉睡
梦中灯火穿梭
巨大的波音747
照耀戴高乐机场
白昼的跑道旁
是夜的草地

一只小兔
在草地上与飞机竞跑
多可怜
又有了一只
两只小兔欢迎我
初经法兰西

## 雨 点

在这个古老的小旅馆
每个旅客
就像滴滴雨点
落入自己的房间号码
没有声息
早晨　被一阵风
淅到干酪与果汁旁
再散开
洒落到不知什么地方

## 怨 恨

你在哪里
你在哪里
这个城市　那个乡村
这个集会　那个仪式
逃遁到案头
藏在水里　握手与微笑里
又被发现被掠夺被侵犯
大叫一声

你也找不到你
许多人找不到你
于是怨恨你

## 旅　程

一次又一次的出关与进关
一次又一次的升起与降落
一次又一次的送迎迎送
掩着哈欠的问安
冲去淡漠的惊喜
只盼望早点结束旅程
即使空中小姐
笑容如春天的太阳

为什么
又那么怕没有笑容的
旅程结束

## 卢 浮 宫

### 一

早听说你的名声
如今见到
令无缘造访者
羡慕流泪　　只是
来也匆匆
去也匆匆
从容　　也未必就好
慕名成为占有和掠夺的种子

许多闯入者　慕名——
不是知音

## 二

照相
揿动更快的门
留影证明我与卢浮宫混在一道
证明我有可说的经历

卢浮宫是我的渺小与
艺术的伟大的证明

卢浮宫是人的证明

## 三

什么是天使
梦里的　赞美诗里的
少女的心与垂老者的眼神——
里的　我不知道
卢浮宫里的天使反正——
是一些活蹦乱跳的小孩子
圆圆的屁股蛋儿
我喜欢摸天使的屁股蛋儿
像摸我新出世的孙子
屁股蛋儿是浑圆的肉

小孩子就是天使
天使就是小孩子
长不长得出一对翅膀呢


四

名画太多了
眼花缭乱　头晕目眩
所以没有名了
你说　看　这是最著名的
我连忙多看一眼
立即听到别的画的不平呐喊

于是造反


五

洁白的维纳斯
鼻子是刚毅的
更刚毅的是石头的质地
美是力　是洁白的花岗石
断了一臂
也能击碎美的亵渎者的头颅


六

蒙娜丽莎①

---

① 西方对油画蒙娜丽莎不乏怪论，如认为画中人物是男相，达·芬奇是同性恋者等。

好听的名　好听的字
我已经无数次
听到你的故事
看到复制品
在报纸、广告、日历、屏幕上
而你的为防盗而锁起的
寂寞的真容
含泪哀求
放开我　放开我　放开我
为什么要来搅扰侵犯
为什么要致敬　临摹　复印
考察　报道　偷　诬蔑　起哄

而我只希望
生活在我自己的微笑
和背后的
河湾里

## 七

胸口就是伤口
伤口就是胸口
耶稣倒在你的怀里
你倒在耶稣的怀里

十字架是几何数学

## 八

有的神
肌肉丰满
营养丰富
神态丰足
像刚刚与牛争斗
杀了牛吃肉

有的人
闲云野鹤
衣袂飘飘
面容遐静
不念烟火

## 九

没有去过卢浮宫
可以说得眉舞
去了
留下一鳞半爪
失却你的形　神　体
和未知的神秘

也许永远不能记住
也许再无时间造访
也许你的大名使我

再也得不到喜悦　　灵感冲击
我冒犯了你么
也许真正的理解
下一次

## 巴黎—罗马

### 一

香榭丽舍
万灯如雪
辉煌素雅
别是一番滋味

### 二

黄昏
小雨
凡尔赛宫的看门人
打开已经锁上的铁门
——为外交使团专用车
一眼看见你
耀武扬威的路易十四
矗立于灰漠
精雕细镂的是
石头的年纹
历史的额头衰败了
有没有幽灵出没

## 三

雨天里欣赏少女喷泉
只有水涟涟　水涟涟
冲呀冲　冲不完
古罗马帝国历史
转身投去硬币　说
我下次还要来
几次　你知道么

## 四

我羡慕石头溢出的
生命
我纪念生命化成的
石头
我相信
生命永远是生命
有一天
石头雕像会说话
说他们对艺术的困惑

## 五

巴黎圣母院
雨流伸出的手臂
一个个人和兽

横身在那里
无依无靠
没有什么话说

## 六

古罗马斗兽场
游客必到的地方
照相留念
礼品商店兑换里拉
血——故事——历史——文物——游客
哪里有更高的兑换率

## 七

棕褐色的壁毯
灰蒙蒙的梦
棕色的饮料雪柜
橘红色的听筒
乳黄的铃声电话
——这里也有友人
走出绅士的步子
紫通通的电梯间
红色的美式酒吧柜台前
暗红色的阔大椅背
坐在雪青的闲适里
窗玻璃上的白商标
映过银色的雨

红男人的毛衣

黑女人的大衣

亚麻色的头发匆匆

掠过杂色的伞

铜色公文包

没有颜色的汽车

一辆辆拥在一起

是地中海的天蓝

用蒸汽烧煮咖啡

如修士的道袍色

缓缓挪移

多彩的罗马雨季

发表于《解放军报》1987年1月7日

及《新观察》1987年第2期

## 秋 之 歌

哦,那夏天的炎热
比夏天漫长许多
那生命的焰火
比生命本身烤灼
汗流浃背的身体噢
比汗水更加湿腻
喉咙对于啤酒的焦渴
靠啤酒却仍然难于解脱

四方寻索的旅客
永远多于世间的角落

什么是秋千的震摇
什么是乐曲的诉说
什么是头发的甩动
什么是球场上的叫喊
不都是
夏天的失误么
进入雷阵雨的时刻

而今一切都悄然离去

没有炎热没有烤灼
没有汗流浃背
没有偶然的霹雳
没有客房的灯光
也没有蚂蚁了

只有秋天的早晨
吹动空旷的浪花
清凉自在的空气
海浪呼唤散去的风
海滩平坦的冥想
是真的么
喧闹过,豪华过,
夏天过……
想着
等着

明星散场的时候
日子谢幕的时候
军乐凯旋的时候
茅台收盏的时候
火车进站的时候
含笑握手的时候
校样改定的时候
夏天过去的时候
秋风吹来的时候

你不留恋么

发表于《华人世界》1987 年第 1 期

## 夏令时颂

每天多一小时的阳光
每天多一小时的明亮
每天多一小时的赶紧
每天多一小时的雄壮

好啊
从一个生命里
又挤出一个生命的用场
直到九月十四日
无言地期待着
四月的太阳

发表于《华人世界》1987 年第 1 期

## 心 中 的 心

一朵白大丽花
一朵大丽花在眼底
看见了洁白的花
心里有了这朵大丽花
和那朵……记住她

心中有白色大丽花
用心中的眼睛去看它
用心中的心记住她
再用心中心里的眼睛
去看她……记不住她

每颗心底埋藏着无数层心
每层心都有自己的眼睛
想啊望啊深不见底
每朵花都是无数朵花
撒满通向天边的路

一朵大丽花凋谢了
一朵凋谢的大丽花

我心里的大丽花凋谢了
我心里有永不凋谢的花

用这颗心去追寻那一颗心
用这朵花去审视那一朵花
淡淡地化,淡淡地化

发表于《华人世界》1987 年第 1 期

## 迎　宾

您的光临是多么辉煌
到处是欢呼的声浪
您的离去是多么圆满
到处是再见
——没有遗憾

到来又离去了
辉煌又圆满
——可为什么
还是有点惆怅
再——见——了
寻觅不到踪迹

发表于《华人世界》1987年第1期

# 无　　题（十首）

## 一

聚光灯下橘子失去黄与圆
赞颂的火焰冶炼景泰蓝
快乐和辛酸渴望着凝睇
昨夜的欢语使燕子的翅膀重了
空巢在温热的回忆里融化

## 二

不要说一路平安不要招手
含泪的笑意更令客栈辗转
生日蛋糕把生推向昨天
当松枝挂满警告的黄牌
紫槿花一朵朵落向水面

## 三

什么最沉重　　窗帘
还是吃一串烤肉吧　　桥边

你木桥上的身影遮住尘烟
大胡子异族歌手唱你
伤风的嗓音把一层层魂灵翻转

## 四

长得快的人老得慢
笑得早的玉人哭得晚
一粒粒葡萄被狐狸吞下
忙着向青蛙献出花环
忘记的时刻诗人翻出纸笺

## 五

心受不了美的负荷紧迫
转身的时刻泪流满面
一粒纽扣珍藏在酒杯里
两个手指夹出名片
忘不了轻雷阵雨的湖边

## 六

每个窗口的灯影吸引视线
忽略了最熟悉的一盏
每首歌会心地承受笑的沉重
忽略了最动情的一篇
因为……罪在人间

## 七

白船在成功的浪潮上起伏
献花时候收得陌生的一瞥
教授走了留下纸灰如土
枣树是枣还是树沉默无语
摘下眼镜写下诗行如额上纹皱

## 八

为什么呢你应许所有邀请
肌肉砰地凝成温雅的微笑
举起勃朗宁向不停的电话铃瞄准
顺着奇瓦斯①追回十二年前的岁月
你仍然等在树下眼睛里没有疑惑

## 九

淡化的啤酒与花生米一起吞下
时髦的眼镜腿因亲吻而折损
一首连绵的歌曲重复了五百年
乐队指挥摘下又戴上雪白的手套
有多少时间差就有多少思念

---

① 奇瓦斯,一种白兰地酒,存放十二年以上始得出售。

十

从辉煌的日程表走进脚印
冷静的蜘蛛有四通八达的路
用橡皮泥捏成一个他和一个你
举竿垂钓童年的游戏
没有起飞的飞机显得累赘

1987 年

## 无　题

鱼儿在海里是多么自由
鱼儿被红烧是多么难受

我多么愿意是一只小鸟
栖在树梢上梳理羽毛

我多么不愿意做一只小鸟
蹲在树枝上叼啄羽毛

如果常常梦见死去的外婆
如果常常在梦里吃到"艾窝窝"

如果什么梦也不做了
如果什么都会做了

清晨,成群的鸽子飞过窗前
清晨,成群的句子飞过眼前
我想我写得再好也不是诗
如果你收不到、读不到、想不到的话

发表于《文汇》1987年第1期

## 灯 光 下

在灯光下面
笑容容易显得疲倦
工作却更加庄严
酒杯和酒都是稳重的
打开的书那么温暖
每一张纸
每一张纸都相信语言
道声再见吧
道声再见也变得甘甜

发表于《诗神》1987年第2期

## 我 的 心

我的官
比我还大吗
我的诗
比我还美吗
我的小说
比我还有趣吗
我的心
比我还深……
我不信

1987 年

### 西柏林洲际饭店之夜

穿燕尾服
弹动大理石的流光
听车轮溅起
自由的泥点如花
是谁驶去了呢
风门空转
没有出出进进
翠叶的回廊凝聚
夜深的寒气
客房单调着面孔
钥匙的密码
失去开门的梦
绅士的烟气
和值班侍者的哈欠
飘散在辉煌里
收去高脚果汁喷泉
橙色浓艳衣裙
不必说了
夜安

1987 年

## 南 极 和 北 极

修一座桥连接
南极与北极
同样洁白的容颜
修一条路
让它们的思念见面
怕么
冰山融化
春潮把古老的世界
吞没

1987 年

## 即　兴

自己是自己的演员
自己是自己的观众
规定好了台本
也有出乎意料的
即兴
只是不要
轻浮

　　　　　　　　1987 年

## 流 行 式 样

生活的流行式样
俏皮
现在的思绪
坚实如玻璃
重逢已不是最初的
邂逅
且话仙山夜雨时
没有留下
踪迹

1987 年

## 苏格兰威士忌

自负的六棱冰块

巍峨如山

我们相隔相视

可见过面

谢谢你

用自己的融化

稀释了苏格兰的

狂热

放下水晶杯

悄然告别

欧洲的留恋

1987年

## 艺　术

你燃烧
她冷
你垂下了头
又似有情
你笨笨跌跌
她是欢乐的精灵
你得心应手
掌声雷动
而她死于你的怀抱
只有你知道
这尸体的沉重

你殉了
冷汗如雨的一刹那
她向你微笑
是微笑了么
还是最后一个幻梦

1987 年

## 银　　杏

是凋落前的颤抖
还是对睡莲的爱情
也许是骄傲的独立
使你
灿烂于太阳
当然
这雌雄异株的老树
早已过了
初恋的季节
成群的游客
寻找着
遍山的红叶

1987 年

## 形　象

树叶茂密团簇
树身删节删洁
谈笑风生闹热
皱褶强调沉默
什么是
树的性格你的形象
丰满还是峭拔
游鱼还是龟背
春与冬
你是哪一个

1987 年

## 工 艺 品

放在案头
阿里巴巴的船帆
挂在墙壁
非洲蝴蝶的翅膀
铸成金属牌牌
克里姆林宫的钟声
收在"盒式"里
黑人歌星的疯狂
雕在木头上
少年维特的忧伤……
按在字模里
最后的一点点幻想

1987 年

## 昨　　天

昨天比今天
总是更年轻
昨天念一首诗
流很多的泪
今天念一首诗
皱一皱眉
明天呢
把微笑留给明天
明天有更多的昨天
有更多的年轻的回味

1987 年

## 透　视

最远的是海和山
然后是镜子
是柜台和高凳
是金发的女孩子
是大提琴柄
最近的是一杯黑咖啡
比地球还大
遮住自己的心
比山和海和太阳
远

1987年

## 雪满天山路（之一）

常忆起
雪与冰的世界
多石的山谷
歪倒着
失事的汽车
还是拿出铁链
缠绕起
飞速旋转的车轮
看排排云杉
和牧羊人的栅栏
为羊群和你
挡得住雪崩么

1987年

## 雪满天山路（之二）

要不
喝一碗骨头汤
要不
解开老羊皮的绳子
愉快地接受着
混血的红脸庞姑娘
交通食堂的神祇
呵斥
把乌乌泱泱的茶水
倒在凝为硬片的
羊脂肪上

1987 年

## 河 与 海

为什么掀起
这许多的浪
为什么耗费
这许多力量
为什么不舍昼夜
流向陌生的地方
你也是一样的么
抑郁还是愿望
在没有安歇时

1987 年

## 友 谊

友谊不用碰杯
友谊不必友谊
友谊只不过是
我们不会忘记

1987 年

## 羡　慕

一条鱼和一只鸟
一个人和一枚枣
一个地球和一道流星
都永远地
互相羡慕
贬低和征战
也是
一种形式

1987 年

## 绿　　茶

敢问君何意
意态殊从容
横穿大马路
行色仍翩翩
或有雷霆怒
怒后更轻松
便如雷阵雨
洗净蓝天空
庖丁刀何物
太极气何功
…………
这没有什么秘密
只需要早晨
喝一杯
中国绿茶
就行

1987 年

# 音乐组合(七首)

我坚信,音乐是一切艺术的本质与灵魂。

## 交 响 诗
——一架飞机的故事

一

遥远的地平线开始颤抖
浓烟升起
沙丘伸展懒腰
摇落积雪石块
旋风转动多刺的灌木
竖起虚无的尘塔
黑鹰悬挂疲倦的翅膀
风声由远而近
找不到
骆驼尸骨的磷火
一架飞机失望地飞去了
这里曾经有过古城么
比遥远的地平线

更加遥远的年代遥远

## 二

浓烟渐渐四散
掠过了沙丘和塔
风声由远而近
却是怎样地温暖摇曳
滑行在湖面般的草地
把酒杯抛给人群
不必喝彩
我不会滞留一刻
漫天流星
织成闪亮的锦缎
一架飞机飞去了
擦过地面
甩下飞吻
甩下优美的大弧线

## 三

到处是撒落的花瓣
小哈巴狗扯动皮圈
香蕉皮滑倒了香蕉
秋千架上没有秋千
不要丢这多糖果纸
不必说再见没个完
等到天开始降雨时

一切都稀里哗啦了
成仙

四

遥远的地平线开始遥远
已经分不清海水和天
浓烟散去了
苍鹰展翅云端
一队骆驼沉思着踱过
风吹动海浪吹动草原
世界不论在何时何处
一样的迟缓
一样的庄严
古城与世界同在
与我们的灵魂同在
风吹着
由近而远

再也看不见飞机了

**钢琴协奏曲**<br>——兔子

两队士兵
金属盔甲闪光
盛大操典开动
队列缓缓前行

远方

一只小兔

跳跃前进

跑出漫长笔直的路

如探照灯光

穿过伟大的夜

河流

直射沙漠深处

兔影变大

是人

是巨人

伸直躯干四肢

揭开教堂穹顶

壮哉天空

天空的瞳孔

飞翔的爱情

天空旋转生灵

星落如雨

青草开花

一双双赤脚踏过

含泪的面孔

奶牛伏下身

呆木的青角

注视天空自己

寻找最后一个屠夫

刀在哪儿


两队士兵

送葬的队伍
迎亲的队伍
用乡村的礼节
迎接一只
聪敏的白兔
跳跃着奔去奔来

## 小提琴独奏
——冬天的溪流

一道小河
一道冬天的小溪
一道冬天的小溪结了薄冰
而薄冰下的游鱼睡了
还记得么
春天的疯狂的梦
追逐发情的牝马
在多雨的日子
溢出河道
淹没田鼠的房舍
溢出河道
溢出河道淹没多雨的夏日
淹没我
土屋一幢一幢塌陷在水里
一道小河是蛇
一道小蛇是河
斩作寸段
群鱼在日光下起舞

漫山遍野死亡
庄严的书本上
记载着
冰下的游鱼睡下了
微笑着装作忘记了
一道小河的
溢出河道的梦的淹没
嗯

## 花腔女高音
——告诉你

在天上　在地上
在狗头里　在鸟胸膛
在远古的地窖
葡萄酒桶倾诉爱情
爱情的炸弹布满天空
桌子下面
也没有平静
唉哟　唉哟　唉哟
桌子下面也没有
滚滚的酒桶
爱情的炸弹轰轰隆隆
爆炸了　然后
我没有找到一毫一丝
爱——情

## 长笛协奏曲
### ——落日

你老了么
领着孙子
牵着永远年轻的妻
孤独地依傍着风车磨房
看不到放牧的羊群
羊羔一只只踢起尘土
封好栏圈
吃喜酒去
客人互相问候
挑剔着礼节和食物
问
去年雪大还是雪小
雪大过　雪小过　雪大
雪小过　雪大过　雪还在下着
纷纷扬扬
吹红燃烧的树汁
流出肮脏的眼角
把黄瓜和蜂蜜泡酸
已经落了许多场雪了
妻子没有回来

## 合 唱
### ——汗珠

脊背上的汗珠

呼唤风

芟平了

左边的苜蓿

右边的苜蓿

左边的花头巾

右边的花头巾

放任眼睛

掠过昨夜遮住的方向

田野坦荡

你叉着腰

我叉着腰

牛儿叫着

马儿叫着

羊群也叫闹起来

一滴滴汗珠

落进了翻耕过的

土壤

## 交响乐
### ——烟

### 一

充满疑惑
烟升腾在地面上
伸出枯瘦的双手
伸向苍天
苍天何物
断裂　崩落　起伏
手成拳
捶动天与地
却没有天了
没有地了
没有手
无手的上帝与无脚的魔鬼联合
杀向人间
骑兵踩碎了
成熟的麦田

### 二

泥土沁出了泪水
马匹从泥沼里拔出蹄子
大地歪向这一边
大地歪向那一边

诗歌 译诗 论李商隐

多么忧郁的舞蹈
文雅的谜语
遮住了少女的脸
车轮沿着古老的轨道转动
一扇又一扇门窗开启
飘出缕缕片片
轻烟　远山　小路　花环
麦场上的歌声
夜夜不断


三

叮当叮当叮当
打铁的手臂辉煌
潮水般退下来又冲上去
到处是喊杀的声浪
搏战的时刻忘记了往事
硝烟是死亡的礼炮
分列式行进在检阅台上
立——正
铜号成林
发出致命的寒光
预备——
放


四

而新的星辰渐渐飘起

143

你唯一的疲倦的眼睛
温暖倒伏的庄稼
每棵枯萎的禾苗
倾听复活的启示
昨天可怖的断层里
新的问句滋润沙砾
血污中的婴孩
镇静地环顾尸体
大山退却了
婴孩在无垠的地面爬行
身后
烟升腾
散净
静
…………

发表于《中国作家》1987年第3期

## 命　运

你烹做佳肴
辣椒与姜丝簇拥

你遨游湖海
相忘于有形

你乔迁玻璃新屋
案头赏悦自由的生命

你衔住铁钩
挣出弧线水花

你奋身一跃
如鸟如龙

不论什么
你还是一只鱼　鱼

发表于《作家》1987年第4、5期

# 春　　天（之一）

载受
对所有坏天气的抱怨
应许
盛开不停的阳光
　　无数干渴的小草
　　索求雨露
困惑
积雪埋着的垃圾
因你的到来而裸出
尘土喷呛　嗡——
当你的风呼唤花蕾
忧虑
解冻的清水污水
不知流向何方
鸟儿归来
巢呢巢呢巢呢
为什么唤回生灵
却没有巢
骗人

你还要
为不再发芽的每一株树
接受审判
虽然
那是冬天的事

因为你是春天
你是一切的春天
多么沉重

发表于《作家》1987 年第 4、5 期

# 春　　天(之二)

昨夜风雨
昨夜风雨
杨柳梢头丝丝意

几度阳光
几度阳光
街头巷尾尽新装

春在何处
春在何处
心头轻雷逐小鹿

且写诗文
且写诗文
春到诗边思更深

发表于《作家》1987年第4、5期

# 泰国风情(五首)

## 重叠的夏天

一层层阔叶
牵引一层层楼阁
一层层芳菲灯火
连同施礼的绸裙
舞者的手掌足掌
也是一层层地迷的

雪白的猴子抖擞
金色巨蟒缠身
鳄鱼皮摞成钞票重重
金色屋顶的三角花
重叠在一层又一层
金色屋檐的波纹上
限于梁木的长度
成就了重叠的天空
一层层高的向往

我从冬地来

见你盛夏如醉
深深如历来
佛钟与酒吧女郎的歌喉
都细声悠悠
火样的容颜合十
泰文可乐广告可口
一道道赭红曲线娇柔
重叠的空调机隆隆
货物堆积琳琅
女郎的热情的唇
重叠沉沉的夏风

给我以盛夏的款待
数不清的花环面巾
吉音和鸣

## 佛　城

巨石如天
雕一法轮花莲
莲蓬常转
起一佛城庄严
慈悲矗立
降生觉悟涅槃
植友谊树
常青常忆常年
拈花拈香
且纳须臾诚虔

旅游盛事
普度众客大千么

## 椰子和它的伙伴

橙红的芒果汁
你的笑靥鲜媚
精雕凤梨
袒露匠心灵窍
西瓜还是西瓜
何劳保持自己形象
自有本色如常如在新疆
青青金果
北方红枣的魄
未老先衰的柚子啊
因蔫干和苦涩而出类

菜汤里浇汁里烧鱼里
面包里香皂里芥末里
眼睛里柔软的小手里
到处都有你
椰子　众果的君王
出身于坚挺的巨人
在空中吸引飞翔
在海滨荫披波浪
在餐桌挥洒风韵

## 金 塔

许多人梦过的
许多人恨过的
争夺过的　为之
死去活来许多劫的
辉煌　倾泻堆积
佛塔　寺庙　宫殿　舆
许多游客仰视　唏嘘

苦笑　超脱　留念　咔
你聪明的旅者　聪　明

## 答 公 主
—— 仿斯宾诺莎

诗琳通公主一见面便问：
你当了部长，还怎样写作？

对于世界
不哭不笑而要
写
便能写了

发表于《人民文学》1987 年第 5 期

## 木　卡　姆

你热烈的呐喊如岩浆迸发穿透万年的地壳
是哭泣么是欢笑是死亡是生命愤怒的冲决

你灌溉茫茫荒野戈壁千里泻下情感的大雨

你朱红的唇儿如石榴绽开把夏天苦苦留住
是梦幻是疯狂是失却是祷祝是蓓蕾和果籽

你扫荡沓沓心田端端愁绪吹过语言的飓风

你温柔的体态如鱼儿游过飘浮洁白的云朵
是拥抱是羞怯是初交是分手别时含泪的一瞥

你打开千渠万河的门禁瞎子看到了遍天星斗

是歌声也是雷声是弦管也是奔突的千军万马
是舞蹈也是闪电是衣装也是永不凋落的盼顾

你撕裂了每一个粗暴的灵魂又拂以再生的泉水

啊寂寞的世界荒凉的山岭深皱眉头的黄沙丘啊
因为有了你我的木卡姆世界不再荒凉山岭不再
寂寞漫漫无际的黄沙舒展眉结从痛苦中醒来

啊孤独的男子悲伤的老者失去母亲的孩子被遗忘的
因为有了你维吾尔的木卡姆灵魂不再孤独老者
不再惧怕遗忘孩子找到了母亲再也不会失去

是什么苏醒了呢当木卡姆的乐声歌声响起
原来这才是世界这才是人间充满青春爱情
充满痛苦希望这才是生命才是活着的我们

我们活着我们有了世界的一切我们不会忘记生命和世界

因为有了木卡姆因为有了木卡姆生命的永远木卡姆

1987 年 9 月 1 日<br>
于新疆乌鲁木齐参加"天山之秋"时<br>
发表于《中国西部文学》1987 年第 10 期

## 扶风法门寺

那时怎样嘈杂过辉煌过
开始了你的盛典
努力想象你曾怎样被想象
来世总是更加庄严

你的无边法力
汇集匍匐万民
汇集金银珠玉奇宝
汇集虔诚　匠心　技艺
刑部侍郎韩的战栗
二十四院落八十八龛
九重函如九重天
忍受深埋的岁月
千年　万年　许多
压在佛塔下如白娘子
——非是由于惩戒
而是由于信徒赋予的
品格

历史就这样沉寂下去

不再有人知晓
又被这样偶然发掘
只有地宫四壁墨色
黑亮如新鲜

然后无言惊奇于
聪明流畅的解说词

发表于《延河》1987 年第 10 期

# 历　　史（一）

历史就在我们的脚下边
我们仍然活得平安
了不起
历史就在脚下边
只要挖下去再挖下去
一切都会了然光天
供四方游客观光
票价 0.50—0.60 元

发表于《延河》1987 年第 10 期

# 历　　史（二）

文物使我赞叹
历史使我觉得陌生

慢慢地也许是很快地
我们互相吸引　习惯
历史是一坛稠酒
一口一口呷下去
醺醺然

旋转什锦拼盘
外加高橙与可乐
只有辣子睁着眼

发表于《延河》1987 年第 10 期

## 漫　语

### 一

医学想的是
延长生命
而诗给予的是
诗人的假定
假如一年只有
二十分钟

你看到了什么

### 二

一只鸟叫了
喜？丧？求偶？报警？
悦耳动听？扰人清梦？
扔去一块石头
鸟儿便飞去

## 三

不再修建哥特式教堂
不修万里长城
不修金字塔
不修故宫冬宫凡尔赛宫
不绘洞里的壁画
不铸金佛金钟
…………
修什么

## 四

请不要悲哀
也不用气急败坏
不一定急着转世
树纵然开不出花来
也不必痛恨世界

## 五

西红柿青了
红了
滥了
烂了
然后轮到了萝卜
萝卜能不能汲取点……

## 六

趋也匆匆
避也匆匆
越匆匆越被动

## 七

伤风
春天不就是噩梦

## 八

一块石头
浇水施肥册封注射激素
都对它没有帮助
一杯酒
泼洒于地
仍然散发着醉人的芳芬
一颗莲子经过了许多世纪
又发芽了
青青碧碧
一只小乌鸦自称有了来头
哇、哇、哇啦
而已

发表于《解放日报》1987年10月17日

## 罗 马 漫 步

我在哪里漫游
注视着古城墙和咖啡豆

我在哪里掉头
在旅馆与使馆的交叉路口

我在和哪一位握手
诗人、官员、训练有素的镖手

要一杯什么饮料呢
庞贝的矿泉还是西西里的葡萄酒

我在哪里计算温度、纬度、时差
昨天与今天哪个正在走来
欧洲与亚洲哪个更加远古

我在哪里漫游
已经去过你的家乡意大利了么
我可有什么不同没有

1987 年 10 月 17 日

## 黄 鹤 楼

都说是你复活了
突兀如中天的梦
那复活了的是你么

都说你有许多历史
你的魅力正是那朝朝代代
灭亡几次便几次重建起来
往事能不令你寂寞么

你不知道大桥
大桥已经代替了你
为什么大桥也这般思念你
如思念硬通货和游客

也许我们曾经相知相和
你是传说中的楼阁
我是幻想中的鹤

我飞来了,栖息于你
凝视你愉悦你多少照拂

然后分手不再回眸
也许我们曾经约定
相会在十二个世纪以后

黄瓦红柱为什么这等分明
飞檐窗棂这等巧合
你的风度使我怀念而又疑惑
我的身世使你欲语却又退躲

你已不是你
我已不是我
相逢何能再相识

你的再生平添了许多傻气
我的登临平添了许多回忆
多么温暖,多么惋惜

发表于《八方》1987 年第 7 期

## 东　　湖

在你平静的湖面上泛舟
我扰乱了你
你温柔了我
我画出一条又一条任性的线
深深浅浅,曲曲折折
线消失了,你更加平静如凝
我却再也不能忘记
你温柔无语

发表于《八方》1987 年第 7 期

## 无　题

安安静静
安安静静
月光树影
树影依风
忽然
似有门声
似有唤声
来了么
我期待已久的
去开门吧，去
门开了
什么都没有

　　　　　发表于《八方》1987 年第 7 期

# 旅 意 诗 草(六首)

## 致海上浮标

在西西里亚的太阳下
我命定的追求和诱惑

在通向你的蔚蓝的道路上
每一刻都可能沉没

我一次又一次地抵达
一次又一次地转过脸来
心跳了,忧伤而又骄傲
悠悠呼吸着你的胸脯
与第勒尼安海一起沉浮

洁净可人的浪花可是归宿
又谁知咸辣如火

为什么不是小岛不是鲨鱼
没有自由没有安宁也没有解脱

才回到与泳衣争艳的阳伞下
又受到你神秘的吸引了
还要出发一次徒劳一次
还要不要再游回来呢

## 巴勒莫风光

山与山之间
是海

海与海之间
是山

山与海之间
是巴勒莫　蒙代罗
古堡　教堂　葡萄园
城市的守护神洛莎莉亚①

不知道诗与诗之间
是什么

是失却的失误
是永远的遥远
是不可能的痛哭无声

---

① 洛莎莉亚是古代一殉情女子，后成为西西里岛首府巴勒莫市的守护神。蒙代罗是巴勒莫市海滨小镇，我在那里忙中偷闲，畅游大海。何日能再？呜呼。

加上一次友好的邀请聚会
地中海松下　夹竹桃边

## 比萨洗礼堂的回声①

在伽利略的斜塔旁
你发出一个呼号
得到许多回应
长短高低哀乐重叠
比原声还要动听悠扬

是丰收还是寂寞

## 耶　稣

你被钉在十字架上
永远也不得下来

你垂下忧伤优美的头颅
永远也不得抬起来

你被崇拜又被出卖
不得复仇也不得感戴

你流血你疼痛你怜悯你死去
没有一声表白

---

① 比萨斜塔边有一圆顶洗礼堂，回声效应极为神奇。

你被绘画被雕刻被解释被误会
全部承认全部接受下来

你带来希望带来失望和怨恨
你应允一切同情一切理解一切

你没有请求没有希望也没有
命运

## 在翡冷翠即佛罗伦萨一个
## 著名餐馆用夜膳的经历

一

初次接近你的那个夜晚
飘摇的脚步疲劳又兴奋
踏着世纪悠长的石块
穿过周末的明亮空旷
无尽无依的你的青春

两侧的豪华紧锁门户
标价放光可望而不可触
建筑骄傲并忧伤于自己的古老
侧身于蒙娜丽莎与菲亚特车流
之间的小径,闻着二氧化硫
你的沉默使我惊异
没有霓虹没有声乐没有橱窗

没有高帽侍者迎门而立
你穿着黑色的修女衣衫
俯瞥着慕名者来了又去
坐到米开朗基罗时期的木椅上
盼望接纳如盼望你的恩宠
什么时候轮到我的告解呢
你送来一杯清洌的酸楚
送来一撮温暖的维他命

需要等待，我们和你们、她们
跷着美丽修长的欧洲的腿
相视而笑抱歉于不同肤色
人类的共同的虚荣的食欲
对时间正如对历史无能编辑

一切生活都是盛典
一切盛典都是程序
一切程序都是专心的游戏
连疲倦都具有新鲜感
想打哈欠么？越显得温柔、矜持

二

几支蜡烛为你而悄然点起
一个个盘子托出你的美貌更替
白葡萄酒如你的少年昨日
红葡萄酒里有你
苦涩的鲜丽
浓郁的香槟令心儿随着舌尖走失

交谈是缓缓的渗透
蜡烛点燃是徐徐告别
刀叉运动是慢慢试探
只有传播美食的天使
跑动工业化多汗的节奏
　　——认真保持微笑
　　罗马举行了田径大赛

夜深了,清醒才刚刚开始
最动人的是最后的程序
那高雅而又平静的付款的悲剧
你道谢的眼睛睁大而憔悴多情
是一次冒险,还是一次洗礼

便又走上因用饭而不再陌生的街
谈论历史、文明和夜的漫长
我忽然体验到了虔诚
对于优雅而不热烈的
你呀,何等留恋
我的心碎了

## 记佛罗伦萨①

你有圣母一样的面容

---

① 佛罗伦萨,在徐志摩的诗里按意大利语发音译为翡冷翠。大卫是米开朗基罗的著名雕塑,现置佛罗伦萨美术学院内。在佛罗伦萨比梯宫斜对面,有一所破败的公寓,上挂一铜牌,书"陀思妥耶夫斯基 1868—1869 寓此,写作了《白痴》"。黄色的百叶窗破破烂烂,望之凄然幽幽。柴可夫斯基亦曾在佛居住。而"老桥"是佛市著名的摊贩市场,两旁是首饰店。

你涂了绿蓝的眼圈嘴唇红
你有庄严悠长的钟鸣
你弹着吉他唱甲壳虫
你有无数的尖顶穹顶
你有豪华的旅馆五星
你的每一块铺路石记述幽深的
历史
踩在上面的有多少美、日大亨
你的"大卫"如果走出宫殿
付得起小费么为含笑的眼睛
你的山丘你的坟墓如梦
你的菲亚特你的摩托如龙
你的老桥已经老了
你的比梯宫已经旧了
你的陀思妥耶夫斯基的旧居
半张着失神的黄眼睛
你的翡冷翠的美丽的译名
早已冷了

如今
游者蜂拥
几许亵渎　几许无情
几许谬托知己

我来晚了么
对不起你呀佛罗伦萨
如对不起少年相梦晚年相见
　　匆匆便

相别的

情人

发表于《星星》1988年第1期

## 文 人 与 酒 *

有酒方能意识流，
人间天上任遨游？
自古文人爱美酒，
诗文伴酒传千秋。
神州大地多琼液，
且从茅台喝起头：
茅台酒，亦刚亦柔多醇厚；
五粮液，本色天成最解愁；
杏花村里，汾酒清秀；
泸州特曲，芬芳润喉。
还有那，绍兴黄、状元红、
　　加饭花雕香满口，
味美思、玫瑰露、
　　桂花陈酿醉方休。
太白斗酒诗千首，
孟德举杯思悠悠，
曹雪芹，典当皆空沽薄酒，
且酌且悲写《红楼》。

---

\* 本篇是为京韵大鼓表演艺术家骆玉笙（小彩舞）写的鼓词。

杜康刘伶亦好友,
驰骋万言笔难收。
更堪喜,而今世界多锦绣,
中华连接五大洲。
苏格兰威士忌加冰块,
拿破仑白兰地掺雪球,
香槟、雪梨、杜松子酒,
为了和平、友谊、文化交流。
遍饮世界酒,反添几许愁,
家乡风味何处有?
故国万里梦中游。
且尽杯中物,客居情思稠,
举杯遥祝江山远,
热流滚滚涌心头:
一祝愿,国泰民安春常在,
二祝愿,父兄长寿乐无忧,
再祝愿,四化大业早实现,
巨龙飞腾壮志酬。
这才是,酒中自有真情在,
饮而不贪是真正的风流。

发表于《城市人》1988年第4期

# 东 欧 行（八首）

## 抵布加勒斯特

到布加勒斯特去
到从未有过的经历
亲切的回忆中去

盘旋于尚未凋落的林木
盘旋在黑眼珠、黑水潭上
说布加勒斯特是七湖之城

是耳鸣还是风铃
是深秋还是初冬
那厚厚的是雨
还是落叶呢
那严肃深思的
是老鸦么

暮霭中质朴的欧洲人
排队等候公共汽车
一边是法国式凯旋门

一边是一幢幢小洋房
三只纯种波斯猫
和一只由于过分亲昵
失去威风的栗色狗
还有巨大高楼老式电梯
像窄小的铁笼

罗马尼亚
你的土地温柔

## 罗马尼亚狂想曲

这是一家民间歌舞团的名字
起得极是

不是急风暴雨
不是急风暴雨
只是生就的旋律
达吉亚人的后裔
拉丁人的脾气
跳舞唱歌吹笛打琴
做什么都
唯恐来不及

## 玛丽亚·娜姑
——尼古莱·哥黎高里斯库的一幅画

众生默默
长夜黑黑

幽暗中忽然
忽然浮现了你湿润的眼睛
你的笑容柔得好苦
令人落泪的美

谁计算过人生的小时
我们邂逅
十秒钟

再见,不会再见的,
已经记住,终未相识
"白白"啦您哪

## 华 沙

你被吞并被宰割送入化人炉
你已不再存在
而你复活了
靠大理石和往日的画片
靠与泪水一样多的汗水
靠波兰
波兰,波兰,波兰

复活了的你已不是从前的你
仍然激动不安
却不再天真

幸存者用面包屑喂食

肥胖的灰鸽子
不时抬起眼睛
观看冬日的天空

### 雷泽衣斯基教堂听管风琴

左面响了，右面响了
上面响了，下面响了
沉闷的响了，雄壮的响了
温暖的响了，忧郁的响了
圣母显灵了，圣子显灵了
管风琴显灵了，心显灵了
方方面面弥充着神灵
然后
一切归于沉寂

### 参观旺楚特城堡博物馆

下午如黑夜
参观似梦游
寒冬苦昼短
教堂古钟声悠悠

神像馆里神像如海
马车馆里豪华气派
辆辆都比"奔驰""雪佛莱"豪迈
而你的宫殿
令欧洲惊羡

这是可能的么
帕托夫斯基伯爵
搜集了金、银、铜、陶瓷、木套套珍宝
件件艺术品也被你吸来

然后匆匆逃离
顶棚上留下
永远的落荒
庄园称城堡
坚牢未可破
驾车趋长街
族徽多显赫
众人趋避疾
侍立执辔吆与喝
而今身与名俱灭
笑脸迎游客
沧桑寻常事
遑论瞬息苦与乐

## 克拉科夫古都

褐色的地板
褐色的壁毯
褐色的王宫
褐色的久远岁月
一切旧物
和初冬细雨
都是古老的褐色

不知名的妇人献给中国人几束花
鲜绿的叶
花瓣重重
鲜红色的、橘黄色的
粉艳艳的、洁白如玉的
星期日正午的褐色弥撒
再一次隆重开始

## 访匈牙利音乐家
## 巴尔托克故居

你走了
便没有再回来

留下房子
留下你
永远站在四季碧绿的草坪上
接受四季的寒冷
皱眉凝思无语
怀念你多难的土地
我没有见过
这样痛苦的雕像
——这样铸就的痛苦
　　用青铜

留下东方色彩的民歌
——像我的呢

留下乐谱如篇篇书信
在塑料的保护下
不再出声的你的钢琴
留下被大头针固定了的
各色各式甲虫翅膀

你为什么不回来

发表于《诗神》1988 年第 5 期

# 怀

## 一

左面是海
右面是海
左面是鱼
右面是鱼
前面
是玻璃

## 二

失眠与失眠间
是浓浓的故事
匆匆醒罢
有泪如刀
追记时便想刽子手
何等乏味

## 三

同情一株

不结枣的枣树

我的符咒

为了孕育过的

中秋月明

和

孩子手里的杖

## 四

失去葡萄

失去兔儿故居

当挥动带刺的枝

题字汪洋潇洒

## 五

你是真实的

你的姓名也是

地址也是

电话号码也是

而在你家里坐的

只有皱眉的老父

## 六

我便再不能
跟你通话

## 七

接吻的一刻
想起
也许你要托我
办事购物换外币办公司
你是"倒儿奶奶"么

## 八

我们在大漠相逢
火车在高原
树林和崖洞里
奔驰
我们整夜洒扫陪伴
迎接新的蛋黄照耀

## 九

终于分手
手术刀把爱情
的户口

转入税务所

十

就如那部苏联电影
我的神圣
确诊
先天癌
布哈林鲜血
五十年后
流出

十一

反应是平静的
少年时代的记忆
很沉着

十二

乐队迎接要人
举起长须毛瑟枪
用穆斯林的细密
述说趣味与威严
图案的纯净

## 十三

有许多雅洁的门
通向红酒鲜花
水果篮上芒果橙黄
看见的有
旅馆经理的名片

## 十四

门外挂着纸卡
写好现成的
"请勿打扰"四字

## 十五

握手
发轻巧的唇齿音
用牙签取食品
微笑如上帝他妈
凝固如木瓜宝玉
痛哭如花粉鼻涕

## 十六

你已成为雕刻
虽然

剪短了头发
面色不苍白

## 十七

急促的鼓点
旋转
青春的肚皮
小费放到
肚脐眼里
我们不再相识

## 十八

黄昏扬起
唱片立体声
"夏天最后一根冰棍"
化作水滴
我没有等到你

## 十九

冻结成光泽的蜡人
与侯爵、总理一起
含笑于封面
等待宣判

## 二十

按地位与年限
或有偶然风雨
蜡像融为黏液
塑造新的名人

## 二十一

世界上的蜡
不多不少

## 二十二

X 射线发明
结核菌失去刺激
明亮的瞳仁
不接受
光与暗的新意

## 二十三

我寻找你
深夜坐到庭院
嘲弄并轻叹
什么时候失去的
悲哀呢

## 二十四

到伦敦圣詹姆士公园
看鸟
陌生的女人给一把
未去壳的小米

## 二十五

信赖的细爪
搔抓掌心天堂
喳喳争议

## 二十六

你没有欺骗
小鸟么
你没有捕杀烤食
这些小东西？？？

## 二十七

吹吹打打
保持
古代地方仪式
如初
碧色大理石

　　　　上面的光荣的名字

　　　　　二十八

　　教堂里的纪念
　　证明了
　　不存在而不是
　　存在

　　　　　二十九

　　智慧的按摩
　　使温水流荡
　　不复疼痛
　　接到复查通知
　　只提到
　　胆固醇一个单项

　　　　　三十

　　血液里没有的
　　档案上也没有
　　大街上没有
　　书市上没有
　　诗里也没有

## 三十一

我的身体健康

## 三十二

在噪声中飘起
在噪声中落地
还在噪声中
使诗人
不能原谅地
写
献给你的
诗

1988 年 6 月伦敦归来写就<br>发表于《星星》1988 年第 12 期

## 旅　　店

需要一把钥匙
哪一把呢
是宿命也是随机

有了这钢铁的数码
一瓶香槟　一桌酒席
不问你是谁

比爱情还温柔　也许
声音形象色彩　香气
窗下的街道和海　翻腾
许多镜子　一个自己

能够忍受比妻子
还周到的体贴吗
像忍受猫爪的捉弄

电梯总是板着面孔
接受你与你的行李
吐出你与你的行李

无需告别　门已关闭
对旁人如法炮制

一个潦草的故事
一个陌生　亲切的世界
在时限内　结账前
属于你

发表于《诗刊》1988 年第 7 期

## 古 城 遗 址

一座小城
活得还好
被自己的居民知道
忽然脚下挖出了罗马圆柱
剧场　神庙　集市　殿堂
比今日更加辉煌　显要

最重要的人物　首先是
学者和妓女　蜂拥而来
喧喧闹闹　惊愕不已

给每个人留下猜测
留下更多的空白
历尽劫波　沉埋深底
你为什么洁白　无缺

古城无语　尊严智慧
不必解说

发表于《诗刊》1988 年第 7 期

## 疲 劳 一 解

带微笑的哈欠
一种缓解或者
迂回
自我保护的本能
成熟的重要标志
豁达亦即经验　明智
尊重客观规律　谦虚
彻底战胜了失眠症
亦即战胜一切障碍的关键性
修养

发表于《诗刊》1988 年第 7 期

## 形

大海半圆

浴场如彗星轨迹

一个黑点

扯过去一条长线

扯回来一条长线

几个回合生死

大海依然大海

流星不知所去

发表于《作家》1988 年第 11 期

## 海 的 告 别

缘分了结
提前一个轮回
匆匆别
逃离你温柔伤口
留下点点小船
悬挂云天无依傍
待长成簇簇风中灌木

雷雨过去
潮平沙涸
袒露出石子彩贝碎屑
你伟大的无语无奈

忽回首
见你含泪伫立如初
天赐再次话别
投向你的怀抱
你已陌生
盛夏浓处
明朝秋风渐起

发表于《作家》1988 年第 11 期

# 忆

那日来时
你我都已衰老
沿断墙青苔
彳亍无人海滨
徜徉云蔚
心浪连天涌

而今你已开锅
沸沸扬扬
人红水绿
豪都有肚
杯盏狼藉

急急风
我们突然年轻
多流多变多梦
黄金霹雳签证

且相问
何日长成则个

发表于《作家》1988 年第 11 期

# 雨

小雨潇潇
今宵再次分手
伞下情人紧依偎
登裂石
寻风踪浪迹
誓海枯山烂不移

人归去
街沉寂
大浪激扬何人知
寸心辗转难成句
纵有千种思绪
带不走你啊
永远的朝潮夕汐

发表于《作家》1988 年第 11 期

## 游

你的季节　我的季节
厮守漫长水线
无雨时刻揣度
我是一条大鱼

在你怀里敞开
是幸福的青春的漂浮的
永远透明如水母
空洞的眼睛和胃
驶向多梦的天

用不了奢华才气
响起沉闷的雷
投入你的波动
骄傲——自如
便是提心吊胆了
受阻防鲨网侧
忽然想起　也许
已经流连太久
用尽蛙式蝶式

咀嚼均衡咸苦
游向远方的沙
不敢多留一刻

也许你已古老
辽阔空荡同义
高潮如山
循环相因
虚张声势
退去　退去　退去啦
沙哩　沙哩　沙哩啊
嘘……
我早该忘记你

你的季节
我的季节过去
皮肤历说秋风起
又是一年秋水碧
依然十里浪花白
挥手
相视如陌生逆旅

陌生的你
陌生的我平静了
因陌生而端庄蔚蓝

1989 年 8 月写于烟台<br>发表于《人民文学》1989 年第 11 期

## 雨　　天

下雨天　下雨天不要游水
看海吧　在岸上赏酒弄杯
想着你　游得好多么快活
而且游得远游得真远
海狗也无法与你比赛
游远了海就大了无边
大雨落在大海海面满满
然后缓缓游回瓶里

1989 年 8 月写于烟台
发表于《人民文学》1989 年第 11 期

# 蓬　莱

给我一个葫芦
或将漫游于沧海
如你的门票中八仙
落地星石巍然①
天风磅礴
海市甚是可遇
对虾的价值观念
超尘高蹈
相逢一笑泯俗肠

1989年8月写于烟台<br>发表于《人民文学》1989年第11期

---

① 山东蓬莱阁公园高台上有六块红色奇石,或谓系陨石。阁楼中有八仙塑像,购票可入。又,游蓬莱时蒙地方领导以小葫芦相赠,相传八仙之一的铁拐李,即系葫芦而漂洋者。《庄子·逍遥游》:"今子有五石之瓠,何不虑以为大樽,而浮乎江湖"。

# 埃 及 游（三首）

## 卡纳克神殿

怎样与你对话呢？
相隔两百多万个昨天……

你的形壳如生，
收集赞叹与疑惑，
人类的洋洋大观，
使人类黯然失色。

你陨落了，失却声息，
活泼的是栖息在你肩头的
野鸽子，抖动翅膀，
不遗憾也不再猜测，
有了你，地球变得沉重，
脆弱短暂的生灵因为自身。

你缔造坚硬的辉煌，
再也不忍心讽刺。

## 金字塔

宏伟,却又那么简单,
简单又何曾寻觅宏伟?

永恒令人倾心,更多的,
倾心的不过是一瞬。

世界没有终端,
金字塔毕竟是一个尽头。

几何学不是神话,
你的图形充满神异,

我们都学会运算了么?
谁弄得清加减乘除?

感受孕育着语言,
无言是最好的感受。

## 尼罗河

你是古老的,
更古老的是你的声名,
面对你却难以置信
你就是尼罗河。

居高俯瞰，
但见团团蓝雾，
太多的历史风云
怎来得及消化？

五星酒店跻身于
拉姆西斯的遗迹之中，
侍应生遮住通体大袍，
免得不好意思。

我静静地望着你的
船、桥、车、楼……
熟悉你的陌生
心事如烟，你
流向何方？

发表于《世界文学》（香港）1990年第1期

# 养 生 篇(四首)

## 保定铁球

光润的地面,
映缩巨大的世界,
如晶晶八时画图。
空无的腹腔,
撞击出一声清脆,
一声钢的温柔
渐弱、渐弱、弱……
永不受风。

## 健 身 环

移山的气力,
捏扁小不盈掌的
橡胶圆环,
让环上的刺,
刺痛你的掌心穴位。
你找准了么?

## 拉 力 器

一条,两条,三条……
多少肌肉,
多少青春,
忽然展翅
不飞。

## 郭林气功

静静地站着,
两目平视,
仍然没有遗忘。

静静地吐气,
默诵口诀,
仍然没有遗忘。

静静地抬脚落脚,
姿势端正,
仍然没有遗忘。

可又有什么不忘的呢?

发表于《星星》1990年第3期

## 回 新 疆

土屋里的茶炊毡房里的奶,
葡萄架下的编织玫瑰盛开,
石头缝也流出温泉汩汩,
洗京华风尘添昆仑神采,
会见又再见,握手又分开。

我变了么?所有的经过
都没有经过,我还是
你的。扛着砍土镘上工
走到大湟渠,又走回来。
维吾尔语仍讲得胜任愉快。

逝者的姓名如星辰点点,
幼者的身材成大树排排。
笑吧,让我们抱头痛哭,
大地就在脚下实实在在。
往事如烟,友谊似铁。

发表于《星星》1991年第3期

## 塔什库尔干[*]

经过遥远,
经过飞云
经过三十年岁月,
翻浆,急转,大路环绕如歌,
冰峰,峡谷,飞石压顶欲坠……
我到达了你。

深呼吸便适应了,
才见面便倾心了,
以古老的程序接受敬酒,
沉醉于心湖的清澈。

神秘么?帕米尔高原啊,
难以触摸,难以掌握。
难以近迫,便只能在
你的脚下,编个电影故事。

---

[*] 约三十年前看电影《冰山上的来客》,更加向往新疆,向往塔什库尔干。在新疆时未曾去过塔什库尔干,终于在一九九〇年十月得偿宿愿,故为诗。又,慕士塔格,冰山之意。这里是塔吉克族自治县,塔吉克语属波斯语族,印欧语系。

因为远,冰雪,高耸,
因为你石头平静的构成,
因为缺少孳生的氧,
因为你有不同的语种,
因为你有慕士塔格峰。
爱你惦记你不受侵凌。

发表于《星星》1991 年第 3 期

## 张　家　界

寻仙的路还是采药的路？
避乱的路还是行吟的路？
山山都有路了。

石的造型还是树的造型？
云的衬托还是雾的衬托？
处处都有景了。

无心造化，
有心导游。
招来众多人客。
气喘吁吁，匆匆一瞥，
腰酸背痛，赶回旅舍，
然后说一句：

"我已来过。"

发表于《星星》1991 年第 3 期

# 长　江　行(之一)

流水,流水,流水,
青山,青山,青山,
一日,一日,一日,
行船,行船,行船……

走出峡谷,
开阔的平原。
大海等待你,
不再牵引增删。
一片汪洋便是:
艰难往事的
纪念。

　　　　发表于《中国环境报》1991年7月23日

## 长 江 行(之二)

青山永远是青的么？
流水永远是流的么？
长江永远是长的么？
阔野永远是阔的么？

回答是何等紧要呵！

发表于《中国环境报》1991年7月23日

## 石 林

是才华的洋溢？
是性情的灵气？
是不平的冲击？
是经验的沉积？
成为：
石的高耸，
林的诡秘……
大地想象形状，
我们编造故事，
讽刺而且突破了
紧硬的地平线。

发表于《中国环境报》1991年7月23日

## 净　　土

在遥远的浓雾那边，
一重又一重山峦。
在遥远的山峦那边，
没有采伐过的树木相连。
在原始森林那边，
遥远得如同天外……

到那里要走很长的路，
天雨路滑，九九八十一弯。
路远也要去，路险也要去啊，
那里有一块天真的土地：
他们的梦是清明的，
他们的喉咙是清纯的，
他们的呼吸也比我们简单。
他们没有受文明的污染。

这块净土还能保留几天？

1991 年写于云南大理至芒市路上<br>发表于《中国环境报》1991 年 7 月 23 日

## 怀　　念

你已不再露面。
有一条小人鱼从那儿游来，
述说那个无雪的冬天的事。
一身雪白，竖起松鼠尾巴，
头上扎着六角冰花，
点缀节日焰火管制。

每一首波浪隐藏，
隐藏一朵朵危险的钟情。
骄傲的黑鸟微微展翅，
掠过铺陈的彩霞，出发
寻找海底商船，沉没在
你我没有出生的时候。

后来你就老啦，
许多的结婚、割礼、华尔兹，
都没有你。
你也是可以忘记的，如
忘记斋月的闪电、小山羊
和你端庄的泪。

蠕动蚯蚓的山丘。
浪花破碎成氯化钠颗粒，
腌制云霓。你娇小的鼻子上，
压来团团尘雾。

为你的生日插上火箭，
吹灭，消失在身旁，
想你，沉默得如同黑发。
看飞毛腿一枚枚发射，
很久……光亮……

发表于《作家》1991年第11期

## 温　暖

美丽的年华奔向你,
四面八方奔向你。冰冷
无物的恐惧。影子
动用肌肉的紧张。相逢
使回忆遥远:好像
美国,苏联,越南……

而你涌动漫长的冷淡。
涨潮了么?在落潮时刻
汹涌跳跃,守望者、
气象学、表格莫名惊愕。
思念的月亮,朔望
偏离初中欧几里得。

于是放弃彩色幻想船,
丢落饱满的救生圈,
不去听珊瑚岛月夜的歌,
任凭动摇的海浪相送:
太平洋、大西洋、南极……

到达的钟点与预报无异。
如同柏林街头的牙齿，
被寂寞的摇滚拔除。
天空飞翔快乐的苹果，
削下一半果皮卷曲潇洒。
而你静卧于温暖的波浪，
等待下沉。或者——
帆。蓝鲸静静驶去，
疲倦的鲨鱼咀嚼
白色沙砾。

发表于《作家》1991 年第 11 期

## 平　安

他说,他把他的构思全丢啦,
那就去红烧排骨酥脆,
酸拌麻油芹菜、秋叶、蒜汁。

他说,他把戒指丢啦,
那就赶快登记结婚。

他说,他把舌头丢啦,
那就快去演说虎虎,
外汇券,导游,阿里嘎多……

他说,他把机票丢啦,
飞机忘记了安装翅子,
那就举起酒杯,
祝我们一路平安。

发表于《作家》1991 年第 11 期

## 浮　　游

浮浮摆摆,飘飘摇摇,
日光眯进眼睑,
一顶当年草帽,
播撒远行种子,
忘却春雨红瓤西瓜,
破获海水的梦,
与蒸过的螃蟹切磋,
无需化验。

能几次？奋力搏击连天浪,
直到天水茫茫；
教授不懂,副教授也不懂,
文章和妻都是自己的好,
唉……再见吧:远点。
徜徉于日月和泡沫之间,
吐出沧海,
呼吸均匀名句。
雨点　阴云聚集起来,
打疼了直视青天的眼神。

发表于《作家》1991年第11期

## 贝　　壳

不知道哪次大潮涌你来,
不知道透明的躯体哪里去?
不知道物价的雄图。
感受佳肴,你痛苦吗?

一切归于沉寂:不论
饥饿的生灵,庆贺的礼炮
台风警戒,触礁前的日记……
眼泪凝固于华丽的"派对"。

你走了,留下喜悦的外衣,
阳光一样的纹理记录,
与生俱来的负担,美的形式,
静静埋在沙里。再经历
捡拾,收藏,抛弃,碎……

一次又一次涨潮
海的轮回无忧

1989—1991 年写于北戴河
发表于《作家》1991 年第 11 期

## 有 些 话[*]

一些话我想对你说，
始终没有说出，
那就不说也罢。

一些信我曾想写给你，
始终没有寄出，
那就不寄也罢。

我有一些眼泪，
始终不想流出。不！
也许它们会变成诗和
小说，让你惦记让他
猜测不已。那就
惦记和猜测去吧。

1991 年 6 月录 1988 年旧作

---

[*] 本篇亦为作者小说集《我又梦见了你》代序。

# 西 湖 杂 咏(六首)

## 孤 山

都来围绕你,游玩你,喜悦你,
你仍然名叫孤山。

都来点缀你,附庸你,建筑你,
你仍然是孤独的山。

在你的领地酒潮菜海,
在你的领地楼堂豪迈,
在你的领地古物璀璨,
在你的领地冷饮热卖,
在你的领地追怀鹤鸟,
游船穿梭,行人往来,
佳宾中外……
你仍然孤独,也许
更不可救药。
孤独
成全了你的盛名
我不知道,

真的、与未必的孤独,
哪一个更
令人叹息。

## 楼 外 楼

哪个楼的外,哪个外的楼?
佳肴外的佳肴,美酒外的美酒,
天堂外的天堂,碟子外的碟子,
筵席外的宴请啊,
不醉无休,醉也无休。

驱走饥饿的梦魇吧,
饥外饥,饕外饕,
吃也吃不够。

天外天,楼外楼,
身外身,愁外愁,
乐外乐,秋外秋,
潮外潮,流外流,
良辰美景梦外梦,
但愿此生不下楼……

## 岳 坟

啐吧,吐吧,
勇敢正义纯洁忠诚的人们,
绝对不容忍奸佞如秦桧,

即使他已死千年万载,
变成假人跪下,
也要让他葬身于口水的大海。
而岳飞,是怎么死的呢?
英雄,是我们的,
奸佞也是,
分明的义愤后来也是。

## 偶 思

不!——
不要这么多景点的名称,
不要这么多故事的流传,
不要这么多历史遗迹,
不要这么多诗文、地图、导游……
把小小的西湖填满。

只要,只想要你自己啊,
小小的山水,
小小的地方,
短短的一段温柔,
短短的一次漫步……

## 秋 瑾 墓

你为什么也歇息在这里,
你不觉得拥挤么?

多少慷慨,多少悲壮,多少热烈,
化作西湖一景,
与断桥、三潭、秋月、灵隐……
一起。
犹有钱塘江潮,
铺天而来,
盖地而去。

## 西 湖 秋

衰荷支持你宁静的记忆
虫子,激愤宋代的喧哗
而清晨的雾霭疏散恋情
永远的白堤,苏堤一圈
堆积的风流哈欠中走乏
　　无言
　　　你尊严的不二法门

梧桐再斑斓一些也罢
阳光多一些明亮也罢
落地覆盖,一层一层
你缤纷骄傲的戏文
不再演唱
季节依依小湖的秋色
岳飞秋瑾苏东坡林和靖白乐天
包围得密不透风,幸好
厮杀出了条蛇,血路
唱个肥喏

秋天
是必要的

四时胜景、炸臭豆腐
虾兵蟹将、义士豪杰
啐向奸佞。咽下响铃毛蚶
积淀消化细胞的隐患
CT 的威严幻梦
母与子打开小巧雨伞
排队飞向菊花朵朵
洁白如你泽润的牙齿
　　咬住耻辱
　　且笑酒语弥天

遍寻湖底柳梢头
不见明月
醋鱼肘子不噎不废的好日子
关上夜凉窗户
　　思念
　　一碟萝卜

发表于《星星》1992 年第 3 期

## 无　　题

治丧的信封上
写下对你思念的旧址
屡次的迁移失去
　　　猫的足迹,春季
绿水游过木船木桨
拳打脚踢的年华止歇
鲨鱼痊愈跃出水平面
栖息于月儿枝头

在告别最后的通知上
邮局错过了
约会的日期
游览香甜的樟树
才人和烈士的往事
历历如飞鸟,如不灭的星斗
高悬的缆车狂笑
借问陈年香谷,明天天气
预报,分明否?

起飞前的轰轰烈烈里

忘却蒙老瞎儿的游戏
新出版的全集,替你
　　签上笑容
　　热泪如注
那乱箭钻身的,不是孔明
也不是少年英主
了却心头旧事,再写几段
不会叫人失眠的篇什
夜光表嗒、嗒、嗒、嗒

发表于《上海文学》1992 年第 4 期

# 无　　题

在浓绿的远方树荫上
水里的过期青春聚会
一叶偶然游艇
怎能把分离的边界弥合
所有的微笑都没有结果

所有的结果都没有微笑
就像北方的风
把沙丘北面的积雪吹去
留下南面白鳞
何必春天
鱼儿远游无处

剩下四个、五个、六个
打滑的轮子
冲散羊群
你赶上车了么
写封匿名信
署上边远的姻亲的名字转
在天蓝色盐湖畔

高山木屋，拿起吉他
穿起祖母出嫁时候的丝绸
　　泪也难流
　　笑也难受

你何等的恐惧与卑微
躲闪着自己的姓名
夜色中拨响琴弦
一只小河马的钟表
秒针不再行走

你瑟瑟地发抖

　　　　　发表于《上海文学》1992年第4期

## 动物园(四首)

### 给 狼

你的面孔讲完啦,
抖战地定格故事,
偶有磷光闪闪——
浮肿的牙齿。
透露一两行木然真情,
干瘪了么,你吞噬万牲的梦?

呼吸吐纳,未必有助于
脏器的天机。鼻子,
难改寻找猎物的积习。
恫吓和讨好都不注意,
眼神忧郁得如同——
　　　失去了不贞的妻子。

### 鸟

飞上去又落下来,
飞上去又落下来,

飞下去又飞上来，
飞下去又飞上来……

在人工捏塑的树枝头，
歌一曲天然悲欢。
在孵卵器里，
留下森林的前世追忆：
吱……

## 小 象

作为国家的礼物，
总理赠给总理，
友谊赢得了友谊。
而你的无腔的口琴，
现代、孤独、调性颠覆——
抑是殊荣、喝彩、票价的收益？

想做你的经纪人呢。

## 其 他

是爱的季节了么？
燕子飞行的曲线，
如飘逸的思路。

是雨的季节了么？
青蛙锣鼓声声，

大幕没有拉起。

是羽化的季节了么？
河马臭气熏天，
板着它酒徒的面孔。

是睡觉的季节了吗？
猴儿逗不出洞，
急坏冬天的孩子。

发表于《天涯》1992年第7期

## 桂　　林（外二首）

是一段风景，
一篇少年的风流故事，
当大地天真涌动，
童话——没有完结。

一种契机，
一股暖风，忽而
一阵迷蒙春雨，
一种意外的想象和勇气，
突然奔放起来，突破了
平庸。

顽皮的游戏，
爱情的冲击，
拱出一片
灵感的冒险，
在凝固透底之前，
寻觅自己的形象。
找到了桂林山水。

惩罚么？千年万载，
沉默不语。

成为旅游创汇的一个景点，
任千万人指画，
导游小姐牵强附会……
悲哀，而又苍翠
如许。

## 给 漓 江

曾经有过巨石的堆积，金字塔，
有过阿尔卑斯山、天山博格达峰
和帕米尔高原的积雪。

有过太平洋、大西洋的波涛，
红杉林，茵梦湖，巫峡神女。
有过卡萨布兰卡的豪华午宴，
凡尔赛，雅典神殿，马德里……
哈啰，好，一一接踵而来。

如今，又有了桂林，漓江，
一次，一次，又一次……
相见并不沉重，
邂逅远非奇遇，
仍然有什么失之交臂，
无法克服的是
距离。

可怎样记住你?
可怎样温存你?
可怎样写给你?

匆匆,
匆匆春也归去,
秋也离去。

## 锦 瑟

那一天,突然坍塌,
诗人的软弱的手指,
指向
宇宙的严密六合,
石头滚滚落地,
无声。

鸬鹚的毒牙已不再尖厉,
红楼女子不再侍酒,
牡丹不再凋零和开放,
细雨也不再潮湿。
恩宠与冤屈,还有爱情,
浮沉的陷阱,还有寿夭蹇通,
推开,
一文不值。
四季的车轮,
也不再转动。

石破天惊!

世界瓦解了,
群星滑落太空,
灵魂的颤抖就这样
震响起……

终于震响了,
五十六个字的
绝唱:
那个叫做李商隐的精灵的诗。

1992 年 11 月写于广西平乐县<br>时参加李商隐研讨会<br>发表于《漓江》1993 年春

## 无　　语

又是奢侈了，
夏天，
戏水渤海，
怀念往日和你
　　松林下漫步，
喝——无名小酒，
做长长的白日梦；
听鸟鸣蝉鸣风雨，
做——诗。

季节的铁的法则，
繁荣和——止息。
期待如马达飞转，
不知道是谁，
　　在出口处等待你。
　　鲜花呢？
生活在寂寞与雷电，
轮番或者合作的倾盆里，
羡慕你的无言，
因为是海。

人生包含夏天,
包含盐、恐惧与征服,
　风遍吹裸露的身体,
在仙去以前,
是青春和健康的自愉。
小小悲欢故事,
　如潮,一时强烈如台风,
掀起来,再无迹。

木星与彗星相遇,
巴西足球队光荣,
谁知道自己与谁碰撞,
何时?
发光或者为什么,
要发光呢?
带着斑斑疤痕,
折断肱骨,
回家看驶向无涯的帆,
　已经碰撞过了,
下一次,
两万年以后。

游过来,游过去,
走过来,走过去,
想过来,想过去,
升起来,落下去。
热起来,凉下去。
在春天,等待夏天来,

在夏天,等待夏天去。
还有几个夏天?

需要的是一根绳子,
叫做或者曾经叫做
——防鲨网。
早已挡不住鱼,
却挡住了心里的
恐惧,食人的鱼。

闲暇如酒,
醺然回顾,自己的
没有实行的罗曼斯,
回顾船尾波涛汹涌。
错过了发表机会,
成为不能接受信号的
　死机。

海破碎了,
　你没有起跳。
熊熊的血泪篇什,
随岁月而淡去。
在安全岛与黑洞之间,
消逝的段落摭拾,
心狱里徜徉遐想,
安慰——谎言。
知道不可逾越,
就是自由。

容纳了风波,
容纳我们先人的尸体,
匆匆来去的船只,
急急与缓缓的号叫,
　蒙头盖脸的污秽,
　小溪流的无端忌恨,
哭叫与咒骂,
还有书呆子的溢美……
岁月,岁月,岁月,
岁月包容在平静里。
每一朵浪花都在重复,
岁——月岁——月岁——月

我不打算出发,
空有好船如梦,
美景就在眼边,
我只喜欢观看,
观看潮起潮落,
观看永远的海,
留得海大吟诗。

接受佳言,
便接受污染。
接受告别,
也接受着自私自利。
接受幸福,
便接受生命虚掷。

接受伟大,
也接受天真游戏。
接受噪音,
便接受更加孤寂。
接受炎热蒸熬,
也接受彻骨的寒意。

人生一世,
如此的吹拂润泽,
又能得到几许?

奔腾呼啸而来,随后
一定杳然而去。
至景茫茫。
饮一杯白水,
养生止于清寂。

发表于《芙蓉》1994 年第 8 期

# 乡　居(六首)

## 蝈　蝈

捉来一只蝈蝈，说是
给顽皮的孩子耍玩，
岂忍心生灵伤残？

早晨蝈蝈冻僵，
灰黑如烧焦的炭，
心不由得一紧。

也算一条命的一生。

太阳出来，灿烂晴天，
抹去昨夜凄风苦雨记忆。

阳光照耀蝈蝈复苏，
第一件事便是唱起情歌，
献给阳光、露水、草地，
和与生命共始终的爱恋。

试图去捕捉,
他不逃遁,
只是唱着,唱着,
即使落入手心,
歌儿也还没有唱完。

## 星 星

谁不爱明月?
明月当头能几番?
明月当头,英雄气短,
回首茫茫乡关,
青春昨日——
渐行渐远。

举首高天,影只形单,
冷雾迷濛,四顾凄然。

劝月亮不要那么明艳,
如果不能带来温暖,
又何必照得满世界难眠?

暗黑中不若请星星下凡,
如颗颗湿漉漉带露花瓣,
举手采撷,编入我胸寰。

如满天发光的棋子,
任凭造物之手排点,

垂落有致,不争不连,
陨落也留下蓝光一闪。

明月啊,何妨山后小憩,
也许你会看到群星灿烂!

## 一个农村小姑娘对我说

伯伯,您可会上树?
会上就赶快上吧,
举木杆把核桃敲打,
不要让果实烂在枝头,
不要让桃仁染黑霉烂。
然后再打两捆蒿草,
把它们捂起来、剥皮、
漂白,在景点前设一个摊点。

伯伯,您不必忙着摘山楂,
等到雪落时节,
摘下鲜红的果子更甜。

还有黄金般的柿子,
时有几个落地訇然。
没事,回回如此,
丰收已在眼前。

伯伯,明天我会起个大早,
雨后采蘑菇,随爸爸上山。

什么？您和我们一起去？
山路太险，我们去的地方你去不便。

## 山　泉

山泉琮琤，
山泉清又清，
巨石狼藉，高山邦邦硬，
只有你呀带来活泼生趣。

不好了不好了，
山泉断流了，
干涸的石头，脸板得铁青：
暴躁绝望，更加愤世嫉命，
谁也惹他不起。

哈哈，山泉又冒出来了，
它有时流在石下，
有时流在地上，
断了，其实没断，
干涸了，其实没干。
沥沥潺潺，
溪断水仍连。

清心漱石，煮茶沐浴，
山虽伟大无敌，
也终于不再那样呆板。

## 山上的树

石头山坡上,
长出了树,
树根紧紧抓住石头山。

任你风吹雷打,
任你雨蚀虫蛀,
树身摇曳,树枝屈伸,
树叶飘飘处处……
你这样委婉多姿,
谁料到温柔善舞。

我才无心曼舞,
我没想移动半步,
你没有移动半步。

即使被台风劈成两股截,
也会再长出新的枝青叶绿,
新鲜,挺拔,翠碧如初。

## 风 铃

你的性格是金属的沉默,
在诗人的抽屉里,
失落了许多岁月,
没有丝毫声音。

偶然挂在乡下屋檐,
依稀发出呜咽试探。
你是多么不好意思,
你自己也没有发现呢——
微风,却又是那么敏感。

犹疑的声音显得遥远,
羞怯中开始轻轻呼喊。

即使风大了,传达的
依旧是温柔往事斑斑。

断续的回忆,
不定的悲欢,
心碎的感动,
一吐的欣然,
未曾料到的间歇,
突然停止——绵延……

你的语汇是多么简单。
你垂下头来,想风,
天风啊,请尽情把我奏弹!
我已准备了那么多年。

发表于《诗刊》1998 年第 1 期

# 旧作十二首

沪上友人谢春彦先生错爱拙作旧诗,鼓励我把旧作整理一下。乃寻出一些陈谷子烂芝麻,都是没发表过的,或可一回眸一哭笑也,此"散德性"之谓欤?

## 题画马

千里追风孰可匹,长途跋涉不觉劳。
只因伯乐无从觅,化作神龙上九霄。

　　此诗作于一九四四年,时十岁,读小学五年级,算是我的"处男作"。

## 感遇二首

### 一

疾首煎肠忆旧时,风花雪月曾相欺。
朝拾暖梦多绮丽,夜论高天亦费辞。
枉使清谈迷目耳,全无良策助妻儿。
昏昏旧事抛云外,且舞锹锄逐大旗。

## 二

可哀最是未觉前，置死方生意转欢。
一点天良愧父老，三生皮肉献河山。
肩挑日月添神力，足踏山川闹自然。
换骨脱胎知匪戏，决心改造八千年！

  以上两首七律写于一九六一年，由于找不到旧稿，有些句子是后补的。

## 赴新疆三首

### 一

嘉峪关前风嗥狼，云天瀚海两茫茫。
边山漫漫京华远，笑问何时入我疆。

### 二

日月推移时差多，寒温易貌越千河。
似曾相识天山雪，几度寻他梦巍峨。

### 三

死死生生血未冷，风风雨雨志弥坚。
春光唱彻方无恨，犹有微躯献塞边。

  以上三首写于一九六三年十二月自北京举家迁新疆的路上——火车上，共写了八首，只忆起此三首。

## 即景二首

### 一

濯脚渠边听水声，饮茶瓜下爱凉棚。
犊牛傲客哞哞里，乳燕多情款款中。

### 二

蚕豆花开苦豆锄，蔷薇初谢马兰疏。
家家列队歌航海，户户磨镰迎夏熟。

> 以上两首写于一九六五年夏初抵伊宁市巴彦岱红旗人民公社二大队时。歌航海，指当时人人学唱《大海航行靠舵手》也。

## 伊犁三首

### 一

老汉扬场疾，巴郎催饭忙。
不知风正好，晚吃又何妨？

### 二

窝室阳光暖，北风扫地寒。
蛟龙应俯首，公社志征天。

## 三

八月伊犁俏，街街瓜果娇。
田园成锦绣，夜半歌如潮。

  以上三首写在公社劳动与在伊犁生活感受，本来写得更多，其余记不起来了。巴郎，维吾尔语，男孩之意。
  窝室，指"地窝子"，工地上的一种简易住房，在地上挖坑，再搭上顶子而成，四分之三在地下，四分之一在地面上，倒也冬暖夏凉。一九六五年冬，我去大湟渠渠首参加龙口改建工程，有住地窝子的经验。

## 听 歌

胡语胡歌亦动人，苍凉一曲泪沾襟。
如麻旧事何堪忆，化作伤心万里云！

## 文 海 往 事

激情如瀑思如泉，弱笔何能驭纸船？
好梦如花苦技短，良师作雨润心田。
文海滔滔风浪恶，晴空丽丽路途宽。
拙痴往事成一笑，毋馁毋骄山复山。

一九八四年三月

# 访日俳句十四首

## 为 客

樱花已落去
犹有芳菲盈心曲
为客亦佳时

## 东 京

何处是东京
公路楼阁千万重
但闻车轮声

## 在福田家用和食

案上食如花
杯中波碧醉煎茶
欢聚福田家

### 在岚山瞻仰周总理诗碑

　　山下水如镜
　　斯人已去诗心映
　　春光苍翠永

### 在岚山脚下嵯峨野午饭

　　古筝拂若无
　　嵯峨野趣汤豆腐
　　阳光明笑语

### 看奈良唐招提寺
### 东山魁夷为鉴真所作壁画

　　和尚亦思家
　　扬州垂柳千枝发
　　能不将泪洒

### 广岛夜游

　　灯红与酒绿
　　遍寻不见原子狱
　　广岛非昨日

## 雨中游南海放送的太阳公园

　　太阳公园好
　　雨中游园别样俏
　　春光总未恼

## 登松山古城怀俳句诗圣子规

　　雨后松山美
　　登高遥望山与水
　　悠悠怀子规

## 在东京出席招待会

　　今夕喜相逢
　　新知旧雨队如龙
　　含笑井上靖

## 无　题(一)

　　战时在华北
　　目光闪烁君含泪
　　往事何堪忆

## 无　题(二)

　　本是来初次

无穷旧事纷扬起

此情应相知

## 无 题（三）

相逢何相亲

古今因缘细谈论

更在不言中

## 话 别

樱花尽离枝

依依登机许来日

当不误花期

发表于《人民日报》1988 年 8 月 17 日

# 南 行 十 景

## 惠州西湖

人在湖畔游，湖在眼中秀。
欣欣相遇时，恋恋分离后。

## 东坡故居并朝云墓

明丽唯西湖，风流属东坡。
沉浮嘘梦露，挥洒耀山河。

## 深圳特区

深圳本无市，新安岂有楼？
风光一夜起，开放便丰收。

## 旋转餐厅

飞蓬是华灯，舞歌爆巨星。
清平世界好，何不唱真情？

## 粤 菜

老广爱生猛,家乡菜最香。
走遍满世界,第一是珠江。

## 商品意识

使君且为商,财源似大江。
书生数老九,爬格夜未央。

## 社会福利券

求福应有福,梦财未必财。
得失皆一笑,何不兴乎来?

## 凤 爪

羡凤难为凤,成鸡意未鸡。
烹炸乏妙术,滋味寸心知。

## 树 木

榕树根如盘,荔枝冠盖圆。
北国万木寂,春至再争妍。

## 龙川矿泉

龙川有矿泉，饮之何陶然！
洗去尘与土，还余美少年。

发表于《羊城晚报》1988 年 2 月 16 日

# 阳朔行十八首

## 山　水(一)

河曲水益清，雾浓山渐深。
水明鱼畏眼，山密草藏风。

## 山　水(二)

袅袅寻山来，匆匆戏水去。
扬扬去复来，可解桂林趣？

## 山　水(三)

登山不见山，划水安知水？
嗟尔观光客，失之交臂处。

## 山　水(四)

山后重重山，川头漫漫川。
山川俱尽处：一片晴明天。

## 烟 雨

朦胧非做意,烟雨共春多。
须叹眸瞳浅,何伤峰嵯峨!

## 城 市

客盛乡情涩,船稠诗味稀。
斯城难寂寞,一唱一长吁。

## 景 名

命意迷真意,扬名或伪名?
青山终不语,黄口自"多情"。

## 马 象 石

亦马亦如象,凭君视不同。
白石焉有诈,神异是天成!

## 大 榕 树(一)

树大难为用,横生便张扬。
莫究质与价,购票聊捧场。

## 大榕树（二）

树大难为用，横生未可知。
何劳问轮理，留影便相思。

## 经画山

指马遍山马，亲龟龙似龟。
生生无定势，侃侃意腾飞。

## 月亮山

此山衔夜月，朔望随君视。
忽见月中桂，吴刚怅惘去。

## 青蛙石

青蛙踞山脚，欲跳欲淹留。
留去难知命，客将教我否？

## 巨扇

巨扇难为扇，夏来不纳凉。
换得外汇券，恁断骚人肠！

## 奇　峰

奇峰未可及，辜负登临意。
梦之亦神伤，且尽杯中事。

## 吟　咏

游旅俨然旅，观光未必光。
不识真面目，妄咏也铿锵！

## 怪　石

君作桂林游，君称漓水秀。
良朋集四海，谁解怪石愁？

## 秋　思

江净心犹净，石奇语又奇。
扁舟浮碧水，片纸寄秋思。

**附注**：马象石距阳朔一公里，上视如马饮水，下视如象行路。大榕树为阳朔一景，欲近睹姿容需付四角购票。画山在漓江路上，石纹如马，谓观马愈多便愈能富贵。青蛙石在大榕树一带，观之如青蛙临水。月亮山亦阳朔一景，山峰有洞如月，随观看角度而变形，犹月之朔望；洞中可见一树，或谓系尼克松总统访问时所栽。阳朔产巨扇，售者争用英语日语兜售"老外"，生财而有道焉。

发表于《光明日报》1988年11月20日

## 张 家 界

一九九〇年十一月承湘中诸友美意得访湘西,并至张家界一游。吟七绝一首。

群山有径腾云意,万景无心走笔痴。
造化应怜秋日晚,寻仙远客未移时。

## 自嘲打油

潜心创作当然好,偶受撩拨亦意中。
小试身手成一笑,且尝米粟煮香羹。
<blockquote>友人以原阳香稻紫糯相赠,煮粥甚佳。</blockquote>
携妇将夫来旧友,谈文论事会新朋。
江河南北文如雨,驿道东西意似风。
往事滔滔结长卷,心潮历历绘芳容。
<blockquote>指鄙人长篇小说新作《恋爱的季节》。</blockquote>
人间最妙爬格子,世上无双耍狗熊。
<blockquote>近日俄罗斯马戏团来华演出。</blockquote>
室陋难遮蚊蝇蚁,树高可栖鸟猫虫。
<blockquote>购得国产及日本、英国产杀虫剂,有效果亦有异味。</blockquote>
执玉能无趋步舞?遗金应恨阿谀声。
<blockquote>旧日门联有"守身如执玉,积德胜遗金"句。
既未免俗,便受趋步阿谀辈欺骗,活该。</blockquote>
搓麻略知中发白,遣韵不谙东冬咚。
<blockquote>青年时期痛恨麻将牌,现已心平气和。从八岁读《诗韵合璧》至今未竟。</blockquote>
性急莫扤粥灼灼,神畅何伤笔匆匆?
三人成虎终非虎,二睛点龙犹畏龙。
纸虎何需劳武二?好龙仍应推叶公。

> 设想武松打的是纸老虎……叶公只在审美层次上好龙,应是可以允许的。

青丝甚密夸年少,醴酒微醺唱河清。
青山自有青松在,碧水长流碧浪情……

发表于《新民晚报》1992 年 9 月 19 日

# 自 画 像

身高不足一米七,体重徘徊六十七(kg)。
头晕皆因爬格子,腹健不辞冷扎啤。
   已十年不喜啤酒,近来日益得趣。
心宽留得青丝密,意远容下鼠犬鸡。
枕高来劲得海梦,粥烂去瘟养肝脾。
   每天睡眠九小时,著有《来劲》《海的梦》。
波斯猫亮夜的眼,日本钟分时之区。
   猫已不幸辞世,《夜的眼》亦拙作小说篇名。
   钟指可显示不同时区时间的日本电子钟。
曾有壮志挥椽笔,更无闲情争骡皮。
神清何惧演而变,气爽随他裁与批。
笑看纸虎旋成鼠,敢嘲灰狼充牙医。
植树枣椿石榴柿,为文长短散论诗。
皱眉更添读书结,微笑且流意识稀。
   在《读书》杂志上辟有"欲读书结"专栏。此二句窜盗燕君作。
客至忙煮牛百叶,铃响我称(读趁)绳无机。
   购得摩登之电磁炉。
家有贤妻无大难,道绝诡术远小蹊。
   自撰座右铭曰:"大道无术。"

戏章刻做逍遥字，电脑打出爱恋诗，
<small>敝人有闲章三：无为而治、逍遥、不设防。</small>

<small>爱恋诗指拙作《恋爱的季节》，即出。</small>

一本一本又一本，留给读者且猜疑。
<small>为押韵，并非自诩玄秘。</small>

发表于《文汇读书周报》1992年11月7日

## 且将故事说浮生

近几年,主要精力在写长篇,但也还是碍于知我爱我的编辑先生、小姐们的情面写了不少报屁股文章。喜怒哀乐,酸甜苦辣,得失轻重,祸福险夷,人生固有写不完的文章也。吟道:

雕虫报屁求轻松,事到悲时意渐平。
非有闲心噱宥小,且将故事说浮生。

少年心气最堪哀,写尽三江意未裁。
霹雳一声鱼化鼠,天公笑我小无猜。

叱咤风云岂费词,散文清韵两由之。
青山游遍人应瘦,忘却悲欢总是诗。

一年四季何逍遥,落尽桃花未有桃。
春夏秋冬皆忘却,敲敲电脑便陶陶。

一九九四年六月

# 夏日杂咏五首

## 一

夏阳似猛虎，蝉噪如擂鼓。
大块火炉红，苍茫海欲煮。
岁心甲戌盈，击浪八千亩。
我有长生丹，凌风抱月补。

## 二

流火连八月，凉风起太清。
日出浪烂漫，潮落石峥嵘。
暑盛知秋近，天空悦眼明。
明朝辞海去，何有羡鱼情？

## 三

鱼游何羡我，我乐不思鱼。
鱼我两相忘，水天一色如。
悠悠感岁月，历历哀诗书。
浩渺心如海，身舟自在浮。

## 四

潮涌心为海,风闲身作舟。
天舒怅望叹,帆卷逍遥游。
仙界通人境,壶中观九流。
怡然收眼底,何必上高楼?

## 五

今夏金瓶怒,风雷雨电多。
江湖皆爆满,道路阻滂沱。
欲静知清泄,思澄养太和。
波平穹野阔,把酒酹山河。

发表于《新民晚报》1994 年 9 月 3 日

## 咏 蝉 八 首

### 一

咏蝉佳句多，蝉数复如何？
难饱犹难饱，蹉跎自蹉跎。
倚风风已黯，泣血血将白。
何不换包装？翩翩效粉蛾。

### 二

扰梦难为欢，长歌最堪怜。
噪声方睿智，铩羽近神仙。
盛夏仍戚予，金秋更怆然。
岂如率性唤，不唤待何年？

### 三

昨日土埋久，今夕聒噪多。
一吟得夏趣，再唱亦酸歌；
三唱觉失味，四时尔最拙！
知了应"知""了"，啰嗦无可说。

## 四

倒海翻江志，蝉鸣可破天。
先声吞日月，老调动关山。
欲鼓浩然志，频出伟哉言。
蹦跶一阵子，潮落水尤蓝。

## 五

蝉公本树仙，薄翼何飘然？
知蜕通渊道，无宅任自然。
玄机未可语，幽默唯清言。
略惹尊听恼，相容应未难。

## 六

想哭恁痛哭，要叫便欢呼。
鸣止皆天籁，律节岂计谋？
响翼生而就，高声唱便出。
何劳糠稗妒，损肺伤肝无？

## 七

格物论虫害，鸣蝉在其列。
深文复周纳，哀怨将哭绝。
自病恶声噪，人夸佳音雀。
长夏苦永昼，大梦我先觉。

（先觉便闹吵，如是大罪孽！）

## 八

鸣蝉非高蹈，缘树避虫蝎。
虫蝎或可避，人毒无处匿。
或伸长竿粘，或掘土三尺。
拔翅裂蝉体，涂炭成笑谑。
玩赏掌中泣，人性可疑也！
更有科学家，考证蝉之害。
一入害虫籍，人人得绝灭。
屡灭未必灭，不平何时歇？
我自求我偶，尔自反尔侧：
人贪必少梦，气盛则自虐。
蝉儿非烦人，一夏有几月？
能不享生趣？能不热打铁？
爱爱天之伦，生生乃世界。
转眼秋风凉，从此长为别。
蝉类苦其多，蝉身苦其弱，
蝉寿苦其短，蝉声苦其烈。
小蝉苦寂寥，嘶嘶聊为悦。
时吟断肠曲，吉他奏小夜。
今宵且为欢，明朝露湿羽。

发表于《新民晚报》1994年9月19日

## 秋　兴

昨日蝉鸣如海啸，今夕蟋蟀啼伤调。
促织唧唧天渐清，盛夏未已秋风。
方苦烈阳如火烧，转眼惆怅夏将凋。
盛夏猛威能几日？斗转星移又一季。
三伏书写汗如雨，头晕脑涨丝无缕。
夏天欲过又悲伤，一年何处好文章？
冬天下笔亦怆然，雕虫伤目又经年。
一天格子两千五，七百万言如粪土。
粪土黄金何必分？黄金似土土似金。
文孱太多文才少，嗷嗷待哺出口咬。
始而得意吹死牛，顷而怕惧叩血头。
黑马踢蹬也成器？小棍新衣充皇帝。
即使鲁迅文如刀，庶几割掉几脓包？
赵太爷、阿Q装扮贩迅翁，文章到底是书生。
可怜封作董事长，自慰喷嚏须添响。
文深如海风波高，白鲨出没（海）狗夜嚎。
也曾自负才与华，漫天遍地织云霞。
也曾夜梦生花笔，闪闪珠玑四十里。
也曾惹祸因文事，摧眉折腰是是是。
也曾芝麻节节高，一似飞牛上九霄。

281

急流勇退古来难，心未飘飘身已还。
两岸猿声啼不住，轻舟已破千层雾。
水深浪阔无失堕，虾鳖流涎何所获？
旧事烟云唯过眼，回眸一笑百结展。
恋恋依依难舍文，不写小说丢了魂。
男儿重文轻七尺，语不钻心不如死。
钢笔用罢用电脑，电脑通灵催人老。
一季一季又一季，花开花落无消息。
一年一年又一年，盈虚风雨复杳然。
忙里偷闲闲里忙，小说小说恁断肠。
笑里有哭哭里笑，疯疯傻傻谁知道？
梦里寻文文里梦，嚼文掉句已成病。
完了又写写了完，我乘小说如乘船。
挂帆揽胜到天边，山外仙山天外天……
得失寸心殊堪悲，谁解千年是与非？
行云流水伤"开河"，推敲锤炼讥雕琢。
结合实际攻影射，拉点距离曰失落。
失落大言与光环，尘埃落定喜等闲。
失落市场与稿费，莫慌莫馋不憔悴。
失落大锅铁碗饭，勿谓知音都不见。
问他东南西北风，心静气朗坐船中。
庖丁解牛亦尴尬，深文周纳批出花。
无本凸腮是名家，万利首推指偏差。
没了作品有了理，逮了机会收拾了你。
装腔作势成气候，能废山河好锦绣？
先贤营字"虫"从"文"，自有蚊虫叮文人。
文章憎命文名嫉，头臀无恙谢天地。
悠悠岁月几千年，感天动地谁来言？

感天动地曰太累，嬉嬉笑笑能无愧？
不可敏感不可玩，不吃青草不吃盐。
胡诌乱砍诗打油，凑趣逗笑莫过头。
时过境迁逢盛世，不怨天来不怨日。
写得不好怨个人，过得不好怨爱人。
曹公饮粥写"红楼"，哪像如今绕世游？
反求诸己心方宽，敢遣诗情到笔端。
四季如轮疾疾转，真心真意金不换。
著书非为稻粱谋，呦呦鹿鸣友朋稠。
书中自有颜如玉，书中自有心如炽……
夏去秋来很自然，嘈嘈切切错杂弹。
一年豪雨今朝多，文章由心非由他。
仰天长啸复高歌，四顾茫茫心如割。
此情可待成超脱，问君此意——
呜呼，百年一世挥椽扛鼎笔酣墨饱之作能几何？
花甲之年拨心曲，遥想读者泪如雨！

　　　　　　　　　发表于《新民晚报》1994 年 10 月 24 日

# 盛夏杂咏三首

## 咏 海

老松才止雨,新月漫拨云。
细浪悄独语,毫纤不染尘。
骇浪孰无惧,清波吾欲怜。
怜怜还惧惧,牵绕又经年。
聚散薄云意,沉扬巨浪心。
弄潮九万里,不负未凋身。
任尔风掀浪,浮沉自在身。
飘飘共蚌舞,漫漫与蝉吟。
轰轰风口恶,炸炸霹雷悬。
未疑东海怒,且在浪尖眠。
老大游沧海,翩翩非少年。
身闲涛可枕,稳坐未须船。
水深与火热,今夏如汤煮。
自有清波青,了无燥与暑。
年年河北戴,岁岁关山海。
潮涨又潮消,朱颜可已改?
已无白马志,犹有碧波愁。
天海苍茫处,几多是旧游?

盛夏涛中乐,隆冬瓮里春。
六合无挂碍,四季俱通神。

## 羡 鱼

已无奔马志,犹有羡鱼情。
戏水汪洋里,观潮起落中。
鱼戏澄明里,鱼游无定意。
一朝入网镂,都道鱼肴美。
美味已难尝,汤羹百里香。
渔夫多妙计,浪阔可深藏?
君在江湖中,君栖盘碗里。
缘机略有别,都是萨其米。

萨其米,日语音译,言生鱼片。

独游非寂寞,佐酒亦辉煌。
随遇成滋味,何必费葱姜?
高洁宜冷拌,富贵赖红烧。
岂敢充名菜?莫如海上漂。
佳人喜活鱼,鱼喜佳人否?
愧谢庖厨恩,仓皇逃远处。

## 牌 戏

牌戏无长算,徒劳费运营。
和合童趣在,清爽一条龙。
诸事无长算,谁能永驻庄?
得失皆一笑,糊涂更风光。
牌戏终为戏,堆沙筑大城。

285

### 八番成泡影，七对岂轻灵？

发表于《新民晚报》1997 年 8 月 14 日

## 七 绝 七 首

或谓"王某已过时矣",闻之大喜,赋得七言七韵,诗曰:

### 一

过时雁唳意陶然,心在白云苍狗间。
发未萧疏身已旧,文犹酣畅兴初阑。

### 二

再闻时过喜如狂,旧浪推前唱大江。
日月光华纠漫漫,易薪传火本寻常。

### 三

过时非过笑非时,谱罢新章谱旧词。
　　　　谓过失之过。
何当共饮趋时酒,却话悠然过气时。
　　　　香港人戏称过时过期为"过气"。

## 四

人尽行时吾过时,便知道骨与忧思。
飘然借问山头月,可忆风云虎豹时?

## 五

小荷才露尖尖角,大浪应淘漫漫沙。
归去山中敲柿枣,新茶陈酿好涂鸦。

> 常去北京远郊山区写作,以避蚊蚁。山中有柿枣梨杏树多种。

## 六

天地不仁桑化沧,瑕疵万象未堪伤。
潮消潮长珠无恨,花谢花开果自香。

## 七

光如萤火意如磐,笔走风雷胆未寒。
老去流星非寂寞,赤轮应度玉门关。

> 四句谓太阳东升,萤火虫自当快乐地黯然失色;流星陨落,划破夜空,好梦得圆,然后叫做一块石头落地也。何况据说太阳并不介意别的美的与不美的小发光体或不发光体,而只是接纳它们与照耀它们。

发表于《新民晚报》1997 年 12 月 7 日

# 山居杂咏十一首

## 今 夏

今夏无诗兴，忧心逐抗洪。
江河涌大海，血肉筑长城。
天裂军民勇，浪高心志雄。
方思痛定痛，更盼诚中诚。

## 风 铃

不知风何自，镇日响铜铃。
红果果方赤，秋山山更青。
几番晴雨后，一季炎凉中。
电脑敲孤叟，三生未了情。

## 投 稿

一稿刊八报，声威赫赫凶。
文心宜淡淡，法眼莫匆匆！
不若归山坳，何妨醉晚风？
短长争即日，高妙叹平生。

## 新 景 点

危崖先辟路，曲涧好观光。
度假施新计，郊游赁旧房。
扬名须鹊噪，揽客赖包装。
周末大巴至，村姑叫卖忙。

## 夜读之一

碎玉恁堪怜，明光丽目眩。
穿珠觅彩线，掌舵失罗盘。
七引八摘后，九儒十丐边。
披衣兴浩叹，怅怅难成眠。

## 夜读之二

大才未竟篇，臧否随舌尖。
君憾珠无泪，我悲句有烟。
东西相映妙，物我通达难。
何必全无敌？悠悠山外山。

## 夜读之三

为学苦上苦，创意难尤难。
摘句风人趣，寻章学士闲。
勾调鸡尾酒，兑配冷荤餐。
书海茫无际，望洋愧小船。

## 神 仙

何处神仙洞？山深未可知。
居高枕素月，临下乘华车。
雅兴期飞鹤，清修忆诵尼。
忽而露利齿，切齿亦仙姿。

## 晚 宴

相煎何太傲？本是同枝宗。
放火尊神怒，燃烛病体惊。
咂摸品猎获，挥霍夸猛生。
腹内矜伐气，耳根舒适声。

> 此首忆及国外一家西餐馆用饭情景，并感近事。欧美人在比较正式的场合，喜欢点蜡烛进餐，竟令我想起州官百姓之喻。又，该餐馆中有人工营造的"泉水"叮咚不绝，加上侍应人员的甘言柔语，听来何等受用。惜哉，人之不能常在侍应生簇拥中也，无他，岂有如此多贴补（tip，小费）在手边欤？

## 草 木

浮沉皆一笑，明月落山中。
世界观奇妙，人杰逞伟雄。
尘云或蔽日，草木难通灵。
此夜逢狐鬼？嗟嗟羡蒲翁。

居山处草木深深,友人笑曰:"此聊斋故事之环境也。"蒲翁谓蒲松龄。

## 中 秋

中秋节令好,寻月赴深山。
未见玉盘满,曾愁珠幕连。
唧唧虫似泣,暧暧雾如烟。
夜色终清碧,云深遮亦难。

发表于《重庆晚报》1998 年 10 月 29 日

## 哀文友八首

近年诸多同行好友逝去，写此以志其悲。其中张弦与我同岁，在京时自一九五六年至一九六二年我们过从甚密，他稀里糊涂便在"反右"运动中落难。一九六三年我去新疆，后来他也去了安徽，"文革"中失去联系。其后好不容易春暖花开，他的小说颇有成绩，但又因私生活中的种种困扰，不能专心写作，我曾厚责之，终释然无间。今弦老弟未尽其才而早逝（最后差几天，他连自己的作品研讨会也没等上），思之黯然。

茹志鹃是我六十年代最喜爱的国内小说家，她在文坛荒芜之时，秀出于林，给了彼时被剥夺了写作权的我辈以许多安慰，盖文才毕竟未可全歼。《静静的产院》《阿舒》《草原上的小路》都是她的名篇，曾被批评为多写了"家务事""儿女情"，她后来专门写过以此为题的两篇小说。

祖尔冬·沙比尔，是维吾尔族著名小说家。一九六五年，我举家迁往伊犁，搬运家什时曾在伊宁市西大桥与他巧遇，他帮助我们推车上坡。他当时是市二中教师，我妻子也分配到二中任教，我们是同事兼邻居。依维吾尔族习惯，我们或有机会相聚一堂，饮酒高歌，解忧忘苦，忆之犹如昨日也。他才六十一岁，逝世于今年八月十三日。

汪曾祺多才多艺。他的心一直很年轻,他是真正的美食家,江苏高邮人氏,故诗中提到淮扬菜系。一九九一年我们同游牡丹江市,他很喜欢那里出产的响水稻米酒。

刘绍棠常常以运河边上的儒林村为他的小说场景,故有"儒林传"句。其人意气风发,多餐善饮,神童未老,雄心长存,一意向党,情系乡亲,天不我待,何期早逝!思其高谈阔论、推心置腹之状,犹在眼前,悲夫。

诗人张志民谦和克己,公认大好人。他的诗歌成就、革命资历、人品威望,固在许多"红人"之上。然而,他这个厚道人从不在乎这些,他可可不是孜孜于公关的以非文学路径显赫一时的无著名作品的著名作家(言出艾青),他在"文革"中罹祸秦城。我们平日难得有机会一叙,遇到烦闷时刻,必能相濡以沫。他总是一副笃诚温顺、笑容可掬的样子,而他的诗作却是爱憎分明,力透纸背也。

我要追悼的还有最近仙去的陈登科、罗洛、周介人、胡万春等。他们中三位都是生活在上海的作家,上海数月内折了四员大将,鸣呼哀哉痛也!

## 哀 思

故人如落叶, 片片凋秋风。
昔唱花成海, 今悲月似弓。
临川恸逝水, 望岳闻霜钟。
吟罢愁青鸟, 沧桑隔世情。

## 悼张弦

同庚同蹇舛，秀蕾秀非时。
露雨孰相润？晴光亦差池。
羊亡哀路曲，笔滞恨情痴。
大患文章罪，才思未尽驰！

## 悼茹志鹃

锦绣生花笔，绵绵称志鹃。
"草原"寻"小路"，"产院"丽芜园。
历历妻儿貌，哀哀家务篇。
《阿舒》吾甚爱，眷眷在人间。

## 悼祖尔冬·沙比尔

当年有巧遇，相会伊犁桥。
歌哭肠欲断，醉笑魂应销？
泼洒边关色，行吟塞上娇。
忽然传噩讯，涕泪满衣袍。

## 悼汪曾祺

汪老老而俏，诗文书画娴。
《沙家浜》戏雅，《陈小手》活(儿)鲜。
至味夸扬菜，醇醪赞牡丹。
逍遥驾鹤去，何日采菊还？

## 悼刘绍棠

神童永少年，意气焕新颜。
豪饮卷东海，壮食平北山。
痴心海内誉，巨笔儒林传。
父老情谊重，相别何蓦然！

## 悼张志民

好人多祸患，血泪浸文心！
厚道谦恭紧，诚直咏作勤。
秦城冤狱苦，热土情诗真。
鲫鲋谁相濡？温和忆志民。

## 悼上海文友

沪上多良友，匆匆归去悲。
坎坷因宿命，仓促是行期。
试炼苦方久，欢愉惜甚迟。
一朝闻作古，心事尽成灰！

发表于《文艺报》1998 年 11 月 3 日

# 七律五首

## 少年

少年慷慨笑嫣然，挑战鲲鹏搏九寰。
审父应知观火易，捐身岂畏弄潮难？
隔靴议痒可益智？信口搬山容焕颜！
代有才人脱颖疾，千红万紫是春园。

## 山径

攀援无路踏山石，滚滚棱棱各有姿。
应让天工千部巧，须知人事百年期。
梯田侧细蒿疯长，涧谷曲弯柏未直。
魂断黄昏归鸟处，扑扑落落入冬时。

## 言说

辉煌酣畅是何年？荡腐劈尸谈笑间。
敢怨苍天无慧眼，骄称一己有神鞭。
兴风何物疆为界？取火全凭血作丹。
百代悲凉君记取：如焚情志恁堪怜！

## 写 作

独坐深山忆旧时，心如明月笔如痴。
曾因激越多佳句，岂敢轻狂已烂泥！
落叶飘摇风送雾，长图裁制血抽丝。
惘然街市迷嚣色，流水高山未可期。

## 风 起

山石如洗月如银，北地秋风冷意侵。
褐叶凋零千树立，红尘绚烂一心存。
文思断续哀风雨，笔力奔突叹鬼神。
漫笑书生徒字纸，杜鹃啼血也惊魂。

发表于《新民晚报》1998 年 11 月 10 日

# 国庆五十周年三首

## 一

轰轰烈烈五十秋，岁月匆匆笑老叟。
阅历炎凉惜胜景，吟歌苦涩恨东流。
旌旗依旧人非旧，歌舞方稠意更稠。
喜见男儿方队勇，主席形象永城楼。

## 二

如生形象似当时，参透春秋岂可知？
地动风摇力断铁，花肥叶艳清出泥。
红旗猎猎山河壮，健步铿铿虎豹驱。
天兵编队"歼八、九"，兴我中华自可期。

## 三

人生难再五十年，且唱天高月正圆。
日暖风急秋似锦，兵强炮壮气如磐。
因逢盛世多期待，既遇同心敢放言。
胜负兴亡有定数，民心天理应无偏！

原载《绘图本王蒙旧体诗集》(线装版)2001年

# 五言古诗二题

## 咏天柱山

有山名天柱，其势何雄哉。
兀然顶天地，不驯逞傲桀。
天堕石为鼓，谁来擂拍节？
跃跃石如蛙，何处跳天阶？
伸延石若桥，通天复奔月。
触目石如剑，寒光映霜雪。
惊恐迷知性，不知己何在。
大雾已弥天，不知山何在，
不知柱何在，不知路何在，
在在如匪在，不知如不在。
峥嵘峰如刀，欲分雾之海。
分海海岂分，劈潮潮未歇。
云雾织锦缎，峰峦布阵列，
气势颇逼人，形状更奇绝。
糊涂入壳中，如何出云霾？
幽幽洞若线，匍匐走蛇蝎。
千曲百折后，豁然亮山野。
遍坡草开花，朵朵展异彩。

悠悠清风起，林木喜相接。
此处影横斜，彼处日明灭。
忽又光秃秃，冷面坚如铁。
寂寂杳无人，森森并切切，
骇然复凄然，喧嚣都忘却。
忽然谷若渊，无底亦无结。
众生皆归一，六合一墓穴。
临之心若失，观之胆欲裂。
天裂山亦裂，无形又无觉。
思之多疑惑，愁肠转喜悦。
会当正其时，不可存苟且。
爬山不言老，巅峰尽可越。
石山无定势，起伏皆激烈。
我见山多矣，未见此山倔。
或如随便堆，或如任意写，
或如砍抡砸，或如嬉笑谑。
或如示警策，或如惩顽劣，
或如惊流俗，或如戏鸦雀。
挥洒浑不论，块垒狂宣泄。
或谓多禅意，万象皆心界，
或谓后现代，全不讲章法，淋漓乐构解。
造化自威风，意深未可猜。
大匠本无心，大道能有略？
天意即无意，舒卷随他去。
无心见天心，无心自决绝。
庸人吓欲死，凡人谓匪帅。
俗人评头足，衰人唯拙劣。
天才皆寂寞，奇山亦可哀。

天柱少知音,今朝知音届。
大作大手笔,心通便相悦。
登之有所感,懔懔未敢豫。
噫吁呼,王子曰:伟哉,天柱山也!

## 咏黄山六首

一

不见黄山松,先见黄山雾,
大雾漫山坳,奇峰遁何处?
云飘雾散时,怪石爱显露。
偶入荣国府,天堕孰能补?
失落青埂峰,悲断天涯路。
未劳惹相思,阴云闭灰幕。
应知石无恙,唯愧无明目——
双目如鄙(B)超,何惧云与雾?

二

黄山颇似梦,梦中曾相谙。
哪里呀哪里,梦中蜜蜜甜。
相见便相识,经时若经年。
相逢犹相恋,前生有因缘。
俊秀应自赏,云雾似衣衫。
衣衫常变幻,黄山更飘然。
层层浓与淡,可怜无数山。
进退皆奇景,内外信可观。

亭亭复袅袅,隐隐更连连。
停停还走走,难舍意绵绵。

## 三

何必曰猴子,未必观太平。
无心拟猴体,有意怜苍生。
顽石遥相应,松柏尽展容。
山山皆趣事,路路有不平。
黄山无限好,无情胜多情。

## 四

周年六十六,始上黄山峰。
迟早是定数,行止随心声。
石径勤清扫,客房甚老成。
登山汗如雨,谈笑仍风生。
友人齐快乐,向导甚机灵。
才眺光明顶,又瞥狮子峰。
匆匆登复下,可有羡石情?

## 五

黄山多情侣,情侣更惜情。
重金购小锁,锁住身与灵。
钥匙抛深谷,离分不可能。
旧锁渐霉锈,情侣何所终?
满眼烂铜铁,污染好景风。

锁贩赚其钱，愚众笑顽冥！

## 六

都知黄山名，都道黄山美。
外宾来五洲，同胞无南北。
山山写国画，队队忙接轨。
游人如蜂蚁，农友负重累。
旅游成热点，更觉黄山媚。
盛名揽客众，盛况如酒醉。
名山引垃圾，名人招脏水。
本是神仙居，如今创外汇。
黄山逢盛世，草木尽尊贵。
山气日夕佳，人气更比山气蔚！

**附记**：今秋十月，我参加了安徽省的二〇〇〇迎驾笔会，与众文友游览了天柱山、九华山与黄山。为诗记之。

天柱山下有三祖庙，是供奉禅宗的庙宇，故诗中提到山的禅意。

黄山有一块飞来巨石，是电视剧《红楼梦》用来摄片头的，当取贾宝玉是石头变的——来自和走向大荒山无稽崖青埂峰之意，我们那天去看，逢大雾，巨石忽隐忽现。

与黄山一见如故，忽然想起邓丽君的歌《甜蜜蜜》，戏化用其词于诗中。

猴子观太平为黄山一景。

常见黄山游客在各个景点扶手或悬索上锁住的情侣锁，无非两锁锁在一起再不分开之意，锈锁累累，甚碍清目，乃为诗讥刺之。

写罢，觉得欠了九华山一笔账，九华山是佛山，待我佛法更精进一些再写关于九华山的诗吧。

# 瑞士行七首

## 响泉之一

何必天公怒，清泉自有声。
劈石猛虎啸，炸浪惊雷鸣。
水溅三山外，风摇百尺旌。
游人喜复惧，俯首赞无穷。

## 响泉之二

清水掀波浪，高风破穴空。
何方地正裂，此处山方崩。
疾疾如击鼓，翩翩似跃龙。
嗟然叹寥廓，浩唱东西中。

## 观洛桑日内瓦湖畔卓别林像

比例一如一，合成铜作肉。
长有大师风，岂无小丑"秀"？
悲情绞肺肝，妙趣喷鱼豆。
铅泪动湖波，辛酸伫立瘦。

## 卓别林像之二

秋风度暗冷，大匠可添衣？
眉眼皆生动，体形自凝痴。
荒唐哭作笑，演化喜犹悲。
万态千姿后，湖旁未忍回。

## 过洛桑奥运总部

奥运红如火，办公静寂悄。
只见群雕美，难闻万众烧。
青春喜盛会，节日歌狂飙。
筹划幄帷里，小楼未见高。

## 咏瑞士首都伯尔尼

皆知日内瓦，未识伯尔尼。
首善非激荡，多福在静怡。
教堂鸣正点，玩偶举偏旗。
城市黑熊数，名实便不违？

## 无 题

立中未必中，中立诚已立。
处处花团鲜，山山水簇碧。
多游物价升，免战民居丽。
至此复何求？怅然若有失……

**附记**：二〇〇〇年秋，余游瑞士。参观伯尔尼附近"响泉"，有大水自高山降，冲开石障，轰然巨响，真骇然也。洛桑有电影大师卓别林生前的最后一个住所，他死后，人们在日内瓦湖边树立了一个一比一的卓别林铜像以纪念之。观之怃然。想起周总理当年在日内瓦会议期间宴请卓别林事，更有沧桑之叹。铅泪云云则出自李长吉诗"忆君清泪如铅水"。

伯尔尼虽为瑞士首都，但比较安详宁静，远不如日内瓦之有名。据说此城因多熊而得名，伯尔尼者，熊瞎子之谓也。至今城市里还养了几只熊，令人觉得有趣，但也有点不伦不类。教堂上有一些鸣钟游艺设备。逢正点则有士兵玩偶表演活动一番。

洛桑并有奥运总部，我因去时是星期六，寂无一人，但见许多表现体育运动的雕塑群。

又，对于瑞士的永久中立问题，也难免有各种说法，当地居民却因其特殊处境获益不少。旅游胜地，物价奇昂，风景奇绝，真仙境也。仙境也罢，至此却又若有所失，个中体会，非几句歪诗所能道也。

原载《绘图本王蒙旧体诗集》上海古籍出版社 2001 年

# 春日杂咏七首

## 山 中（一）

麦苗铺绿草初青，铁树铜枝蕾见红。
蔽野风沙扬复落，连天雾雨晦还晴。
坡阴且叹残冰破，地面欣观野马腾。
何必期期言气象，惊蛰过罢是清明。

## 山 中（二）

平原正是好清明，山里梨桃犹惧风。
午后才知春气炽，晓前暂避月光青。
年年柳叶长含碧，岁岁诗章渐淡情。
往事飘摇成一笑，佳什丽句难寻踪。

## 杭 州（一）

良朋邀我下江南，又是烟花四月天。
蚕豆天然新草绿，杜鹃烂漫嫩茶鲜。
年华老大诗犹怯，历练辛酸梦渐酣。
山色层层苦日短，水光照影毋愁添。

## 杭　州（二）

行吟湖畔正佳期，枉是知鱼难作诗。
挥洒苍凉如既往，阐发快慰亦合时。
波光缯亮船歌饮，塔影婆娑鸟荡驰。
春色妖娆游客醉，微醺疾舞胜仙姿。

## 普　陀

观音大士踏潮头，香客云集颂九州。
逸事珠圆成圣典，偈言玉润解愚愁。
应有佛心通净界，岂无慧眼识清流。
拈花而笑今安在？风过紫竹雨未稠。

## 春　雨

镇日寻诗未有诗，霏霏珠线绉春池。
银躯略动梧桐树，秀发轻拂杨柳枝。
水冷粼粼杭甬缎，庭空润润太湖石。
小园独步怜曲径，伞重衣湿觅句痴。

## 送　春

清晨或畏罗衫薄，午后惊觉热汗粘。
花落伤春春渐远，燕来访旧旧能谙？
扁舟荡漾疑深浅，曲岸徜徉试暖寒。
应是新人出有类，莺啼草长众蛙喧。

附记：前两首诗初写于二〇〇〇年，写的是我在京郊山中居住时的春景。野马者，从《庄子》，指春日氤氲。第三首至第六首诗写的是南方，今年至二〇〇一年四月，我在沪参加签名售旧体诗集与《文汇报》评奖后，去杭州作协创作之家小住，并赴普陀一游。乃有杭州、普陀之什。普陀海滨树立了观音大士镏金铜像，当地流传了一些菩萨像开光故事，故有"成圣典"句。普陀山有紫竹林，位于不肯去禅院附近，近处有潮音洞。最后一首诗写到了新人类。

发表于《新民晚报》2001年4月27日

# 五 绝 九 首

## 其 一

旧事终成旧,明珠应更明,
中华迎盛世,何患不飞腾?

## 其 二

南海铺丝缎,香江架玉桥,
斯人当笑慰,万里涨春潮。

## 其 三

关城花似锦,香岛车如龙,
两制成一统,中华气度宏。

## 其 四

山径多崎岖,风光高处妍,
登临极远目,海阔天犹蓝。

## 其 五

勇者知乎耻,哲人犹重止,
　　　　　重止,指"知止而后有定",语出《大学》。
百年生聚多,积蕴兴邦智。

## 其 六

实事还求是,毋急亦莫偏,
高峰平地起,公道在人间。

## 其 七

青史何人写?民心何日圆?
后生当自励,前事记心田。

## 其 八

读史应知鉴,读书当自强,
清谈徒厉猛,实干呈和祥。

## 其 九

中华新气象,世纪又逢新,
天地昭昭丽,江山在在亲。

二〇〇一年

## 山　居

出门百十里，叠嶂有山峦。
水库水常绿，山坡山径弯。
遍地核桃树，满山花椒田。
春来山桃绽，春去楂花鲜。
夏至黄杏熟，秋起白梨酸。
采柿在深秋，柿子是主产。
男子爬高桠，攀登似猴猿。
妻儿展布接，柿落整而圆。
一车复一车，收购付现钱。
山民多纯朴，教育亦发展。
你会开汽车，我会拉电杆。
你盖淋浴室，我砌白瓷砖。

雨季山洪吼，夏去留潺潺。
巨石垒险要，野草铺青毡。
旅游成胜地，小村仍静恬。
乡音未曾改，羊群咩声甜。
人家四十余，果树或几千。
有风无尘土，有火无黑烟。
有电无花绿，有车无闹喧。

有客无迎送，有酒无疯癫。
有官不常至，有商无大款。
有牌无豪赌，有炮任放鞭。
友人荐此地，我亦乐此间。
小院方方正，砖房四五间。
核桃院正中，山楂秀而偏。
从此乐农家，自动下乡山。

村名曰刁窝，疑自雕之原。
崇山宜雕憩，并无人刁蛮。
偶有老鼠客，或来松鼠玩。
杏核叼入室，存我枕席间。
想是为过冬，入枕好度寒。
大笑弃之去，另请觅家园。
积存颇辛苦，毁之我心惭。
核桃搬运走，所剩皆劣残。
松鼠时回顾，笑我已老年。
我亦笑松鼠，跳跃实堪怜。
青蛙不甚闹，蚊虫亦悄然。
壁虎陈胴体，飞蛾伴灯眠。
蝈蝈秋深叫，蛐蛐猛奏弹。
鸟鸣甚异样，声声断复连。
风铃多欢愉，风后便凄然。
雨来再雨过，草长再草干。
庭芜草丛深，朋友乃戏言：
蒲松龄如在，狐鬼当进前。
通灵便妖魅，快乐自神仙。
有酒当共酌，无事乐无边。

望山待明月，月迟望星天。
始知南与北，斗柄转半圆。
星空深难测，倏忽亿光年。

有雨亦可人，持伞雨中行。
阴云添柔美，流水响叮咚。
跳石以避水，自慰尚年轻。
身手颇矫健，诗心正透明。
树叶滴雨水，树摇做多情。
脖颈灌冷冷，逃离乃匆匆。
有伞仍湿透，别有乐无穷。
人生几场雨？树高几阵风？
今日喜幸会，何日再重逢？
忽而云略散，夕阳对彩虹。
怅惘大自然，无往不感铭。
无伴亦可也，孤独情有钟。
多食方便面，再写季候风。

初时无常水，隔日晨供应。
起早不自待，须备缸与桶。
水来齐欢呼，湿遍足共颈。
遍体水淋淋，泼水乐如童。
今春修管道，现代设备增。
二十四小时，一千多分钟。
召之水即到，挥之水无踪。
不须起凌晨，嗒然反若空。

山高日偏少，山脚冬来早。

在此写长篇，晨起披厚袄。
写时笑若哭，思时哭若笑。
笑笑还哭哭，哭哭还笑笑。
炊烟徐徐升，树叶徐徐落。
落落还升升，升升还落落。
写尽狂欢形，写遍恋爱好。
写足失态相，写透踌躇貌。
明月净秋山，清风拂蔓草。
秋虫声唧唧，慰我舒烦恼。
闲时便登山，放眼山村小。
怪石引巨石，败草接新草。
乔木骄灌木，无道胜有道。
清晨叹四季，黄昏怜归鸟。
天地有盛意，笔墨多奇妙。
挥洒寻常事，吟咏亦凑巧。

天寒难取暖，一冬未光顾。
梁上君子来，窃我家电去。
我曾枕无忧，虚掩窗与枢。
木质有缩胀，实难严闭户。
"君子"君子风，秩序全不误。
条条复井井，我不知失物。
我初进室中，但觉空间数。
心静始察觉，不知去何处。
拿去三八六，其实早落伍。
拿去放相机，相带全无趣。
庶几可称道，拿去葡萄酒。
呜呼亦哀哉，"君子"少收获。

"君子"常如此，恐有疑难处。
失物成一笑，修墙再修屋。
坏事变好事，羊亡牢可补。
高我四面墙，空我起居屋。
邪不压正气，我不避小鼠。
常来人气旺，安全靠长住。
山间万事好，不怕与"君"晤。

才叹残冬冷，忽惊夏日炎。
山山皆绿染，大树尽参天。
遍地旅游客，遍山笑红颜。
山村装路灯，山下农亦贩。
枕头绣老虎，野菜团子馅。
凉拌花椒芽，热炒香椿蛋。
烧烤虹鳟鱼，贴饼手擀面。
欢迎住农家，请用农民饭。
村民赚钞票，学生新经验。
五一黄金假，人流游忘返。
你钻大溶洞，我走山头看。
你登碎石沟，我爬龙王涧。
旅游再旅游，游罢都不见。
老王独居此，又得新灵感：
岁月长不羁，时代恒嬗变。
当写"后季节"，当开新生面。
当悟新哲理，当出新手段。
写写再写写，挥洒凭君便。
其乐可想知，不晚亦不慢。

最喜是攀登,回回寻新鲜。
登山阔胸襟,爬高知宏观。
俯视思良久,鸟瞰识大千。
地面皆历历,代代又年年。
知大解渺小,知苦解甜甘。
高处可通天,日月皆为伴。
道路通远方,河流绕村边。
住屋连成片,黑瓦砌红砖。
世界何相亲,人生何喜欢。
万物尽可爱,尤其爱山川。
尚有腿脚力,策杖急攀缘。
石与石相近,谷与谷相关。
众石皆骇异,众景皆天然。
参差便适意,曲折更牵怜。
树与树比香,草与草相连。
无路如有路,无路更翩跹。
登山莫畏难,畏难莫登山。
荆棘织锦绣,花开遍地艳。
青蒿有佳气,蚱蜢跳可见。
蝴蝶大而黑,螳螂绿而尖。
独爬深山里,策杖敲山唤。
无琴亦长啸,有歌更浩然。
到此乐观止,性本在丘山。

发表于《新民晚报》2001 年 6 月 3 日

# 明月落山中

## 一

明月落山中,世界经水洗。
万象皆清纯,河汉荡天宇。
秋月升玄镜,星辰近可语。
今夕曰何夕?悲乎意犹喜。
草虫叹入秋:唧唧再喁喁。
月华哀人间:惶惶复剧剧。
疏影摇叶枝,中庭闻细语。
皓月正当空,高居临广宇。
高洁自无言,含羞更岑寂。
月高不炫光,月圆未显巨。
月清不自骄,月满不自溢。
高处不胜寒?冷暖知而已。
乌云或有遮,风过无丝缕。
大雨或倾盆,雨后伦无与。
天地仍莹莹,星月仍栩栩。
观月复观星,若闻天外曲:
新声迭旧声,相随断肠旅。
阴晴复圆缺,月事清如许。

缘高方能清，落低始得趣。
能清无所思，能高无所虑。
能缺无所失，能洁无所惧。
月下多所憾，多感亦自取。
或思童年谣，或忆浣纱女。
或思昨日非，或忆旧时雨。
月下皆清幽，愧怍从心底。
何事常吹嘘？何物可自诩？
何人穷拗争？何年光明理？
秋月让疏星，悄然不欲举。
星众亦安然，各怀各区隅。

## 二

老来甚贪睡，浑忘春夏冬。
已梦北柯去，忽然醒而惊。
   早就不是南柯了。
满窗月光明，满地月光青。
披衣觅明月，明月落山中。
山中何喜悦，雨后天犹空。
山石如墨砌，房屋极分明。
树木留月色，阡陌见纵横。
如痴复如醉，和衣闻秋风。
明月高而远，月光近而清。
夜空如碧海，银河游天鲸。
月气如白练，浩然贯宇中。
群星不羡妒，傍月眨眼睛。
物物皆有定，事事岂无通？

诗歌　译诗　论李商隐

圆月非正圆，迟升避当空。
晚月更明亮，天清地更清。
中秋只一日，过时月匪盈。
月满求自损，损益尽无惊。
我望月洁爽，月照我朦胧。
遥遥可相对？脉脉宁有情？
有情本无意，无情胜多情。
皓月无遮蔽，喜极泣从中。
不知悲何自，涕泪不可停。
或谓月美甚，感极发悲声。
或谓秋殊爽，甚爽已近冬。
盛夏火焰季，来去无影踪。
远望人境静，近听草丛鸣。
午夜歌晚月，晚月欲何从？
应有天外天，应知东海东。
盈虚皆定数，朔望亦持平。
中秋何美好，节日有始终。
依依赏月罢，明月梦魂中。

**后记**：沪上友人有甚赞拙作旧诗中"明月落山中"句者。因再作两首含"明月落山中"句诗咏月，以谢友人。时已旧历八月十九，故称晚月矣。

发表于《新民晚报》2001 年 11 月 29 日

# 西北杂咏六首

## 喀纳斯湖之一

现实漫道无仙界，喀纳斯湖知乐园。
碧水扬波舒玉臂，青杉引雾见芳颜。
野草流萤别盛暑，白云初雪叹高山。
彩虹双道雨方霁，忘尽炎凉不纪年！

## 喀纳斯湖之二

如此洁净如此湖，独环危岭意颇殊。
熙熙闹闹凭君往，落落明明乃我出。
或有波澜合朔望，应无血气逐沉浮。
飞流直北冰洋里，洗尽机关犹憾污。

## 青海湖之一

或谓大荒接大山，长天瀚海两无边。
大湖恁大惊沧海，蓝浪奇蓝动碧天。
造物多情怜远僻，清水无意恋高巅。
更得仙岛勤修炼，冰雪脱俗年复年。

## 青海湖之二

本应入海东流走,突兀峰峦遮路久。
于是流连高地寒,或而想念大洋吼。
美鱼美酒烹佳肴,藏饰藏歌唱富有。
日日八方宾客来,地无边远心无朽。

## 麦积山之一

相逢恨晚麦积山,一笑嫣然石即仙,
佛性人心匪是二,天资匠艺必得兼。
洞中斤斧成容貌,天上神情倚带衫。
超凡来自尘凡里,袅袅风流顾盼间。

## 麦积山之二

一见倾城麦积山,似曾相识在心间?
凝容颔首皆生动,举指抛眸自爱怜。
似有千言述万意,应奇百态越千年!
无名原是有名始,天水石窟天外天。

**附记**:余二〇〇一年九月走新疆、甘肃、青海,为诗记之,因不称意,积压于电脑硬盘里,早已忘在脑后。今次偶然发现,不免忆起,仍然神往如初。乃略作润色付梓。

喀纳斯湖位于新疆阿勒泰地区高山之上,人间仙境也。此湖是额尔齐斯河的一个源头,额河北去最后注入北冰洋中。故有"飞流直北冰洋里"之句。我们去的时候恰逢雨后双彩虹,夜间雨又化为初雪。

青海湖是海的遗迹，乃有吟咏如诗，据悉湖中有岛，岛上有一尼姑庵，只有在冰封期才能与外界交通联络。第二首末句反"心远地自偏"之意而用之，谓青海湖终不能长久被遮蔽也。

麦积山位于甘肃天水市。麦积山石窟艺术令人相见恨晚，它的造型特点在于其人间性、世俗性、生命性。咏之，未能传其星点。

发表于《新民晚报》2002年7月13日

## 夏日即景七首

### 一

浓荫郁绿映山光，树盛苗肥草亦香，
雨雨风风全自若，生生已已总奔忙。

### 二

蝉嘶蝈叫鸟声声，万象涌腾炽热中，
绿碧连天石亦染，欣欣盛夏恁多情。

### 三

一夕暴雨啸狂风，枯河水涨闷雷鸣，
劝君莫怨家乡旱，自有神龙佑老农。

### 四

树下闲蹲无话奇，长空云淡逝依依，
咔啦噘嘅嗷嗷叫，农妇欢歌甚解颐。

## 五

昨日才尝巨杏鲜，今朝桃李又团圞，
琼浆欲破惊娇艳，醉美心间并口间。

## 六

一年之计在初伏，满目生机似画图，
蹿山越涧凌空走，最是白羊豪兴足。

## 七

草密虫啼好梦酣，一腔平淡爱高山，
怡然叹咏晴空夜，欲枕星辰抱月眠。

发表于《解放日报》2002年7月31日

## 己丑秋涂鸦

年年盛夏游海洋，击浪何止三千里，
如鱼如鳖甚撒欢，且浮且走皆适意，
王峰抬举赠我诗，诗之飘飘然后喜，
老王七十五芳龄，拂波挥臂伏而起，
蹬脚何干雅与俗，洪茫只求勿沉底，
但愿来年再弄潮，摇摇荡荡醉仙子，
穿涛求句更涂鸦，听凭狗刨并劣迹，
自在有双老共少，蓬莱未遥心同体。

二〇〇九年

**附王峰诗：观王公纵浪北戴有慨遥呈**

汪洋一片已惊秋，叉脚蒙公枕浪遒。
如意令成解佩令，逍遥游是汗漫游。
南皮君有南华态，北戴河空北溟愁。
脱略英雄多似此，涤它霜雪半盈头。

## 咏雕窝五律五首并文

### 一

尽道青山好，孰知种树辛？
推窗揽翠柏，卧榻怜轻云。
雨过花添艳，风和鸟更欣。
陶然醉初夏，怅望惜三春。

### 二

往年多寂寞，今日旅游多。
客自市街来，人嬉山草坡。
野菜维他命，柴鸡力比多。
风筝滩底放，水库皮船歌。

### 三

京都王府井，山谷雕窝村。
满地烤羊串，中天观月轮。
噢嘅咔啦叫，么三六九嗔。
应惊物候异，何事黯伤神？

## 四

户户兴华室，家家重卫生。
笑容脸目美，轰响鞭花鸣。
周末农家院，春来旷野风。
不妨天下后，其乐亦无穷。

## 五

乡居宜夏夜，吾甚爱黄昏。
近晚山幽静，傍霞路漫深。
倚窗待月色，跛步寻星辰。
好睡雕窝里，无雕无片云。

**文曰**：我常常在那里居住的京郊平谷区黄松峪乡雕窝村，近来开展农家乐旅游，甚为红火。各农家房屋亦翻盖一新，不逊都市。这里有山，绿化得很有成效。这里有水库，游人可以玩充气皮艇。每至周末假日，很多市区来客，或爬山，或放纸鸢，或鸣鞭炮，或唱咔啦噢嘅（我特意用这四个带口字偏旁的字，幸勿改动）。或呓三喝六地玩扑克，吃野菜与柴鸡鸡肉鸡蛋，烤肉串烤全羊，赏山赏星赏月赏树木花草，跛步而能从山口看到不同组合的星辰图景……甚欢娱也，乃戏称之为山村王府井。古云"先天下之忧而忧，后天下之乐而乐"，农村之乐其实是"后天下之乐"，乐而无妨，乐而有理有据。为诗以记其盛，并有夕阳无限的感慨与叹息。

又，雕窝，或写刁窝，恐系自雕窝而来，而今日少有雕矣。

# 感　怀

## 其　一

此生多事亦堪哀，九命七羊叹妙哉。
误解方愁诚似巧，夹击复笑妒犹猜。
河东皓月千山静，案底闲花四海开。
大块文章皆胜景，逢源蜀道过蓬莱。

　　第二句，俗说狗（或猫）有九条命，羊通祥，指常常逢凶化吉。第三句谓浅者但知什么聪明不聪明，哪里知道境界与心胸？妒犹猜，即猜忌之意。第五句暗含反"三十年河东，三十年河西"之意。第六句含"春色满园关不住，一枝红杏出墙来"之意。闲花云云，指文学，谦辞也。第七句的大块不是文章的定语。用李白《夜宴春桃李园序》意："况阳春召我以烟景，大块假我以文章。"大块是指大自然，语出《庄子》。第八句，指在艰难的道路上常有师友相助。蓬莱指仙境。此句亦含"两岸猿声啼不住，轻舟已过万重山"诗意。

## 其　二

激浪排空海未惊，沧桑一粲意从容。

朝云妩媚诗千里，暮雨迷蒙雾几重？
尴尬风流成百味，纵横嘲谑也多情。
可怜犹梦如椽笔，写过春秋写月明。

  朝云句可参考《青春万岁》。暮雨句可参考《秋之雾》。朝云暮雨，语出宋玉《洛神赋》。拙作《尴尬风流》，即将由作家出版社出版。如椽笔，可参阅拙作旧诗《秋兴》。春秋句可参阅拙作"季节系列"。月明句可参阅拙作《青狐》。

# 老来无虑便猖狂

## 自 况

老来无虑便猖狂,证道抒情两不妨。
岑寂花开春欲醉,老聃妙悟语生香。

## 春 色

青春作赋赋犹浓,皓首穷经经自明,
又是一年芳草绿,梨芽杏蕾满枝情。

## 读 书

上善无争非妙玄,喧阗过后见酸寒。
虚张声势发飙状,"中国"今缺大力丸?

## 清 明

治国烹鱼事略同,成竹胸廓尽相容,
危机、机遇恁答对,细雨霏霏扫墓行。

# 自 叹

无可奈何花未落，且行且作待明年。
滔滔未必掩窘迫，闲话五洲静观澜。

附记：《自况》写到自己最近发表的两篇"爱情小说"《太原》与《岑寂的花园》，以及在 BTV 卫视中华文明大讲堂主讲《老子的帮助》等情况，我曾说，我自吹要给《老子》提供一份证词。不无自得，但也警惕自己不要太猖狂。

《春色》除一部分内容同上一首外，提到的梨芽，是家乡河北沧州南皮县的友人帮我栽植了几株梨树。我的家乡以盛产鸭梨而著名。梨芽中包含着故土之情。

《读书》一首是说到近日的一本以"中国"为名大言不惭、信口雌黄的商业性书籍。

《清明》中想到金融危机与改革开放等大事。

《自叹》所说"明年"，是指去年我回答一位青年同行的询问时的话。她问我，你是否有因衰老而带来的危机感？我不敢回答"没有"，自然规律固人人难逃也，岂止衰老危机？嗝儿屁着凉也是情理中事。我乃答，今年还没有，也许明年会有的吧。明年若未发生此种大好形势，那就再等一年。同时不能不自嘲，虽然词汇滔滔，毕竟兔子尾巴，长不了啦。

# 以 诗 为 别

去秋在太湖边,妻崔瑞芳病情不好,我含泪写了两首七律:

## 其 一

此身此世此心中,瑞草芳菲煦煦风。
淡对荒唐成一笑,长吟块垒亦含情。
何惊恶浪同舟渡,有幸晴晖携手行。
忧患人生八百岁,朝云唱罢晚钟声。

## 其 二

京华何处是边疆?古路茫茫恁断肠,
我愿随君经百世,君宜与我走八方。
伊犁绿谷情歌苦,拉萨金佛法号长,
更喜遨游全世界,五洲尽阅是风光。

附记:此诗写完,芳很感动。我自觉文字尚欠火候,乃致电诗友王锋,请他帮助加工。他立马写了四首。

其一:

> 与君携手走天涯，水驿云程处处家。
> 雪域观山闻梵曲，边城落日动胡笳。
> 晋祠曾羡泉难老，沧海同珍目未花。
> 半纪光阴如此过，晚钟迤逦伴烟霞。

他解释说，水驿云程是指我与芳以海陆空路访问了世界上许多国家与地区。晋祠句则是说到芳在太原上大学时，我去看她，共游晋祠的不老泉。目未花云云则是说我们对爱情的珍惜。

其二：

> 有沙发且烫头发，如此言辞如此枷。
> 大铁锅非达列阔，小青鱼也浪淘沙。
> 初尝世味曾瞠目，渐历人情转饮茶。
> 最爱天山明月满，云烟往事薄如纱。

这首诗里说的是我们在新疆的"文革"经验。芳曾被学校红卫兵攻击为家有沙发并烫头发。而我唱苏联歌曲《遥远啊遥远》时，把俄语的"达列阔依"（遥远）发音成"大铁锅"，以免有"恋修"嫌疑。小青鱼是我常引用的克雷洛夫寓言，一条小青鱼被控犯了天条，获罚是"扔到水里去"，说我在新疆与民众一起如鱼得水。这些"典故"，皆出自我的自传文字。

其三：

> 犹忆边城同住时，举家万里雪澌澌。
> 偷亲笔砚抒微臆，力舞锹锄随大旗。
> 厚道须眉多普卡，莫言巾帼少江其。
> 苍茫旧事沉千感，十六年间亚克西！

新疆的维吾尔农民称"斗批改"为"多普卡"，语出拙作小说《虚掩的土屋小院》。

其四：

> 此身此世此心中，瑞草芳菲煦煦风。
> 淡对荒唐成一笑，深将感慨注双瞳。
> 伊犁绿谷情真苦，瀚海胡杨树未空。
> 我愿伴君千百世，主人媪共主人翁！

此诗中王锋友多用了几句我的原诗。"瀚海胡杨树未空"句极有力,新疆人的说法,胡杨干枯百十年不死,死后百十年不倒,倒后百十年不朽不空。

二〇一二年三月三日,芳终不治辞世。王锋闻讯又写了诗,有句曰"一世同行无近远,半生多事有悲辛",非常感人。

而德国友人,女诗人萨碧妮·梭模凯朴,闻噩耗后用英语写了三首短歌,自汉堡电传给我,亦十分动人。短歌用的是日本的诗歌体例之一种,音节五·七·五·七·七,五句为一首。

现译她的诗如下,诗题为《春别——怀瑞芳、致王蒙》:

　　破晓迎晨曦,吾友春日永归去,
　　远方花园里,梦魂萦绕此生事,
　　悄然阖目自安息。

　　含苞仍蓓蕾,远方花朵未开时,
　　冬春夏秋季,四时轮回一迭替,
　　花朵有梦亦如彼。

　　春夜恁凝重,或闻旷野天鹅唳,
　　声声远方归,携来花园新讯息,
　　吾友远去长相忆。

加拿大籍诗家叶嘉莹院士,也有诗相赠,曰:

　　记得相逢七载前,当时曾羡好姻缘。
　　何期比翼双飞鸟,肠断才人谱断弦。

我与瑞芳相爱六十年,婚姻五十五载,不才能历经磨难而阳光至今,全赖瑞芳。一旦离去,其悲何如?长歌当哭,以诗为祭。刻骨铭心,友人情意。瑞云长空,芳泽永继。呜呼,哀哉!

二〇一二年三月三十一日

## 五律五首·西地中海游

一

巨轮营幻梦,一曲海洋游。
款款宾朋聚,翩翩士女稠。
大鹏衔日月,好汉擎环球。
舰上高楼耸,层层意未休。

二

已称耄耋纪,犹作少年游,
佳兴因秋爽,浩歌逐海遒。
欧罗多纪念,华夏自千秋。
风界宽而远,浪花啁且啾。

三

丽日晴光好,笙歌似大江。
棕黄黑白壮,锣鼓琴弦咣。
享盛和平愿,亲民富庶方。
地中波浪碧,祝愿恒无疆。

## 四

处处中华客，长驱海陆空。
才登迪拜塔，继访地中松。
锁国成陈迹，开门沃众生。
同舟同破浪，异域亦关情。

## 五

重兴代代梦，泣血念中华。
淡定铺天雨，欢愉遍野花。
登高赞大漠，戏海行轻哗。
或谓偷闲欤？涌潮畅晚霞。

按：二〇一五年九月十日至二十二日，我与三娅作西亚地中海游。见识了阿拉伯联合酋长国的人间奇迹扎义德清真寺与迪拜塔，壮观大漠，啧啧称奇。再乘MSC"地中海幻想曲号"邮轮，遍游热那亚、那不勒斯、庞贝、西西里、马耳他、帕尔马、巴塞罗那、马赛等地，山、海、岛、堡、城、雕塑与人，加上现代化，无限景色却又各具风姿。尤其是到处碰到本国同胞，兴致勃勃，文明热烈，深感欣慰开阔。历史已经前进，世界不断开拓，改革开放初期的梦想，正在成为现实。乃为《五律五首·西地中海游》，以记所感所见。

# 凑韵回应马识途三首

收到百岁零二的作家马识途老哥《岷峨诗稿·马识途卷》，高龄为诗，震响如雷，能使贪者耻而懦者立。内有《赠王蒙》一首，感甚。凑韵三章，以为应答。其中"明年"句缘自我的一篇小说《明年我将衰老》，"奇葩"句则缘自我的另一中篇小说《奇葩奇葩处处哀》，近年分别发表于《花城》与《上海文学》。

## 其 一

八旬逾二岂堪伤，小识崎岖未必详。
逢灾屡获高明助，遇祸偏呈灿烂祥。
衰暮"明年"身且待，"奇葩"是日笔犹强。
贤兄浩气充天地，老马精神感小王。

## 其 二

讲课读书泳海洋，八十有二偶痴狂。
多情敢梦神仙笔，健脑时习儒道章。
马老赏诗存厚爱，王小噙泪感华章。
山川毓秀文千里，仁义期颐万载长。

## 其 三

未尝称老未轻浮,阅尽八零略识途。
豪迈铿锵响霹雳,劣庸嚅嗫捣江湖。
江湖,糨糊。王蒙注。
雄诗壮阔高分贝,弱管纠结愧不如。
青山不老夕阳艳,如火如荼雷电呼。

**附马识途诗:赠王蒙**
  蓉城又见王蒙公,茂发直腰未老翁。
  谈吐潇洒还旧貌,华章幽默特从容。
  天磨人算寻常见,水远天高是处同。
  蜚短流长何足道,如椽健笔写豪雄。

发表于《解放日报》2016 年 12 月 22 日

## 山中有历日，年尽不言寒

唐朝的太上隐者诗曰："偶来松树下，高枕石头眠。山中无历日，寒尽不知年。"写得很有天趣。

我在北京远郊有一处山村住地，我感到了不同的风味。为此，写了五律四首曰：

笙管本无律，清风顾盼闲。
哀哀稚子意，眷眷亲人怜。
岁月悲华发，流光爱少年。
山中有历日，，年尽不言寒。

幼小便失亲，山深自本真。
几行逝水泪，一片朝霞洇。
或有野村梦，岂无花蕾心？
春夏秋冬后，情仇过眼云。

"山吧"样样宝，处处闻啼鸟。
游客沟沟至，大巴路路跑。
现钞结现场，新妇抱新小。
惜取花开日，曲吟"金缕"好。

曲唱金缕衣，歌吹杨柳枝。
情人应有泪，父老岂无持？
鸟散伤秋晚，虫鸣苦夏迟。
山光日日好，愁绪淡如丝。

  以上是我体验的当代山村生活。第一首是说风铃响起，自有当今山村的悲欢离合，哀哀怨怨，上一代人和下一代人的生活情调也有不少变化。我总结起来是山村有了日历啦，日新月异，发展迅速啦。不言寒是因为山村的取暖条件也早就鸟枪换炮了。
  第二首诗是感慨山村一位单亲家庭的孩子长大了有了自己的爱情婚姻，有了自己的幸福的未来了。
  第三首诗是说该山村旅游事业的开展，他们把山景点说成"山吧"，虽然不怎么通顺，但也有趣。我想起了唐代的民歌风味的《金缕衣》："劝君莫惜金缕衣，劝君惜取少年时。花开堪折直须折，莫待无花空折枝。"现在的大大富裕了的山村青年多少也有点及时行乐、享受生活的意思啦。
  第四首则吟咏在迅速的发展过程中，青年人的心态更加乐观和向前看了。
  更进一步的解释请读不久将会发表的我写山村的小说吧。

发表于《人民日报》2012年3月21日

## 五律·贺马氏兄弟双百岁回忆录出版

识途称骏马,阅尽人间真。
志士哀民泪,将军报国心。
千年祥瑞寿,百岁洞明文。
天府多佳话,神仙也羡君。

二〇一四年八月七日,某自贵阳图书交易博览会,赶往成都,参加马氏兄弟百年回忆录出版发行式。马识途,老作家、老革命、书法家,生于一九一五年,欣逢百岁,精神矍铄,笔耕不辍,谈笑风生,锋芒毕现。出书名《百岁拾忆》。马士弘,前马之兄,生于一九一一年,一百零四岁矣,声如洪钟,讲起抗日救国,激情如旧,他是起义将领,军衔为少将。出书名《百岁追忆》。二书同时由三联书店出版。他们还有一个弟弟,九十七岁,参加了哥哥们的出书盛事。

百岁寿星,称为人瑞。王某何幸,与闻其盛,为诗以贺。

发表于《新民晚报》2014年8月14日

# 与画家张文新相会

## 之 一

逝者如斯六十年，文新不老书图鲜，
青春念念豪情泪，耄耋欣欣浩运颜。
妙手丹青胸炽炽，翩然心曲意拳拳，
风云日子都来吧，璎珞华光金线牵。

## 之 二

可歌可绘塑青春，油画张家老更勤，
大意无伤花灿烂，小心且写叶清新。
千姿历历长生动，百态频频未掩尘，
作赋穷经皆不厌，造文为画渐深沉。

## 之 三

满室收藏画与雕，九旬添二再折腰，
端端美术春常在，字字文章意未凋，
驻颜有术心馀勇，谋艺无涯路或遥，
双老八旬又百岁，相逢砥砺笑风骚。

诗歌　译诗　论李商隐

## 之　四

　　青春万岁复如何，吟罢长歌泪婆娑，
　　艺胆惊天天雨电，文词遍地地陂陀，
　　大千世界群生相，微末点滴众妙多，
　　再议双双伏枥事，有约新作耀山阿。

　　**后记**：一九五六年，《青春万岁》定稿，我提出请心仪的画家张文新先生作插图，并到张画家处拜访。张先生画了多篇油画，极佳。后来拖后二十余年，书才出版，插图已不知去向，我也一直无缘与张兄一晤。今年看到河北美术出版社潘海波先生编辑付梓的《青春万岁》（图画版），见到当年张先生的部分插图底稿，慷慨系之。二〇二〇年九月九日，访张先生，有感，涂诗四首。

　　之一，"日子都来吧""璎珞""金线"出自拙作《青春万岁》序诗。

　　之二，"大意"有"大意失荆州"自嘲意，"无伤"则是事实。"掩尘"可解为岁月的灰尘，也可解为生活与作品的毛刺、瑕疵。

　　之三，张先生说到他的雕塑行当，属体力劳动，乃书"折腰"，赞其辛苦。张先生一九二八年生，小可生于一九三四，二人年纪相加，按传统说法，冒吹一句，一百八。虚高处请谅。张先生的油画，个个生气洋溢，光彩照人，拙诗未能写出万一，愧煞我也。

　　之四，张先生老当益壮，精力饱满，我也差强人意，理当伏枥，壮心不已。

发表于《新民晚报》2020 年 9 月 23 日

# 新　　年

十二月了。

我们想起新年：日历最后和最初的一页，雪花，鞭炮，贺喜，晚会上的笑闹，松枝间闪耀的红灯……

想起收音机里传出的钟响，那"当"的一声钟响，是奇妙的时间的脚步。

亲爱的朋友！你可那样屏神静息地倾听过时间的步履？也许是在华尔兹舞的间隙，也许和爱人在一起，你小心地听着广播员的报告：差十秒……差五秒……差两秒……然后"当"的一声，新的年头来了。

在新旧交替的一瞬，时间是那样地振奋我们和刺痛我们。

有时候光阴悄悄地走过，像偷儿一样地没有声音，待你觉察，他已去远，他偷走了你最无价的宝物——青春、力量和缤纷的幻想……

你忽略了时间，时间也忽略了你。

当新年来临，时间敲打我们的窗子，"莫非我落后了么？"于是离开生着火炉的小屋，我们向前奔去……

当新年来临，我们长大了。

诗歌　译诗　论李商隐

　　托儿所"小"班的娃娃,要上"大"班了;新满十八岁的青年,将去投票了。
　　只是人们么？城市,花草,大地,也增添了年岁。
　　年龄也丰富了它们,城市有新楼,花草有新色,大地有新收获。
　　年龄充实我们还是剥夺我们？那在于我们自己。
　　当新年来临,我们长大了,我们严肃了,我们努力了。

　　在新年以前来一个"大扫除"。
　　我们扫净地上的灰,擦净窗上的土,抹去房顶的蛛网。
　　于是阳光透过玻璃没有遮拦地照射,于是一切什物亮闪闪。
　　快乐啊,别看我们累得气喘。我们欢喜这明亮的世界,欢喜一切垃圾的清除。

　　在除夕的晚上,我们一齐跳舞。
　　最初好像不好意思,慢慢地……
　　然后随着急骤的乐曲旋转、转、转,飞快不休。
　　灯光散乱,人影交错,千万种影像掠过眼底,让我们更快地旋转,让机器更快地旋转,让地球更快地旋转……

　　在除夕,我们相互赠礼。
　　我送你一株梅花;你送她一块手帕;她赠我一本大厚书。
　　又大又厚的书一本,原来全是白纸,这可是个谜语……
　　我猜到那谜底了！厚厚的书要我自己去写,写下新的一年的工作、战斗和幸福。

　　开完晚会了,我漫步往家走。
　　我的脸上带着笑容,我的衣上披着金纸屑,我的手上留着许多只手的温暖。

347

我回家，欢乐使我醉倒，使我入梦。

我倒下，睡了，但又惊醒。我激动地告诉自己，像说什么秘密："从来没有降临过的一九五×年来了。"

我起身，开门，走出院子，我向着星星，向着天空问候："人间的新客——一九五×年，你好！"

新的一年来了，她纯美如处子，丰饶如从未耕耘的泥土。

每天的早晨升起太阳，每年的开始唤起希望。

新年带来了什么呢？

愿她给青年带来第一次爱情，给兵士带来赫赫的功勋，给小孙子带来两吨重的蛋饼，给学徒工带来流汗的喜悦。

愿她给生命带来春日，给世界带来安宁。

永远年轻的时间呀，我向你赞颂！

发表于《北京日报》1956年12月3日

## 凝　　思

我喜欢凝视,我以为凝视也许能带来长久的温习。

也许是永远的记忆。

一朵莲花,纯洁得动人,一池水,温柔无语。荷叶平静豁达,饱经世事却仍然孩子般坦诚,全无遮蔽。水面上的游虫,很有章法地蠕动着肢体,我行我素地有趣。

古老的青蛙,以漠然的平静思考着。

石桥石坊,青白方整,玲珑如戏。回廊九曲,如柱脱漆,犹有没有你我时的字迹。好柔媚的字啊,如舞女的身体。

不要走,不要改变地位,就这样看一眼,再看一眼,看一个小时,再看一个小时。我不要别的角度,我不要别的景致,我不要重叠和淡化,只要这一个景,这一幅画永远保留在我的心里。

我只希望,分手之后,告别之后,我仍然能想起你,想起便如见的清晰。

已经起身了,还要回头,还要回眸,还要再一次地看你,记你,得到你。

……而这一切都失算了。回忆没有清晰,冥想没有清晰,内观照没有清晰。凝视是不会被忘却的,凝视是不会被记住的。既没有永久的凝视,也没有永久的清晰。

已经记不起形状的莲花,别来无恙吗?

顺着简陋的、摇摇晃晃的木梯下去,是湖。被树木围绕的,说小也不小的湖。

隔着客厅的玻璃门,欣赏湖水的平静。

走到水边,却有一点晕眩。些微的涟漪里似乎蕴藏着点气势,蕴藏着不安,也许是蕴藏着什么凶险。

一条木船,绑在木桩上。木船上堆满了落叶。木船好像从来没有离开过木桩。

没有扶手的梯子上也堆满了落叶,甚至在夏天。有很多树,很多风和雨,却没有很多闲暇。对于一条木船,这湖毋宁说是太空旷了。

这也就够了,当闲谈起来,当得到了什么消息或者一直没有得到什么消息的时候,便说,或者说也没有说,那里有一个湖,梯上的落叶许久没有扫过。

一座豪华的,由跨国公司经营的旅馆。旋转的玻璃门上映射着一个个疲倦的微笑着的面孔。长长的彬彬有礼的服务台。绿色的阔叶。酒吧的滴水池。电梯门前压得很低的绅士与淑女的谈话声。

电梯到了自己的楼层。微笑地告诉陌生人,陌生地看着自己的同伴。走进属于自己的小鸽笼。

舒适,低小,温暖,床与座椅,壁毯与地毯,窗帘与灯罩,以及写字台上的服务卡的封面,都是那样的细腻柔软。

这细腻和柔软令一个饱经锉砺的灵魂觉得疏离。这是我吗?是我来到了这样一个房间?

顺手打开床头的闭路音响,有六套随时可以选择旋转的开关。这是"爵士"?还是古典?这是摇滚?还是霹雳?这是迪斯科?这是甲壳虫?

都一样,都一样。一样的狂热,一样的疲倦,一样的文质彬彬,一样的遥远。

一样的傻乎乎的打击乐,傻乎乎的青年男女在那里吼叫,在那里哭,在那里发泄永无止息永无安慰的对于爱情的焦渴。

闭路音响,如一个张开嘴巴的、冒火的喉咙。它随着我的按钮而来到我的面前,向我诉说,向我乞讨,向我寻求安慰和同情。

我怎么办呢?

我打开写着"迷你酒吧"的小冰箱,斟满一杯金黄醉人的鲜橙汁。我的口腔和食管感到了一股细细的清凉。而你的凉喉咙仍然在冒火。

我按下键钮,把你驱走。安静了。嗅得见淡淡的雅香。但我分明知道,我虽然驱走了你,你仍然在哭,在唱,在乞讨,只是你不得进我的房间。你不得一时的安宁。

我不准你进我的房间。你乖乖地站在门外,不敢敲门。你真可怜。

我又按了键钮,果然,你唱得更加凄迷嘶哑痴诚,我哭了,我不能,一点也不能帮助你。

如果我能够安慰你,如果我能够拯救你——只怕是,我只能和你一起毁弃。

那天早晨我匆匆地走了,会见,愉快地交谈,即席演说,祝酒,题字,闪光灯一闪一闪。夜深了,夜很深了我才回到这温适的小鸽子笼。

你还在唱着。

你已经唱了一天和多半夜,我出门的时候忘记了消除你,就这样将你的动情的声音遗留到鸽笼里。没有人听,甚至连打扫卫生和取小费的女服务员也没有理睬你。而你一刻不停、一丝不苟、一点热情不减地唱着叫着,寂寞着与破碎着。

天天如此,也许还要唱四百年。

下了小飞机就进了绿颜色的汽车,汽车停在一座两层建筑门前。我被引进了一个宽大的、铺着猩红地毯的房间。长着红扑扑的脸蛋,穿着笔挺的灰呢裤的女服务员端来了暖水瓶和一包香烟,她的一大串钥匙叮叮咚咚地响。

你吃七块、五块、三块一天的标准。

我点点头,她去了,我听到了一声鸡啼。

什么?又一声鸡啼。不但有雄鸡的喔喔而且有雌鸡的咕咕嗒,而且有远的与近的狗叫,叫在摇荡着的白杨树叶窗影里。

已经许久没有听到鸡鸣狗吠了。就那么疏远地高级了么?

走出去六十步,便是尘土飞扬的市街。我蹲下来,观看正在出卖的多灰的葵花子、烟草、杏仁、葡萄干、被绑缚的活鸡活鸭、用木板盖着的碗装酸奶油、龚雪与杨在葆的照片、拆散零根卖的凤凰香烟。

我买了两角钱瓜子,吃下去,像当地人那样,不吐皮,葵花子空壳附着在唇边。

经过了漫长的冬季,似乎很难看出冰块是怎样融化的。一直是坚硬如石的冰面,车轮和人足都在上面轧。待你注意到,已是一泓春水。

突然出现了春水,出现了摇曳的水光阳光,映照在桥墩上映照在栏杆上,映照在同样摇曳的新发的柳条上。

映照在脸上心上。感动得翻搅得不知怎样才好,如水的空阔、无定、欲暖还冷、混浊复又清明。还没有荷梗,还没有水草,还没有蝌蚪浮萍。是刚刚的流动,昨天还坚硬冰冷,然而已经流动了。

是希冀和期待,是祝福。

第一次见到你,就是这样的,在春水之上,在古老的街坊下面,你含笑走来,走进我的期待里。

我提醒你,我们那么早就见面了。你说是的,我却老觉得你也许没有记得那样仔细。

常常说起这冰雪融化的时刻,后来为它规定了日子。后来又觉得又想又认为也许相会得早得多。那次火炬晚会,那次纪念冼星海,那次城区和郊外,那次雨后捉蜻蜓和夏夜寻找萤火虫的时刻,已经在一起。

玩水(蜗)牛的时候,唱的童谣也是一样的。一定是一起唱过。经历了许多岁月,互相寻找直至今日。

这间小土屋与其说是砌成打成的,不如说是捏成的。

就是老妈妈用那衰弱而辛劳的手歪歪斜斜地捏成的。

门缝可以容进三个拳头。春天,燕子在室内做了巢,就从这门缝飞出飞进,带大了小燕子。

冬天可要了命,风雪放肆地涌进来,用破毡子、棉絮、旧衣服堵了又堵仍然堵不住,冷得刺骨。

而且无论如何烟不从烟囱里走,先燎了一个小时,燎得小屋变成了杀人的毒气室。又在六级风中登上了矮矮的房顶,往烟囱里浇了三铁桶水,说是可以压掉凝结在烟囱里的冷气柱,能够使烟道畅通。

后来有了一点火,有了许多烟许多冷。

就这样烤了火,相依偎着睡下,牙齿打着战,在战乱中感到了幸运。幸福。

多雨的夏季,冷得发抖。汽车在大雨中抛了锚,虽然是外国的公路外国的名牌被我们视为至高的无上权威,然而,说是车又坏了,无法修理。

司机的脸上没有表情。健壮的导游小姐流了泪。

鬼使神差地走进一家汽车旅店的餐厅,餐厅里布满了动物标本。正墙上是黑色的多毛的牛头,两只巨大的角威严如恶魔。侧墙上是一只鹰和两只山雉几只斑鸠,全都在展翅飞翔,全都永远地用一个姿势飞在无名小餐厅里。

而且有壁炉,跳动的火焰诉说着展翅不飞的痛苦。

于是便说笑起来,喝杜松子酒和兑白兰地的南非咖啡。情绪愈

353

是恶劣,笑话便成联珠妙语。

走上这个山包,便看到了大海和对岸的城市。

看到巨大的钢铁的桥,桥上的蚂蚁一样多的汽车。看见船舶。看见对岸城市的潇洒的各色摩天楼屋顶。看见飞机在城市上空飞,飞得比大楼低,你真担心那太长的机翼。

而更多的时候看到的只有雾。不知道是凭记忆经验凭想象还是凭超敏锐的眼球,你对着雾说:桥、楼、车、真美、城市。

见到来到的这样的城市愈多,在城市跑来跑去活动得愈多便愈容易淡忘。这一团雾却永远忘不了了。

有一首歌《啊,我的雾》,是来自一个与我们很相像又很不同的国家的,唱的是游击队出征。

我走进一座辉煌的建筑,像殿宇,像旅馆,像塔,像纪念碑。

地上铺着大理石。墙上挂着壁毯。所有的陈设都是艺术都是古玩。室内的绿化,乔木和灌木和花草比室外还要丰富自然。一切设备得心应手。你可以把自己弹射到任何一个空间,你可以指令任何的风光服务出现。服务是这样尊敬和体贴,使你一经接触便觉得一生一世再不能失去。

没有冲撞,没有差失,没有任何含糊和疑惑,一切要多好就有多好,要多顺心就有多顺心。

然而空荡荡的。空荡荡得怕人。

宁可回家去挤公共汽车。下雨的时候车窗也不关闭。淋湿了所有的鼻子。

1987 年 1 月

## 假　　山

假山算什么？算石头？又何必雕琢？

假山不算山。假山怎么能算山？假山最多是对山的不可企及的艳羡，如果不是对山的歪曲和亵渎。

假山太匠气，抠抠唆唆，小里小气。登山者不来假山。滑雪者不来假山。山鹰不来假山。

假山是对自己的欺骗。瞒和骗。

假山是癞蛤蟆为自己塑造的微型白天鹅。假山是阳痿者的春宫画。

假山该死。然而假山不死！许多的人来看假山，砸也砸不烂。谁让不可能一人一个喜马拉雅山，一家一个乞力马扎罗，哪怕是一城一个阿尔卑斯山。谁让你仰望高峰却又爬不上去。谁让你游山观山赏山却又不认为荒荒大山适合你渺小的去居住。谁让你不是山鹰，不是雪莲，不是雪松，不是昆仑山上的一棵草。

假山就是你，癞蛤蟆就是你！你的有限，你的安慰，你的聪明，你的无能，你的如来掌心的调皮，灵巧和反叛。

而更多的蛤蟆连假山也无缘。

1988 年 11 月广州—天津

# 落　　叶

　　人说自己的作品是结成的果实,我却觉得,我的作品像一片片落叶。一年年落叶。一阵阵落叶。

　　春天,叶芽萌发,渴望生长,汲取养分,迎接阳光。夏天,日趋丰满,摇曳自语,纷披叠翠,自在茁壮。而小树成为大树、老树,就靠了这些树叶而呼吸,而做梦,而伸展自己的向往。

　　等到秋天,一片树叶又有一片树叶犹豫不决地与树干商量:我完成了么?我可以走了么?我渴望乘风飞去,海阔天空,被心爱的知音拿去珍藏。我又怕我们去了,使母亲树干凄凉。

　　树干说:去吧,去吧。我已经尽到了我的力量。你们是无法挽留的呵,纵然与你们告别使我神伤。你们应该去接受命运的试炼。

　　一片又一片的落叶落下了,它们曾经是树的。现是也还是树的,却又不是树的了。

　　它们是它们自己。是树的过往的季节,过往的尝试,过往的儿女。又是大地的新客人,新的星外来客,新的友人。

　　它们也许因陌生而受疑惑的冷眼。它们也许因平凡而受不经意的遗忘。它们也许被认为枯干而被一根火柴点燃,点燃中发出短暂的烟和光。它们也许被认为美丽而藏在情人的心上。它们也许跌入烂泥而遭受践踏,终于肥了土地。它们也许被一阵大风吹入异乡。它们也许进了科学家的实验室,做成切片,浸入药液,再放到显微镜下观察分析。而过多的树叶也许会引起清洁工的腻烦,用一把大扫哥通通地把它们扫到大道旁。

　　太多的树叶会不会成为自己的负担呢？太多的树叶会不会使树干弯腰低头，不好意思，黯然神伤？太多的树叶会不会使树大发奇想：我为什么要长这么多的树叶呢？它们过分地消耗了我的精力和思想。如果在我这棵树上长出的不是平凡的树叶而是匕首、外汇券、奶油或者甲鱼，是不是能够派更多的用场？

　　树不会愿意处在自己落下的树叶的包围之中，树不会愿意再看自己早年落下的树叶。树又不能忘怀它们，不能不怀着长出新的树叶的小小愿望。

　　一九八八年秋十月在苏州，我问陆文夫兄："当你看自己的旧作的时候，你有什么感想？可像我一样惆怅？"

　　他回答说："我根本不敢看哟……"

　　落叶沙沙，撩人愁肠。

发表于《天津文学》1989年第1期

# 海

　　海是渺茫的么？烟波浩淼，令人迷失，令船迷失，令罗盘和电脑迷失。

　　海是狡猾的么？瞬息万变，了无痕迹。

　　海是庸俗肤浅的么？肮脏泡沫，泛起沉渣，承纳着所有的污染，飘起各样的腐腥气……

　　海是愁苦的么？尝一尝它的味道吧。

　　海是洋洋得意的么？吞吐日月，万道金光，浪涛拍岸，所向无敌。

　　海是软弱的么？连固定的形状都没有。

　　海是伟大的么？伟大是骗人的么？海是残酷的么？残酷是无心的么？海是主体？海是载体？海已经老了？海已经死了？海已经不适合鱼的生存？海水应该淡化？海应该被填成陆地？

　　都是的。微风吹来，海水漫上沙滩，它这样说。你听见了吗？

发表于《天津文学》1989年第1期

# 树

世界上什么最美丽？天、海、星星、山、雪花和树木。

最亲切的，随时可以看见、可以触摸、可以接受它的好意的荫庇、可以欣赏它的千姿百态、可以与它相对相悦相知，又可以与它相别相忘从此各自东西再不相识的，是树。

树没有姿态，它只不过是生长。它长得几个人抱不过围，它长得参天，但它并不能称雄，并不得意洋洋——当小鸟儿在它的枝头叽叽喳喳，跳来跳去的时候，鸟儿是那样的聪明、活泼、可意，而傻大个子的树却自惭形秽，默默不语。

树没有表白。你给它挂一面牌子，是汉朝的柏，是辽代的松，是重点保护的文物，是稀有品种，是经济作物药用特种工业用，是废物是蘑菇的寄生体，是毒蛇的泪全听命你的选取和你的评论。是因为它城府太深吗？

然而它从来没有防御。它把一切暴露在风里、雨里、热里、冷里、鸟里、虫里。即使它受到了虫蚁的蛀食，受到雷电的斩劈，受到砍伐燃烧，受到恶言恶语，它仍然不动声色，它仍然是它自己。噢，当然，它的根、众多的根长在土里，长在黑暗的地下，痛苦地使着延伸和汲取的力气。然而它无意隐藏自己的根系。它献出来的只能是它能够献出来的自己最美的部分。你不需要知道它的根的深沉的努力。

它没有动作却又摇曳不已。它没有允诺，却又生息有定，姿态有势，自我调节，不离不弃。它没有争夺，却又得到了大自然和人的一切赐予——包括诗人的诗和画家的笔,包括蝙蝠与枭鸟的栖息。

即使它被山火烧焦,即使它被巨斧腰斩。即使它被病毒麻痹,它的种子已经撒向四方。它的风格已经留下了深刻印迹。不幸的结局也许只会增加它的魅力。

发表于《天津文学》1989年第1期

# 旧　　宅

　　五十多年前,你在这里出生学语。五十年前,你在这里嬉戏。四十年前,你在这里读书写字。三十年前,你在这里成婚。二十年前,你在这里生火炉。十年前,你搬到这里。一年前,你从这里搬出去。

　　五十年前的房子已经不存在,四十年代的住宅已经湮没。三十年前的房子已经改建重修、面目全非。二十年前的房子已经阔别久远,近况无消息。十年前的住宅、一年前的住宅,现在住着别人。住宅已经忘记了你曾经住在这里,在这里息过、想过、饮过、爱过、闹过。

　　你已经变得陌生。

　　不要到旧宅去,不要问旧宅的变迁,不要问下一次搬向何方,不要把旧宅串在一起回忆,尤其是,不要在夜里变成一只黄鼬钻进旧宅里。

　　不许。

　　你是宁静的,这就够了。

发表于《天津文学》1989 年第 1 期

# 初　　冬

当湖面上结起最初薄冰,你温柔的,可是悚然心动?

你知道,太阳一出来,冰就化了,水面上仍然泛舟。

你知道,人们会愈来愈喜欢太阳。在阴天之外,人们还有许许多多晴朗的日子。

你知道,树叶会大落特落了,落完之前,它们正在枝上灿烂得紧。

你知道鸟并不会飞光,即使是黑老鸦,也会在严冬分担你的冬日的愁闷。

你知道火炉将会生起,火焰将用它的不可捉摸的躲闪与静静的温热来挑逗你。你可以干一杯因为涨价而显得更加神异或者因为不涨价而显得更加友善的酒,让火的闪耀发生在你的身体里。

你怀念远方的朋友和亲人,你奇怪,为什么愈是你想念的人你愈少与他们联系。

你知道一年将终,而这已经不像——例如十年前那样使你惊奇,使你抗拒,使你兴奋,又使你逃避。一年,又是一年,就是一年而已。

你知道冰将逐渐冻厚起来,许多年轻人在冰上游戏。你奇怪你为什么那么早就结束了你滑冰的历史,那么早就退出了冰之天堂,又永远不忘火热的冰戏。

你觉得初冬还不是冬,而只是秋的继续,甚至是夏的继续。你觉得夏是漫长的。呵,冬也是漫长的。而一切是多么短促。当夏去秋来冬来的时候,你说不清你是在告别还是在等待。你说不清如果你等待的话究竟在等待什么。遍天飞雪？冻柿子？爬犁？冰挂？新年春节的爆竹？还是次年的拂面和风？

当第一片薄冰在初冬时节被你的眼光捕捉,正像你发现了自己的与妻子的第一绺白发。又平静,又庄严。又悲伤,又甜蜜。

发表于《天津文学》1989年第1期

# 我说"是的"

当你说我的诗读不懂、莫名其妙的时候,我说"是的",莫名其妙。

当你读懂了我的一首诗而且非常感动的时候,我说"是的",我对不起你。

当你说你不该写诗的时候,我说"是的",我轻率了。

当你说你写什么诗的时候,我说"是的",我为什么要写诗呢?

当你说你有一首诗写得还不错的时候,我说"是的",没有第二首和第三首了么?

当你说你不是"诗人"的时候,我说"是的",我只是写了诗,忘记了问你。

当你说你也是"诗人"的时候,我说"是的",我想问:"你还是诗人吗?"我又问自己:"你偷去了别人的毛羽么?"

当你说你寂寞了的时候我说"是的"。当你说你不甘寂寞的时候我说"是的"。当你说你有点讨嫌的时候我说"是的"。

我说"是的"。我寂寞了我写诗。是的。不甘寂寞写诗。是的。劝自己要甘于寂寞写诗。是的。讨嫌写诗。而诗是可爱的。甚至包括你写的诗。你的诗是可爱的。便剩下更多的不十分可爱的留给自己。你好。

发表于《天津文学》1989年第1期

# 诗 与 人

## 一

当人类变得愈来愈事务化;当贪欲得到技术的支持;当争斗发展了人类的智慧而智慧又发展了人类的争斗,使斗争达到毁灭自身的边缘;当生活变得愈来愈匆忙,匆忙得似乎忘记了生活;当浅薄、迎合、刺激、猎奇的油彩差不多淹没了艺术的真容,诗能帮助我们吗?诗能拯救现代人的灵魂吗?

诗,是太古老了。诗,冲撞着诗。甚至电脑也能写诗了。可怜的诗。

在我们与诗相互忘却以前,为什么不再看她一眼呢?

## 二

有各种各样的诗:智慧的、哲理的、情感的、机智的、语言的、道德的……难以分离却又各有侧重。

而我最钟情的是从心灵深处飘出来的诗。在动荡的间隙,在模糊的温馨与感动之中,在不受干扰的最佳省思状态下面,在隐秘的精神天地的徜徉与陶醉里,诗会一个字一个字、一个词一个词、一行又一行地飘出来——不是涌出来。涌出来的是小说。

这样的诗也许会给读者带来某种精神生活的共鸣与寄寓,带来一次精神的漫游;也许生发出某种解释与遐想——不是语言的解释,而是郁积的情愫的解释;不是逐字逐句的解说,而是总体的心心相印,哪怕只叠印一点点边缘,或者是遥遥相对也罢。

# 译　　诗

# 萨碧妮·梭模凯朴\*四首

## 德语俳句

### 一

春日第一天，
瞽叟行乞门洞前，
举首试温暖。

### 二

旭日成金光，
照耀花坛射四方，
瞬时好红妆。

---

\* 萨碧妮·梭模凯朴博士，德国女诗人、学者。生于一九五二年，曾在美国、南美及远东生活。学习英美学、日本学与公共关系学。一九八四年以研究日本俳句的论文获博士学位。在日本、美国与中国发表过俳句、短歌等作品。她的作品富有东方女性式的细腻感觉，严格的格律与节奏感及西人的生活内容。一九八六年曾访问中国，并与译者相识。

三

试看果树下,
经年落叶厚如床,
万花竞菲芳。

四

我若伐我树,
阳光直泻当如注,
惜将浓荫误。

五

我入我小园,
忽闻啼鸟声声喧,
景色更鲜妍。

六

且请入森林,
落叶层层艳如金,
返景入深深。

七

野蔷薇果丛,
落日如火映山红,

垂头籽实重。

## 八

栖身荒漠处,
何人遗下谷一束,
今夜风如割。

## 九

今夜落也否,
犹有独果悬高树,
明月悄无语。

## 十

叶落树枝单,
乌鹊啼啼绕树端,
冬日已不远。

## 十一

积云渐遮天,
风起风落云又散,
大地仍寂然。

## 十二

瞽叟且行乞，
无人相问无人看，
或有小儿怜。

**附记:**萨碧妮·梭模凯朴女士今春与诗人、英语教学电视系列片《跟我学》的制片主持人福格尔博士来华访问，我曾与他们见面。见她俳句写得有味，词汇又较简明，引起了不妨试译的念头。

这十二首"德俳"，原于一九八一年发表于西德《阿普洛波德》杂志上，写了一年四季，有童心，有返璞归真、向往自然（目前西方很流行的一种思潮）之意，也很有些东方意趣。

按，中国的绝句影响了日本的俳句，又影响了德国，目前在德国写俳句相当流行，号称"德俳"。这位德国女诗人自己把这些"德俳"译成了英语，(该算是"英俳"了吧?)我又据之试译成了中文，成了"汉俳"。交流，交流，诗的语言畅通无阻，何其乐也。

发表于《人民日报》1986年7月29日

## 如梦——短歌①十二章

### 一

昔日得一梦，
你我依依在海上。
如今我醒来，
你我海上正依依，

---

① 这里的短歌，每首五行，每行字数是五·七·五·七·七。原文为德文，作者将其译成英文寄给译者，并委托译成汉语。

焉知此时非梦欤?

## 二

沉重且深红,
月轮缦缦海上生。
何曾有间歇?
八载相思情复情,
终成圆月正丰盈。

## 三

紧紧将我拥,
此身如海海如身,
浪罢更浪涌。
我身涟漪成波动,
吻我爱我最关情。

## 四

中天月正明,
华发微光如霜重。
几度春与冬,
你我分手各西东,
离情染发银色生。

## 五

顾盼何庄重,
鸣呼君目绿且棕。
时常在家乡,
凭依棕绿阔叶树,
轻声呼唤君姓名。

## 六

于是君乃问,
可愿与我结伴行?
永成君之人。
且看君采红玫瑰,
一旦离根便凋敝。

## 七

拿起我素手,
轻轻拭去我之泪。
泪水何咸苦,
苦过大海汹涌水,
不舍昼夜如斯去。

## 八

君自当离去,
仅有一端明心曲,

与君永结好。
不知何日偿所愿,
唯知此心长属你。

## 九

在此明窗台,
在此君去空屋前,
一鸽独逗留。
眷眷顾我终长日,
可知我心所感否?

## 十

自从君离去,
方知万籁俱非寂,
寂静最嘈嘈。
响我耳者我心跳,
回应全无心自击。

## 十一

对镜怜青丝,
欲梳且罢心犹豫。
脉脉阖双目:
发乱应如君去时,
爱我抚我存痕迹。

## 十二

昔日得一梦，
你我依依在海上。
如今我醒来，
形影孤单对大海，
彼梦或能再成真？

发表于《华声报》1990 年 12 月 28 日

## 心园——短歌十二章

### 一

君送紫丁香，
君送牡丹蓟牛蒡。①
与君分别后，
往事历历因花想，
思君不见意长长。

### 二

苦短是时光，
万般珍重实难忘，
五朵野玫瑰，
虽已褪色留芬芳，
宛如红鲜在近旁。

---

① 蓟是一种菊科野生灌木，苏格兰国花。牛蒡蓟为蓟之一种。

## 三

粉红野玫瑰,
驻颜无术渐凋萎,
娇容何处觅?
几多改变逢君后,
可愿永葆如往昔?

## 四

牡丹悄无言,
缓缓开花在夜晚,
寂寂如吾爱,
君面重现于吾心,
灵魂之眼睹君面。

## 五

更有白丁香,
浓馥如玉团团光,
朝霞红亮亮,
梦中相会疑非梦,
只觉朝霞灼脸庞。

## 六

蓟花色淡蓝,

曙光方照意阑珊，
苍白如灰烬，
暮思来日得相见，
清晨散步行君畔。

## 七

花花皆有期，
已到万紫千红时。
愿君敞心扉，
谛听教堂钟声美，
斟酌向我吐心曲。

## 八

远处教堂钟，
花蕾开放满月明。
相对何相亲，
君终向我诉衷情，
默默等待我回应。

## 九

轻柔如花喜，
彼此抚摸夏风里，
爱爱永如花，
君目顾盼多责备，
此情此景最相宜。

## 十

花开花又谢,
静听风雨日复夜,
雨声未恼人,
良辰美景犹真切,
久久弥漫同心结。

## 十一

花儿多芬芳,
花气袭人留寓房,
凋落添惆怅:
或许不曾君离去?
抑君从未在此方?

## 十二

丁香已褪色,
尚有牡丹蓟花鲜,
时时添花艳。
花在心灵花园里,
心在花园灵魂间。

发表于《光明日报》1997 年 12 月 31 日

## 北美行——俳句二十二首

一

清冷海港湾,
北极鸟儿落其间,
飞来度夏天。

(多伦多,3月3日)

二

鸟儿唱无闲,
夕阳渐隐在左面,
弯月升右边。

(瓦特岛,3月16日)

三

飞行云层里,
深深吸气瞰大地,
纯白素净极。

(飞行于多伦多、丹佛间)

四

云湖连成片,
尚有阳光可分辨,

回映不一般。

　　　　（飞行于密执根湖上,3月23日）

## 五

闲立校园边,
松鼠共我享蛋卷,
人潮如水漫。

　　　　（科罗拉多大学校园,3月24日）

## 六

番红花蕾黄,
花蕾轻闭锁芬芳,
对此新风光。

　　　　（那洛巴学院巨石上,3月24日）

## 七

乐队奏组曲,
面对群山红润美,
脸颊烧如醉。

　　　　（太阳落下时离开巨石,4月1日）

## 八

蓝天露灰白,
黑色山头云与雪,

云雪可相悦?
　　　　　（飞行于丹佛、阿尔布奎尔克间，
4月1日）


## 九

春意何风发，
侬曾逗留在君家，
朵朵白杏花。
　　　　　（离开时,4月4日）


## 十

归来八年后，
飞驶同一快速路，
夕阳还如旧。
　　　　　（洛杉矶,4月4日）


## 十一

潮涌向海滨，
岸阔沙白远延伸，
如泡复如云。
　　　　　（蒙特利湾,4月15日）


## 十二

乘坐缆车道，

玉雀怡人忽飞到,
衔我手中票。

    (旧金山,4月30日)

## 十三

蓦然太阳出,
投影罗丹思想者,
我影入雕塑。

    (在加利福尼亚里根广场前,时陈列罗丹著名雕塑《思想者》。阳光陡出,将我的身影并入《思想者》的影子。4月23日)

## 十四

金门桥驾车,
城市新容现亮色,
银河亦见绌。

    (金门大桥,4月16日)

## 十五

此地生木兰,
长我窗格玻璃前,
融于绿草间。

    (金门公园青年博物馆,4月25日)

## 十六

三藩市海湾，

且去金门桥上看，

石碑矗立前。

（靠近广场处，4月27日）

## 十七

放射出清香，

信件堆积垒桌上，

待答情意长。

（圣何塞，5月2日）

## 十八

含苞是樱花，

日本花园影横斜，

归路何参差。

（圣何塞日本友谊花园，5月3日）

## 十九

尘土一束光，

一物无存甚凄惶，

淘金梦异乡。

（内华达城，5月4日）

## 二十

同一片蔚蓝，
曼哈顿岛厦摩天，
教堂亦其间。

（纽约,5 月 13 日）

## 二十一

宿舍仍静寂，
曙光初照女孩嘴，
睡态殊可掬。

（纽约国际学生中心,5 月 15 日）

## 二十二

夜半月光清，
大地闪烁黝黑中，
薄云似透明。

（飞行于纽约、汉堡间）

发表于《诗刊》2001 年第 8 期

# 斯坦利·摩斯[*]四首

## 给母亲玛格丽特

我的妈妈快要死了,
苍白如飘落的羽毛。
曾经以为她的死十分遥远,
如热带鸟,如巨大的金刚鹦鹉,
如同我很少打过交道的赤贫者。
从她的痛苦里,我找到了一片羽毛,
我像她一样地轻轻地吹着它,
它已经吹到我的脖项,我的耳朵上。

一片羽毛落在了鳞片上,
面对着的事物没有心灵却仍有重量。
我忆起羽毛的烧焦的气味。
我愿意我们能坐到草地上,
谈论孙儿们,
和曾孙与玄孙们。
一只蚯蚓引导着我们,

---

[*] 斯坦利·摩斯,美国当代诗人。这里的四首诗选自他的诗集《安息在花园里》。

走向地面,看来我们就像是这样。

我唱一支摇篮曲给你,孙儿们
都平安,他们的孩子也都没事。
我铺上一块威尼斯造台布,
洁白的织品铺在绿草上,
风在唱歌,歌唱拿走的一切,
再换一个样子还给我们。

为什么穷人们像牛一样,
像猫头鹰一样,
在树林里尖叫?
我希望死亡是一只奇异的夜莺,
是我最早叫得出名字的鸟。
为什么一切变得这样沉重?
不,不能想象她还在帮助我,
承担我生命的重荷。
如今,世上的可怜人站立在我面前,
我怎么样让他们一一离开我的怀抱?

## 诗

他注视着,看见了自己的脸孔,
在每一个名词和每一个动词之上。
那可以理解:如果是在"海洋"
或者是别的什么反光的词句上,或者
从空白页,他看到了自己的面庞。
但是,在"以及"和"但是",在"既非"

和"又不",在"哪个"和"谁的"之上,
并且在那些生者与死者的姓名上,
他看到的是自己的独特的脸蛋。
于是他的感情活跃,知觉敏锐,
不顾周围是黑暗还是光亮。
一些词句变成他的肉体,
带有他的肉欲的嘴角和有毒的眼光。
他悄悄地在某些词句下面画上横线,
他希望那些他拼写错误的字和词,
不要成为他的形象。
对于语言,他了解得很有限,
然而,他知道哪些是他的头发,
哪些是他的牙齿,
哪些不是他的面孔。而
那无言的沉默,那沉默的悲凉,
永远成不了元音与辅音铿锵。

## 婚前的诗

我一半是人,一半是海鸥,一半是海龟,
剩下了点什么呢?有过一点虚荣的岁月,
四十年来,生活在泥沼之中。
漂浮在中央公园的人工湖上,
我的鸥鸟似的眼睛,男人的肌肉,
海龟似的嘴巴,撕裂了水波,
寻猎那从不出现的鱼影。
我生活在大城市的一些事物当中。
出了事,就把它们堆放在大碗里。

我咔咔咔地叫着,希望我背负着的
贝壳,变成一件乐器音箱。
我们已经从泥土中被挖出了三次,
当住宅的死亡的墙压倒在我的身上。

杰妮,在我的床上你会找到羽毛,
和贝壳的碎片,当燕子剪过黑暗。
让我躺在你的怀抱里吧,
进入梦魇,而我的眼睛重过旧事,
沉啊,沉啊,沉到这人工湖的湖底。
再把我钓上来,如鱼。

## 祈 祷

给我死亡吧,如释迦牟尼之圆寂,
我将倒下,如吃了普罗旺斯的毒蘑
农夫酿就的葡萄酒倾倒在我的衬衫上,
我最后的请求不是哀泣而是呼里呼噜。
把我踢到天堂去吧,我将屈服于颤抖,
在半生爱恋后陷入玫瑰刺之中。
尽管我已经作废,我的坟墓
不会空虚,我的肚子挺在我的棺材里,
如一个遥远的山丘。而追悼我的人,
经过这里,如花费一个小时穿行乡村,
他们会看到古老的绿色荒芜。

发表于《诗刊》1999 年第 3 期

# 凯瑟琳·格莱丹尔*一首

## 情 诗①

约定好一个房间，
再给你
献出我空芜的床单，
站立门外，
期待着，至少：
"是的，我想了，
我们的生活无法向前。
这正是别扭之点：
鼻子已被关上的门碰扁。"

时间离我逝去，
它不要我，
像是证据，
女人的心，

---

\* 凯瑟琳·格莱丹尔，挪威女诗人，生于一九六九年，此诗选自作者的诗集《与爱情无缘》，写得真挚深沉，幽婉细腻，意象与手法均与我们大异其趣而又心有灵犀地相通共鸣。
① 诗题是译者加的。

为什么永不迁移。
该面对事实了，
以真相，
毁掉古老的默契。

没有弯下女性的头
她甚至看不见他的双手
就在她面前伸就，
没有埋下脸庞
在漆黑的夜晚幽幽，
没有膝间双手
他曾置放此处；
准备好了随他飞走，
却没有一颗心哒哒
乞求着敲响他的门口；
像一句找不到出处的隐语
而我仅仅说一些
早就知道的事物

为什么你曾
把我
抱在手里
再高举我
上天，
像一轮太阳晕眩，
使我灿烂
在一个柔弱的瞬间，
然后在那儿徘徊

就在时间的
洁白的指关节之间?

你不知道吗
你是坚固的太阳的
一块深黑色斑点
它永远不会
把我点燃
或者让你
小憩平安

在一个并不和谐的地方
到处有孩子
太阳从这里升起

第一道光线
播下细细的阴影,
像一个软弱的回声铺开
遍地声音的风景
我想去擦拭掉
它们——
而它们却永远活在
他的影子里,一条纹路
刻在日晷之上

我的太阳沉落,
我的软弱的太阳沉落,
我的第一道影子——

诗歌　译诗　论李商隐

传送新的爱情
偷偷地
以新的名字——
它是曾被玷污的
一件制品
出产于古代社会，
而今不再

顺着每一道光束
我来到光亮中
我的脸上长出
皱纹深深，
安慰不再眷顾于我，
而我看到
你已愈来愈少
怎么样
给自己以声息
在这如铁的年纪

在嘀嘀嗒嗒的寂静里
我制造
拒绝时间的钟表
活在无尽的秋季学期，
有夕阳
还有黑板前突然沉默，
或者春天，
在新绿的情爱与波浪面前

393

我不再寻找话语
也不想一猛子扎进
新的一厢情愿里
一年的每一天
你诉说三个愿望
灌入我的耳朵
尽管我过去已经听过
尽管我已经为之悲伤，
第一回，它们变成真实，
我诉说每一个句子，
就像最后一次
我的心虚弱地跳动，而时间，
远远超过了解释

黑暗降临于
空洞的膝间
而放错了的双手
像是里里外外的装扮
心宽广地呼唤
你在期待着他
每个日子都有两面
然而你只在一面张开眼

不要再呼吸和等待
此夜
他已入睡
你不过
是他遥远的陈年旧梦

模糊记忆里的
一个弃物
而夜晚年轻依然

我们结束了会见,
一字又一字,
熄灭目光,消失;
一度共生命燃烧过的
脸孔,身体,语言,
已经因一片薄薄的供认而全删,
于是每一个夜晚都变得灰暗

如果你的船儿陷入
谎言的旗阵里边
苦海独酌
我绝不会请求
你把口信
置入我的瓶儿
并且驾驶你的船儿
醉卧于我的语言

我并不拥有如海的时间
在这个依旧的海湾——
所以我求你
待在海里随波逐流
流到别一水域中去吧

发表于《诗刊》1999年第8期

# 薇拉·施瓦茨[*]三首

## 灵 魂

灵魂不是一道平坦的风景,
更没有闪光的宝石环绕。
倒像是破碎的锯齿,
无情地切割
我们生命的纱罩,
随意撕裂我们的皮肤,
让你难得在家园里停歇,
你的灵魂不安于你的躯壳。

是个黑发的妇人,
用那劳动的双手,
揉搓着习性的陈年面酵。
翻来覆去直到它发育为
生命的粮草和依靠。

---

[*] 薇拉·施瓦茨,中文名字舒衡哲,女,生于罗马尼亚,犹太人。现任教于美国康州威斯理安大学,并从事中国现代史研究。一九八〇年曾作为首批美国留学生在北京大学中文系学习。

灵魂还是一个木匠,
思谋着把门打开得畅快些,
再把禁锢的围墙拆掉,
在草坪上也在厨房的地板上,
让同一个光明跳起舞蹈。

## 有足够的理由隐藏光明

有很好的理由隐藏光线:
要不我们的羸弱的双目,
就会在无云的苍穹下焚烧。
还因为如若真理处在丛林之中
它刺激着内心的追求,
于是我们的奋斗更加活跃。
而以后,我们终会得到
上苍的恩赐——
从来就与我们一道。

## 与黑夜为邻

那时候我们还年轻,
我们呐喊:把黑夜收回去!
而黑暗也在咆哮,
越过无名的敌人,来到
我们的身旁撒下荆棘枯草。

对于从同一块土地上
生长起来的花朵夭夭,

我们有什么话可说？
我们本应当及早挺立，
让每一扇窗子的光线闪耀。

邻居和他的狗，
已经破除了坚冰。
在那一边，
领不到军人的退休金养老。
于是维持生计靠送报。

在那样的夜间，那时你还不是
人妻、人母、牺牲者，
完全的寂静里不会有什么消息，
而与夜晚一体的邻人，永远
不可能与白天一族在一起。

发表于《诗刊》2000年第6期

# 尼努珀玛·梅农·拉奥*八首

## 题马德哈维·爱玛①的照片

奶奶坐得端正，
黑发中分，
三十八岁年纪，
在黑暗的斗室
她衣裳的白光，
勾勒出暗影。
留声机，
用它的裂了纹的喇叭
发出温柔的声调。
以及
照片之外
先祖的后代，
乘船前来，
驻舟于静水。

---

\* 尼努珀玛·梅农·拉奥，女，印度诗人，现任印度驻华大使。
① 马德哈维·爱玛（Madhavi Amma），印度著名政治家（1906—2006），首位印度女议员，曾任议会领袖、柯钦市第一副市长等，享年九十岁，故诗人称她为祖母。

在这个寂静的夜晚，
可以听到他们的喃喃低语，
因为他们找到了她。
这张照片上还有，
一个困惑的人
仍然在呵斥着
我的孩子们
咚咚脚步，
踩踏了
她幽暗的房室。
悄悄地
画下一个
隔离的圈子
某处。
身外是轻松的岁月

## 坏 蛋

心里，
却焦躁不已，
将他的眼圈
涂成绛紫。
痛苦
伸出舌头
吐着泡沫，
在潮湿的鳞状的墙上
镌刻上野兽的四肢。
一面黑伞，

没有拢起，
自从他上学的日子，
逐渐消退了的是最初的
K. D.
他的名字，
其实来自
母亲的规规矩矩的播种。
而所有的男生，
就像男生们那样，
想着更多，
尖叫着
"坏蛋"，
将这名字附着于
蝎子图腾
文刻在
他的纸一样的皮肤上
紫色的眼眶边
硬指甲上。
还有孩子的心
包藏在他的男子汉的身体里。
带着久远的清晰的回忆
他可以当真记起
一九六四年
怎样喜欢一部影片
放映中间有两次休息
他将
最后的卢比
变成了两客

彩虹般的冰激凌

## 公 民

洞孔
在他穿着的汗衫上
贴胸,
就在心脏上方,
出自自己的打造
预设
他的末日
将从这儿
到来。
他感觉得到
无尽的汗衫的摩擦
会保持住
他的心跳。
他的孩子们
在不同程度上
承受
他的怪癖
有时候
变成
疯狂,另一些时候
变成
蔑视父辈
抛掷石块,
对着自己的家

藐视风俗和
他们的叛逆
不可理喻,
不过也理解
他们的父辈。

## 格 则 勒①

你以你的方式在酒后唱出心曲,
歌唱失却的爱情和受伤的心,格则勒

阿哈塔里②头发上的山茶花何其芳香,
独唱出她内心的悼亡的哀伤,格则勒

我们唱着玛比拉③情歌在椰子之乡
月光铺染的沙滩上有一声高腔,格则勒

从北到南我们让我们画出一道弧线
微风承载的歌声无限悠长,格则勒

八月的月亮害怕溢过的错误边线
也已经连结起来了,被那格则勒

---

① 格则勒(Ghazal)是一种诗歌形式,在阿拉伯、伊朗、中亚、我国新疆及印度穆斯林地区流行。每阕两句,最后要叫一声"格则勒"。
② 阿哈塔里,全名阿哈塔里·别古姆(Akhtari Begum),被称为印度咏唱格则勒之女王。生于一八九五年,卒年不详。
③ 玛比拉,是印度的一个穆斯林族群——原作者注

包容爱情的装饰被凉亭所遮盖
黄色的象牙、神奇的麦克风,还有格则勒

## 撒玛尔罕[①]的傍晚

我们来到了扎里那[②],
小屋迤逦而去,
一位幽灵似的法国夫人,
在人造湖边泡脚,
拂过水面。
柔软光滑的天空下,
我们辨视着
尚未送电
有人点起一支香烟
唯一的一点光亮
照出列杰斯坦广场[③]的轮廓
爱笑的孩子们,
结结巴巴地讲着
旅游英语
这横跨莫斯科与撒玛尔罕的
新世纪的时尚。
他们中的一个
阿鲁格伯克
与天文学者的辉煌名字同名

---

① 撒玛尔罕,现在乌兹别克共和国境内,伊斯兰教名城之一。
② 扎里娜,是一个著名俄国歌星的名字,不知此处是否作地名用。
③ 列杰斯坦广场。位于撒玛尔罕市中心,曾有河流,已干涸,此处有代表性宗教建筑。

有他自己的系列训练
坐上奔驰车
便会想起太空,
超越这个被遗忘的
尘土飞扬的广场
在建设者规划的城镇上
亲吻可爱的女王的脸蛋
以死相许
换取飞跃。
夜间是格则勒的朗诵
寂静中飘荡
一列火车自安达露西亚①开行
速度像穿过北非的火箭
柏柏尔人②的沙子
为达丽亚先生哭泣
来到
我们坐着的撒玛尔罕
我们用英语与乌尔都语
寻找着一些会意
甚至有领悟的烛照——
我们都是些小小的切片,
被这一部分的历史的
烤面包片机所烘烤

---

① 安达露西亚,西班牙南部地名。
② 柏柏尔人,北非的民族。

## 中国图片

看着这些图片,
搅动了我的思绪。

你在橡皮绳上表演杂技,
赤手空拳,薄纱轻装,
透明可露骨骼。
固定在剧场的屋顶最高点,
人们随即屏住呼吸。

两个男孩,一个帽子带穗。
面对你好奇的机敏的眼睛,
深埋起他们的脸庞。
而你发现了一个目光
并且告诉我们,请看:
孩子穿的是蜡染束腰衣。

那是一个舞人的侧面轮廓,
踮起脚尖,进入白色的光与影,
是在太空吗?行走于行星之间,
说吧,这是容易的吗?
以一种舶来的国际姿态热烈拥抱
突破了秦始皇的万里长城。

两个市政工人,
风里来雨里去,

一双凉鞋一个大扫把
凝固成力量的造型
在一块红色面具广告牌边
可感
可触
双喜临门

还有这儿,灰色雾霾里的早晨,
西湖,
慢慢地
流光溢彩
光束游走于翠竹间……

在秋天的薄雾之中,
温文尔雅的学者书写着
整臂长的大字书法。

## 被遗忘的生日

我不知道,
双亲出生的日期。
歌声片片断断,
流淌如水,
进入运货火车
攫住它的酒吧轰隆隆隆,奔向青翠的林草
温柔的喀拉拉邦傍晚。
我们的出生日子
我们的出生时间

我们出生的分秒
就这样代代相传
你的身体
包括了一切
带着你深切的回想。
但是模糊的记忆
留下黑色的补丁，
掩盖住你的诞生
像老年间的鬼怪蚂蚁，
爬行在雨丝飘飞的气息里。
生日仅仅在推断里算计
唯一参考的是
占星家的微积分
我从来不明白，
我的朋友，
他主张决定于星球的影响，
并且告诉我，
我属于丘比特星座。
我所仍然不知道的
我的双亲的生日
悬挂在黑色的混沌之中
我期待着轮到我时，
能列出出生的时间，
地点，
我的父亲与丈夫的姓名
印度黑墨水迅速移动
在一张吸收性能良好的纸上
画出双亲生日的黑洞

而现在
就是这个人
失却光芒的眼神里在叙述
老去的小学生
点头会意
或许是解释
生日为什么被遗忘

## 你需要有一头象

你需要有一头象,使你微笑
对于这个悲哀的国家,这是一个处方。
我们的命运线里
有恼怒惧怕无法解析的,
那么多原因
通向悲哀大象
没有靠近蔓延着的森林。
安静的孤僻的忧郁的峡谷
而午夜的鼓声装饰着萤火啾啾的蟋蟀啼鸣
传唤你试练你的微笑
在林间寺庙里暂时熄掉吧,
你的油灯
因为这是大象与忘忧的季节

**译后记**:尼努珀玛·梅农·拉奥夫人,出生于印度喀拉拉邦,一九七二年获印度马拉特瓦达大学英语文学硕士学位,二十二岁时进入印度外交部工作。曾先后在印度驻奥地利、斯里兰卡使馆和印度外交部工作。

曾来中国访问。一九九二年至一九九三年赴美国哈佛大学国际事务中心（现称魏德海国际事务中心）做访问学者。先后担任印度驻美国使馆公使与驻秘鲁大使。一九九八年曾出任驻俄罗斯使馆副馆长，她是印度外交部首位担任官方发言人职位的女性。二〇〇四年九月至二〇〇六年任印度驻斯里兰卡高级专员。二〇〇六年十月出任驻中国大使。

拉奥夫人的诗结集为《雨丝飘扬》在斯里兰卡出版。这里选译的几首诗，含蓄隽永，立意与取材都颇为不俗。

在《题马德哈维·爱玛的照片》里，表现了对于人、背景、历史的感应和庄严感。在《坏蛋》里，毋宁说作者是在同情一颗被社会所冷淡和伤害的心。在《公民》里，用预设的（枪弹）洞孔开篇，令人震惊。在印度，也与别处一样，做一个负责任的公民，并非易事。《格则勒》则带有民歌风格，表达了对于民间文化的倾倒。（作者并没有向译者推荐此诗，是译者由于早在新疆就熟知"格则勒"这一诗歌形式，对之情有独钟。）而《撒玛尔罕的傍晚》里，那种同一个世界、同一个命运的诗心，那种我们都是一些面包片片，被历史的烘烤机所烘烤的说法，读之怃然。《中国图片》一诗里透露了她对中国文化与生活的兴趣与印象、体贴与善意。《被遗忘的生日》则透露了若干印度文化的传统与信息，一种天人合一，一种听其自然，一种不求甚解，具有迷人的原生气息。而《你需要有一头象》更是意在不言之中，几分幽默，几分悲悯，几分豁达，耐人寻味。

作者的诗是用英语写作的，我的翻译也是根据英语原作。

# 论 李 商 隐

# 雨 在 义 山

读义山诗,发现"雨"是其诗作中出现频率很高的一个字。不论从人们常讲"意境""氛围""形象"意义上,还是从稍稍拗口一点的"语象""诗境"的角度上看,"雨"是构成李商隐的诗的一个重要因子。其重要性,当不在义山喜用的"金""玉""蝴蝶""柳""草""烛""书""梦"等等之下。

翻阅人民文学出版社一九八五年版的《李商隐诗集疏注》[1]所收李商隐的诗五百七十余首,其中以"雨"为标题的十二首,包括《夜雨寄北》《风雨》《七月二十八日夜与王郑二秀才听雨后梦作》《雨》《春雨》《细雨二首》、《雨中长乐水馆送赵十五滂不及》《微雨》《滞雨》《细雨成咏献尚书河东公》《回中牡丹为雨所败二首》等;诗中有"雨"字出现的,则更有五十二首,其中比较著名的有《重过圣女祠》《无题(飒飒东风细雨来)》《临发崇让宅紫薇》《月夜吹笙》《燕台四首(有三)》等,从数量上看是很多的。

"雨"是气象,是自然现象,带有明显的季节与地域特点,这些都无需解释。那么,作为义山诗中的"雨"的自然特征,也就是他的"雨"的最表层的特点,是一些什么呢?

第一是细。"飒飒东风细雨来"(《无题》)是细雨,"帷飘白玉

---

[1] 《李商隐诗集疏注》,人民文学出版社 1985 年版,叶葱奇疏注。疏注者称原文是以朱鹤龄本为底本,参酌北宋、南宋本(清·陆敕先校本),清钱谦益校本及其他版本编成的。

堂，簟卷碧牙床"（《细雨》)是轻柔如丝织的细雨，"萧洒傍回汀，依微过短亭……稍促高高燕，微疏的的萤……"（《细雨》）是娇嫩而又灵稚的细雨。"洒砌听来响，卷帘看已迷"（《细雨成咏献尚书河东公》）、"小幌风烟入，高窗雾雨通"（《寓目》）、"一春梦雨常飘瓦，尽日灵风不满旗"（《重过圣女祠》）、"秋庭暮雨类轻埃"（《临发崇让宅紫薇》）、"珠箔飘灯独自归"（《春雨》）、"夜来烟雨满池塘"（《韦蟾》）等句，描摹雨之细、迷、轻、飘，如雾如烟，体物传神，刻画入微而又温文纤雅。

有一些写雨的句子比上述这些显得气势开阔洒脱一些，如"雨满空城蕙叶雕"（《利州江潭作》）、"凭栏明日意，池阔雨萧萧"（《明日》）、"封来江渺渺，信去雨冥冥"（《酬令狐郎中见寄》）、"逡巡又过潇湘雨，雨打湘灵五十弦"（《七月二十八日夜与王郑二秀才听雨后梦作》）、"沧江白石樵鱼路，日暮归来雨满衣"（《访隐者不遇》）等。虽如此，但也绝对不是大雨、豪雨、暴雨。其所以这样，当然不可能是李商隐只见过细雨小雨，而是说明李商隐的创作主体、他内心的诗弦，选择了的是细雨，接受了的是细雨。

第二是冷。"觉来正是平阶雨，独背寒灯枕手眠"（《七月二十八日夜与王郑二秀才听雨后梦作》）、"楚女当时意，萧萧发彩凉"（《细雨》）、"红楼隔雨相望冷"（《春雨》）、"秋池不自冷，风叶共成喧"（《雨》）、"气凉先动竹，点细未开萍"（《细雨》）、"初随林霭动，稍共夜凉分"（《微雨》）、"水亭暮雨寒犹在，罗荐春香暖不知"（《回中牡丹为雨所败二首·其一》）等写雨带来的凉意，丝丝入扣，触动读者的每一根神经末梢。特别是"稍共夜凉分"句，把雨之凉与夜之凉区别开来写，体物精细，令人感到诗人对于细雨带来的凉意的体会，堪称切肤连心。

第三是晚，即喜写暮雨、夜雨。"君问归期未有期，巴山夜雨涨秋池。何当共剪西窗烛，却话巴山夜雨时。"一首七绝《夜雨寄北》，两番"巴山夜雨"——加上题目，此诗出现"夜雨"字样凡三次。"更作风檐夜雨声"(《二月二日》)、"暮雨自归山悄悄,秋河不动夜厌厌"(《水天闲话旧事》)、"远路应悲春晼晚,残宵犹得梦依稀"(《春雨》)、"积雨晚骚骚,相思正郁陶"(《迎寄韩鲁州瞻同年》)、"却忆短亭回首处,夜来烟雨满池塘"(《韦蟾》)、"楚天长短黄昏雨"(《楚吟》)、"虹收青嶂雨,鸟没夕阳天"(《河清与赵氏昆季宴集得拟杜工部》)、"滞雨长安夜,残灯独客愁"(《滞雨》)以及前面已经引用过的"日暮归来雨满衣""觉来正是平阶雨,独背寒灯枕手眠""珠箔飘灯独自归"等都写日暮天晚或夜间的淅淅沥沥的雨。有些诗并未明确写暮、夜或白天,但也常用"昏""蜡烛"等词渲染出一种暮雨、晚雨、夜雨的景境,如"楼昏雨带容"(《垂柳》)、"必拟和残漏,宁无晦暝鼙"(《细雨成咏献尚书河东公》)、"玉盘迸泪伤心数,锦瑟惊弦破梦频"(《回中牡丹为雨所败二首·其二》)、"风车雨马不持去,蜡烛啼红怨天曙"(《燕台四首·冬》)等。雨细、雨冷、雨暮雨夜,气氛就更加沉晦了。

细雨,冷雨,晚雨,大致是"雨"在义山诗中的属性。李商隐的诗中当然没有毛泽东的"大雨落幽燕,白浪滔天"与"热风吹雨洒江天",也没有清新愉悦的王维的"渭城朝雨浥轻尘,客舍青青柳色新";没有自然的普润众人的"清明时节雨纷纷,路上行人欲断魂",也没有满足万物的渴望的"好雨知时节,当春乃发生"。李商隐对这种细雨、冷雨、晚雨以及这一类的雨的偏爱,当不是偶然的。

那么,我们的探讨从而进入了第二个层次即李商隐对于雨的主观感受。

首先,雨对于李商隐,有一种漂泊感,一种乡愁。"凄凉宝剑篇,羁泊欲穷年。黄叶仍风雨,青楼自管弦"(《风雨》),《夜雨寄北》的名句,"滞雨长安夜,残灯独客愁"的抒写,都与诗人的"薄宦梗犹泛"(《蝉》)的浪迹天涯的心情相契合。可能是"雨"这种自然现象使诗人更加感受到天地空间,增加了距离感:"楚天长短黄昏雨"。可能是雨声雨凉使诗人更加感受到失眠思乡的痛苦:"曾省惊眠为雨过,不知迷路为花开"(《中元》)。也可能是风雨飘摇的不利于旅行、游乐生活的气象现象,使诗人更加感受到自己的艰难、孤独、未有归宿:"珠箔飘灯独自归""上清沦谪得归迟"(《重过圣女祠》)。反正在李商隐的诗中,别情如雨,雨情含恨,他的许多诗中(主要指抒情诗)有着雨的无边无沿而又渗透细密的愁绪。

阻隔,是李商隐对于雨的另一层感受。在他写雨(其实不仅写雨)的诗句中,常常有一种阻隔的感受,雨是被阻隔着体验的:"雨过河源隔座看"(《碧城》)、"隔树渐渐雨"(《肠》)、"虹收青嶂雨"等等便是如是。另一方面,雨本身也成为一种阻隔,那就是"红楼隔雨相望冷"了。这里,"阻隔"既是李商隐的性格、心态的一大特点,也是他的诗作的一个风格。

第三是迷离。"细"的客观属性带来"迷离"的主观感受,这本来是很自然的。"渺渺""冥冥""梦雨""烟雨""雾雨""轻埃"等等词字,特别是通篇的氛围,使一首又一首诗笼罩在一种如烟似雾的梦一般的蒙蒙细雨之中。"沧海月明珠有泪,蓝田日暖玉生烟",诗人的审美追求特别敏感于宇宙、人生、身世、情感的这种扑朔迷离、可以意会而不可言传的美。那么,本身就具有迷离的特征的雨受到诗人的青睐,被经常用到自己的诗句中,也就是必然的了。

第四是忧伤,或者用我们老祖宗爱用的词即"愁"字。但这里用略带洋味的"忧伤"一词,似乎更能传义山的幽雅蕴藉的愁苦之神。"飒飒东风细雨来,芙蓉塘外有轻雷"的开端,引出了"春心莫共花争发,一寸相思一寸灰"的结语,这在义山诗中已属有血有泪够刺激的了。更多的则是"怅卧新春白袷衣,白门寥落意多违"(《春雨》),"阶下青苔与红树,雨中寥落雨中愁"(《端居》)。也有时候诗人直抒胸臆,把雨与自己的身世直接联系起来,如"高楼风雨感斯文"(《杜司勋》)、"茂陵秋雨病相如"(《寄令狐郎中》)等。表达李商隐的雨中忧伤,"寥落"确实是一个合适的词。

第三个层次,我们要探讨的是,细雨冷雨晚雨也好,漂泊阻隔迷离忧伤也好,到了李商隐这里,确实是大大的文雅了、升华了、婉转了、缜密了,大大的艺术化了,成为一种非义山难以达到的美的境界。

美是一种体验。冷雨本身无所谓美,忧伤本身也无所谓美,但是一颗追求美、向往美并能时时共鸣于沉醉于美的体验的心灵,却可以将天象人事,将冷雨忧伤作为美的心灵的对象来体察、体贴、体味。"红楼隔雨相望冷,珠箔飘灯独自归",此情此景此结构此对仗此词此语经过了诗心的加工,美极了。这里,不但红楼、雨、冷、珠箔般的雨点的飘洒、灯成为审美的对象,"隔雨相望"的距离感,"独自归"的寂寞感,也变成了美的对象。当诗人写诗的时候,一方面可以说与红楼、雨、飘洒、灯、冷以及阻隔而又寂寞的心情亲密无间,体贴入微,同时另一方面却又以一种审美主体的身份君临于这些对象之上,自问自答,自怜自爱,自思自感,美的体验成为美的陶醉美的享受,成为诗的灵魂,诗的魅力,诗的色彩。

美是一种表达的过程。一种刻骨铭心的对于细雨冷雨暮雨夜雨的飘飘摇摇、迷迷离离、寥寥落落的体验,是无法赤裸裸地原封不动地表达出来的。体验需要表达,所以才写诗,哪怕写出诗来秘而不宣,仍然是表达给自己。就是说,即使是自言自语也仍然是表达,是用语言符号来表达。写诗的过程也是一种自我审视的过程,为了审视必须提供审视的对象,为了形成这样的对象必须有所表达。诗是这样的表达,诗的形象诗的意境诗的象征便是这样的表达的寄托。在雨成为这样的诗情的寄托的时候,雨也就更加诗化了。这就是说,雨的对象因为诗人的诗化表达而成为了美的对象,诗心诗作将美的特质赋予了雨。《夜雨寄北》之所以脍炙人口,就在于诗人的乡情寄托在"巴山夜雨"上。未有归期而思归,"何当共剪西窗烛,却话巴山夜雨时"。巴山夜雨是实有的,实有的巴山夜雨与虚的未有的归期联系在一起,又与未来的或有的实的共剪西窗烛联系起来,成为或有的实的共剪中的虚的回忆;现时的巴山夜雨,成为未来时的共剪烛中的过去时的回忆。这样的一唱三叹一波三折的表达,当然极大地美化了思乡的"一般性"愁绪。

"一春梦雨常飘瓦,尽日灵风不满旗。"咏雨的此联,完全可以与"红楼隔雨"句比美。这里,作者的寂寞、漂泊、寥落的身世感不仅寄托在雨上,尤其寄托在圣女像上。这里,雨是梦的,风是灵的,自然的雨风被赋予了超自然的神灵与心灵的品格。按道理,雨是不大可能飘的,除非雨下得很小很小,又有一阵阵的风,吹得雨丝飘来飘去。但风也很小,尽日也吹不起一面旗子来。东风无力,细雨飘飘,这超自然的神灵与心灵的力量又是何等的柔弱,何等的无济于事,最终只能无可奈何罢了!而这是"无可奈何"之美!晏殊的名句不正是"无可奈何花落去,似曾相识燕归来"吗?

这些诗句当然不无颓唐,但是诗人的颓唐毕竟与例如酒鬼的颓唐不同,诗艺为哪怕是颓唐的情绪寻找寄托、结构、语言、音韵。制造——或者说是创造情感的节制或者铺陈、寄托的高雅或者亲切,意境的深远或者明白,语言的准确或者弹性,这一切都是美的历程,审美的过程。"一春梦雨"与"尽日灵风"的对偶是美的,但已经不是一种原生的情绪本身的美而是表达的结构与形象的美。"常飘瓦"与"不满旗"的既柔弱又执着的动态是美的,这既是体验的美也是炼字炼句的美。珠箔飘灯,梦雨飘瓦,李商隐用这个飘字的时候是充满情感、充满对自己的"羁泊"的身世的慨叹的。因而绝无李白的"霓裳曳广带,飘拂升天行"(《古风五十九首·第十九》)或"一朝去金马,飘落成飞蓬"(《东武吟》)中的"飘"字的洒脱与力度。而二李的飘都是美的,因为它们都经过了诗人的编织与创造。至于"留得枯荷听雨声"(《宿骆氏亭怀崔雍崔衮》)这一名句之美雅,全在于寄托角度即表达角度的独具风雅,"相思迢递隔重城"(同上诗)的辗转,表现为夜来听遍雨打枯荷的声响,而诗人用留荷听雨的风雅掩盖了却也从而婉转地表达了相思迢递、夜不能寐的忧伤。

那么,最后,我们可以说美是一种形式了。当李商隐把雨情情雨以至他的一切感受情志表现为格律严格的韵文、表现为用词绮丽而又典雅、深挚而又蕴藉、工整而又贴切的语言——文字的时候,美的境界完成了。这里,孔夫子时代已经奠定的中国式的"乐而不淫,怨而不怒,哀而不伤"的诗艺、诗美、诗教确实是一种理想的力量、美善的力量、健康的因素。寻找形式的过程,特别是李商隐寻找他的精致幽深、讲究诗的形式的过程,吟哦的过程,炼字炼句炼意(这三者也是不可分的)的过程,修改的过程,也是一个审美的过程,调节的过程,安慰和欣悦的过程,说得夸张而又入时一点,这几乎是一个心理治疗的过程。不论情绪多么消沉,把消极的情绪诗化的努力仍然是有为的与带有积极因素的艺术实践。不论自叹身世多么畸零,诗的形式(例如七律的种种讲究)的完整与和谐却似乎哪怕是虚拟地实践了诗人对完整与和谐的生命、人生、生活的向往。李商隐的诗特别是抒情诗常常是忧伤的,但读他的诗获得的绝对不仅仅是消沉和颓唐的丧气,在读者为他的忧伤而喟然叹息的同时,你不能不同时感到一种钦佩、赞赏、欣悦乃至兴奋,你会不无惊喜地发现,即使是畸零不幸的身世,也能带来那么深幽的美的体验,带来那么感人的诗情诗心诗作,带来那令人激动的读者与诗人的温馨的心灵交会。诗是巨大的补偿,义山的未尽之才,在诗里其实是尽了——他还有许多或者更多比较不是那么十分出色的诗,他的真正堪称精彩的诗,窃以为不超过百首,只占六分之一。能不能说明义山吟诗略尽才呢?他的未酬之志,在诗里其实已经酬了,至今他还牵动着中外许多读者的心!他的未竟之业,在诗里其实已经完成了,又有几个诗人能具有堪与义山相比的艺术事业的辉煌呢?

笔者曾经有一个讲法:真正的艺术(有时还包括学术)是具备一种"免疫力"的,它带来忧愁也带来慰安与超脱,它带来热烈也带来清明与矜持,它带来冷峻也带来宽解与慈和,它带来牢骚也带来微笑,带来悲苦也带来信念,带来热闹也带来孤独,带来柔弱也带来坚韧,带来误解、歪曲、诽谤也带来永远的关注与共鸣,有诗应去病,得韵自怡神!也许李商隐的感情与意志是柔弱的,但当这些柔弱化为千锤百炼的诗篇以后，这些诗便是很强很强的了——套用斯大林时代一首苏联歌曲的歌词，叫做（这些诗）"在火里不会燃烧，在水里也不会下沉"！

最后，让我们从比较义山的"雨诗"与其他诗人的"雨诗"（词）出发，探讨一下李商隐的性格和他的身世的性格根源吧。杜甫有句"文章憎命达"（《天末怀李白》），义山有句"古来才命两相妨"（《有感》），其实综观义山一生，并未遇到类似屈原、司马迁、李白、杜甫、韩愈、柳宗元乃至王安石、苏轼那样的政治挫折、政治危难、政治险情，除了在派别斗争中他的某些行为"表现"为时尚所不容以外，他没有获过罪、入过狱、遭过正式贬谪，但他的诗文要比上述诸人哀婉消沉得多。尽管他的咏史诗表达了许多清醒的见解，表明他不无政治判断力、政治智慧，但他显然缺少政治家的意志与决心，尤其缺少封建政治家的认同精神。他既未能对时代、对朝廷、对皇帝、对同僚、对社会各阶层与广大百姓认同，又不能像道家或儒家的另一面那样与天地、与自然、与宇宙万物认同。杜甫的"好雨知时节"，是站在被滋润的万物万生的立场上写的，其心甚"仁"，因而"晓看红湿处，花重锦官城"，他对雨充满希望，对明日的"晓看"充满希望，他替万物承载了"春夜喜雨"的湿润与重量，他代万物立言。李商隐咏雨之作中有"雨气燕先觉，叶荫蝉遽知"（《送丰都李尉》）句，体会了一下燕、蝉、身外的生命的感受，"先觉""遽知"则仍然是且疑且惊，无定无力。"先觉"固然觉了，仍然吉凶难卜，更不知"先"以后的事会发生些什么；"遽知"叶荫则更含有一种夏将尽晴日将尽的触目惊心的颤抖。"隔树澌澌雨，通池点点荷"句也不算悲凉，但是这里的树与荷对于雨来说，是不相通的，它们之间的相互关系是陌生的、漠然的。"留得枯荷听雨声"亦如是，"枯荷"与"雨声"之间的关系仍然是被动的，无相求相知相悦之情，这就与锦官城里的红花对喜雨的欣然迎接与接受全然不同了。这些句子，在李商隐的咏雨之作中还是比较明快的，其他，就更加顾影自怜，心事重重了：义山多寂寞，浑若不胜雨!"秋应为黄叶,雨不厌青苔……杂情堪底寄,唯有冷于灰"(《寄裴衡》),秋、黄叶、青苔与雨浑然一个凄凄迷迷的世界,这世界似乎只余一个"冷于灰"的诗人了。

韩昌黎诗云:"天街小雨润如酥,草色遥看近却无,最是一年春好处,绝胜烟柳满皇都。"虽是小雨,视野开阔,感受和悦,春好处虽言绝胜,烟柳皇都未必不佳。诗人对世界对节季换转的眷眷之意溢于言表,空间时间,都牵连着韩愈的济世之心,诗人是用自己的眼睛、自己的心灵来表现为之喜悦的春雨中的世界的。李义山则不同,"花时随酒远,雨后背窗休"(《灯》),雨与随雨而来的时令迁移的暗示引发的是一种渐远渐休的失落感。"帷飘白玉堂,簟卷碧牙床,楚女当时意,萧萧发采凉"中的细雨,本身就显得有些孤独与寂寞,雨自细自飘自卷自凉,与世界不得交流。"一春梦雨常飘瓦",雨飘于瓦,本为陌路;蝉鸣原与树相通,而"一树碧无情"——美丽的"一树碧"都是无情的,何况比碧树更晦暗也更无生意的瓦片?陌路相逢,终难依靠,飘曳而过,雨自萧条,瓦自沉寂而已。"红楼隔雨""珠箔飘灯",以我望雨,雨中我归,从我到雨,从雨到我,李义山的许多诗不管用多少典故、多少迷人的境象,最终仍然是从我到我,以我写我,雨也罢,瑟也罢,蝴蝶也罢,终归是我的凄迷婉转、自恋自怜之情的寄托罢了。

让我们再举一些其他人写雨的诗词的例子。李后主词"帘外雨潺潺,春意阑珊",自是名句,"罗衾不耐五更寒。梦里不知身是客,一响贪欢!"离情别恨,贯通如注,不像义山诗作那样曲绕麻烦。"独自莫凭栏,无限江山。别时容易见时难,流水落花春去也,天上人间。"愁也愁得晓畅,悲也悲得痛快,天上人间,无限江山,春已去也,"别时容易"(而不是"相见时难别亦难"),再见了,过往的美好时代!李后主即使是面对现实的萧瑟,也还能从怀旧的回忆中得到某些感情的缓解与排揎——他梦里还能"一响贪欢"呢!李商隐能吗?"梦为远别啼难唤""独背寒灯枕手眠"!梦里也没有欢乐的回忆呀。

再看一首作者常常与义山并提、艺术风格上有某些接近之处的温庭筠《咸阳值雨》。诗曰："咸阳桥上雨如悬，万点空蒙隔钓船，还似洞庭春水色，晓云将入岳阳天。"视野阔大，联想纵横，吞吐自如，远远不像义山那样执着凄迷。温庭筠词中有"海棠花谢也，雨霏霏"句，丽句却无多少可咀嚼处，相形之下，何义山诗境之层次深叠也！

王驾《雨晴》诗曰："雨前初见花间蕊，雨后全无叶底花，蜂蝶纷纷过墙去，却疑春色在别家。"构思别致，清新明丽，花事有始终，蜂蝶迁移，不无逝者如斯之叹，万物静观，倏忽消长，应生超然自得之怡。"却疑"云云，从高处看，是一种宽容的可以理解的幽默；从"蜂蝶"本身来想，毕竟希望在人间，有几分浪漫的"非消极"了。李商隐的《回中牡丹为雨所败》，题材相近，其一曰："……舞蝶殷勤收落蕊，佳人惆怅卧遥帷。章台街里芳菲伴，且问宫腰损几枝。"其二曰："浪笑榴花不及春，先期零落更愁人。玉盘迸泪伤心数，锦瑟惊弦破梦频。万里重阴非旧圃，一年生意属流尘。前溪舞罢君回顾，并觉今朝粉态新。"仍然是寄托身世的感慨，蕴藉含蓄，层次深遥，"惆怅""伤心"，不但牡丹先期"零落"，"章台芳菲"即"章台柳"的命运亦是风雨飘摇，委实寥落已极。但又自我欣赏，自我咀嚼，虽"惊""破""属流尘""落蕊"而"粉态"犹"新"，自恋未曾稍退。

至于苏轼写雨，不论是"水光潋滟晴方好，山色空濛雨亦奇，欲将西湖比西子，淡妆浓抹总相宜"（《饮湖上初晴后雨》），还是"山下兰芽短浸溪，松间沙落净无泥。萧萧暮雨子规啼。谁道人生无再少，门前流水尚能西！休将白发唱黄鸡。"都把雨作为大自然的一种净化的、涤洗俗杂的因子来写。后面那首《浣溪沙》写的是"萧萧暮雨"，写了"人生无再少"之叹（虽然用了"谁道""休将"的否定语气），却有几分豁达。而这种豁达，来自苏轼对"天"、对大自然的认同。李白诗中亦不乏这种认同，如他对于"五岳""名山"的向往。而李商隐却做不到这种认同，"碧云东去雨云西，苑路高高驿路低"（《雨中长乐水馆送赵十五滂不及》），碧云和雨云、苑路与驿路、东与西、高与低是相互疏离的。这还是一首比较愉快的诗,乃至有的注者以为诗含戏谑。其他众多的诗里,如前所述,雨带来的是更加无端无解的忧伤情愫了。

当然也有一些唐代诗人写雨的情调与义山相近。如韦应物的《赋得暮雨送李曹》:"楚江微雨里,建业暮钟时。漠漠帆来重,冥冥鸟去迟。海门深不见,浦树远含滋。相送情无限,沾襟比散丝。"又是微雨,又是暮雨,又是漠漠,又是冥冥,又是鸟去迟,又是深不见,语言、迷离氛围,像义山了;而"相送情无限"句,直言情无限,有友谊的温暖了,有感情的直露了;"沾襟比散丝"再凿实一步,结果冥冥漠漠的氛围衬托的是明确无误的离情友谊。而李义山送行诗的结句"秋水绿芜终尽分,夫君太聘锦障泥"的感情色彩则含而不露得多、失落感要更加弥漫得多。

更近义山雨诗的是谭用之的《夜宿湘江遇雨》:"湘上阴云锁梦魂,江边深夜舞刘琨。秋风万里芙蓉国,暮雨千家薜荔村。乡思不堪悲橘柚,旅游谁肯重王孙?渔人相见不相问,长笛一声归岛门。"湘江遇雨,锁梦,暮雨,乡思,橘柚与王孙之叹特别是诗人的仕途困踬怀才不遇的不平之气,颇近义山,唯"江边深夜舞刘琨"的豪气为义山所少有。秋风万里,暮雨千家,芙蓉国,薜荔村联也比义山诗境开阔。结句"渔人相见不相识"用渔人问屈原典,诗人的遭遇不如屈平,连相识相问的渔人都没有,语极悲怆。但紧接着一转而为潇洒豁达飘然之语:"长笛一声归岛门",自我感觉良好地回到大自然中去了。相形之下,义山的"永忆江湖归白发,欲回天地入扁舟"则要更加压抑怨嗟得多。至于他写到潇湘雨的那首《七月二十八日夜与王郑二秀才听雨后梦作》,是古体,是梦境,当然难与谭用之此诗比较,结尾两句"觉来正是平阶雨,独背寒灯枕手眠",更显寥落怅惘。唐人诗古体、七律、五律即较有篇幅的诗篇,往往在写罢困厄牢骚之后于结尾处书豁达排解之语,给自己的情感以出路。李白的《行路难》写罢"欲渡黄河冰塞川,将登太行雪满山"的"行路难"之后,结尾却是"长风破浪会有时,直挂云帆济沧海"。杜甫的《不见》,写过李白的"佯狂真可哀""世人皆欲杀"以后,结束于"匡山读书处,头白好归来"(当然,杜甫诗中有大量结尾是沉重的)。白居易的一首非常沉郁的诗《……望月有感,聊书所怀……》:"时难年荒世业空,弟兄羁旅各西东。田园寥落干戈后,骨肉流离道路中。吊影分为千里雁,辞根散作九秋蓬",写到这里,可谓步步紧逼,沉重得要塌下来、压下来了,结尾两句却是"共看明月应垂泪,一夜乡心五处同"。虽然不得相聚,却能通过明月而互相交流,"一夜乡心五处同",于无可奈何之中得到了与明月认同并使乡心互相认同的安慰。而义山呢,常常在怅惘寥落无限之后,于结尾两句再下血泪辣手,再给人的心灵以惨痛的一击。"刘郎已恨蓬山远,更隔蓬山一万重"!"春心莫共花争发,一寸相思一寸灰"。或者是余音袅袅,使有限的伤感弥漫于无限的时空,如"此情可待成追忆,只是当时已惘然"(《锦瑟》)与"玉郎会此通仙籍,忆向天阶问紫芝"(《重过圣女祠》),寓悲凉于无迹无形。

  从以上的比较分析不难看出,作为一个诗人,李商隐常常深入地钻进自己的内心世界,对于自己的身世与情感的"寥落""惆怅"境况十分敏感,又十分沉溺于去咀嚼体味自己的"无端"的"寥落"与"惆怅"。他似乎有一种自恋的情结,有一种并非分明可触的难言之隐,使他生活在自我的忧伤心绪里,从而与天与人都呈现不同程度的疏离。他的"独自归""独背寒灯"使他难于和外界相通,他的难于相通使他更加常常感到孤独。这样一种孤独感和陌生感使他对自己的境遇和不幸更加自怨自怜。自怨自怜的结果当然会使一个敏感、多情、聪明而又抑郁的诗人更加失群寡欢。他的诗中绝少畅快淋漓,哪怕是佯狂癫放。他很少洒脱超拔,哪怕是自欺自慰。他更少踌躇意满,哪怕是扮演一个求仁得仁的悲剧式的英雄。他经常好像什么都没有得到,甚至什么都无法再寄予期望。这样,大自然的细雨冷雨暮雨夜雨,就常常成为他的细密、执着、无端无了、无孔不入的温柔繁复而又迷离凄婉的忧伤的物化与外观了。

而他的才华、他的修养、他的钟情与他的节制,使他用自己的忧伤、自己的身世不如意,也用雨用瑟用蝴蝶柳枝用书信用梦境用金玉摆设又用各种动人的典故为自己构筑了一个城池叠嶂、路径曲折、形象缛丽、寄寓深遥的艺术世界。城池叠嶂而互相交通又互为阻隔,路径曲折而易于走失又突然获得,形象缛丽而信息充溢美不胜解,寄寓深遥而或指或非体味无尽。可以想象这样一个精致而又独到、虽不阔大却是十分幽远的艺术世界将会怎样地吸引着诗人自身!诗人一生用了多少时间、多少情感智慧来构筑、来徘徊、来品味他的诗的艺术世界:这样一个世界的缔造者注定要成为它的沉醉者、漫游者、牺牲者,他又怎么样去过正常人的生活、仕宦的生活!这样的世界令当时乃至几千年来的读者咀嚼不已,流连不已,赏悦激动不已!这样一个诗的世界当是出色的、奇妙的。但这样的世界本身不是也可能成为李商隐与他的社会生活、仕途生涯的一个阻隔吗?如果说诗的艺术可以成为一种健康的因素调节的因素"免疫"的因素,那么,从世俗生活特别是仕宦生活的观点来看,那种深度的返视、那种精致的忧伤、那种曲奥的内心、那种讲究的典雅,这一切不也同时可能是一种疾患、一种纠缠、一种自我封闭乃至自我噬啮吗?

呜呼义山!你的性格成就了你的独特的诗风,使你成为一个着实吸引古今中外的读者的诗人,而你的作品的阐释的困难又带来了那么多歧义以及与歧义一样多或者更多的兴趣。同样,你的生平经历也招引了不同的解释与评价。你的生平就像你的诗一样,在顿挫、抑郁的外表下面包含着莫名的神秘。难道一切不幸就出自牛李党争,出自你娶了王茂元的女儿为妻从而"站错了队"了吗?这唯一的解释能那么充分和令人满意吗?似乎不难推测,李商隐的性格偏于软弱内向,缺少"男子汉""大丈夫"的杀伐决断。他的咏史诗写得再好只能说明他尚有见地与热情罢了,这离社会对于一个济世的实行家的要求还差得很远很远。他能联合和依靠一切可以联合与依靠的力量去实现他的济世安邦的理想吗?他能分析形势、不失时机地做出必要的选择与表现吗?"烦君最相警,我亦举家清"(《蝉》)的李商隐,当然也不会、不肯夤缘时会,见风使舵,左右逢源,更不可能与宦小们同流合污、蝇营狗苟。谈到他的身世的悲剧性,除了社会历史、派别斗争的原因以外,是否也可以从他的性格特点上找到一点根由呢?

发表于《中国文化》1990年第3期

# 通境与通情

## ——也谈李商隐的《无题》七律

修辞上讲"通感",哲学上讲"通理"——普遍规律,诗境上能不能讲"通境"、诗情上能不能讲"通情"呢?就是说,我们的诗人能不能创造一种这样的诗境,涵盖许多不同的心境,抒发这样一种诗情,与各种不同的感情相通呢?

让我们看看李商隐的六首七律——《无题》,谨按个人熟悉的程度,似乎也是这六首诗的普及程度为序,抄录如下:

相见时难别亦难,东风无力百花残。
春蚕到死丝方尽,蜡炬成灰泪始干。
晓镜但愁云鬓改,夜吟应觉月光寒。
蓬山此去无多路,青鸟殷勤为探看。

昨夜星辰昨夜风,画楼西畔桂堂东。
身无彩凤双飞翼,心有灵犀一点通。
隔座送钩春酒暖,分曹射覆蜡灯红。
嗟余听鼓应官去,走马兰台类转蓬。

来是空言去绝踪,月斜楼上五更钟。
梦为远别啼难唤,书被催成墨未浓。
蜡照半笼金翡翠,麝薰微度绣芙蓉。

刘郎已恨蓬山远,更隔蓬山一万重。

飒飒东风细雨来,芙蓉塘外有轻雷。
金蟾啮锁烧香入,玉虎牵丝汲井回。
贾氏窥帘韩掾少,宓妃留枕魏王才。
春心莫共花争发,一寸相思一寸灰。

重帏深下莫愁堂,卧后清宵细细长。
神女生涯原是梦,小姑居处本无郎。
风波不信菱枝弱,月露谁教桂叶香?
直道相思了无益,未妨惆怅是清狂。

凤尾香罗薄几重,碧文圆顶夜深缝。
扇裁月魄羞难掩,车走雷声语未通。
曾是寂寥金烬暗,断无消息石榴红。
斑骓只系垂杨岸,何处西南待好风。

可以继古人而继续争论义山写这几首诗的动机,有(寄)托?无托?艳情?狎游?感遇?政治?悼亡?致令狐楚?可以遍引有关解释这首诗的资料并加论述,使资料上再添资料,使这解释成为一种学问。

更可以去思量一个问题:这些诗提供了什么样的语言语象典故,这些语言语象典故构筑了怎样的诗情诗境,这样的诗情诗境为何至少既可以解释为爱情又可以解释为政治?

从诗的文本开始,于是,从这六首七律《无题》中我们获得了一个又一个夜晚:"夜吟应觉月光寒""昨夜星辰昨夜风""月斜楼上五更钟""卧后清宵细细长""碧文圆顶夜深缝""曾是寂寥金烬暗"等等。

我们看到了夜晚的蜡烛。"蜡炬成灰泪始干""分曹射覆蜡灯红""蜡照半笼金翡翠"。看到了夜晚的星、月。有"星辰""月斜""月光寒""月露""月魄"等。得知了"梦","梦为远别啼难唤""神女生涯原是梦"等。

我们获得了一些典故、故事的引用,刘郎蓬山、贾氏窥帘、宓妃留枕、莫愁、神女、小姑、斑骓等皆有出处。这些典故多与女性有关,与爱情有关,与一种不成功的、被阻隔的、终未断绝的、朦朦胧胧的情感有关。

六首诗也提供了直写情感的句子,"晓镜但愁云鬓改""嗟余听鼓应官去""梦为远别啼难唤""春心莫共花争发,一寸相思一寸灰""直道相思了无益,未妨惆怅是清狂""曾是寂寥金烬暗"等。总的情绪是愁,是寂寥,是惆怅,是无益的即没有结果与呼应的相思。再比喻一下,就是"春蚕到死丝方尽,蜡炬成灰泪始干"的痛苦的执着与执着的痛苦了。

为什么痛苦?因为遥远和阻隔。"相见时难别亦难""来是空言去绝踪""梦为远别啼难唤,书被催成墨未浓""更隔蓬山一万重""重帏深下莫愁堂""车走雷声语未通""断无消息石榴红"……美好的东西被阻挡在遥远的地方了。

却又执着,又相信感情的穿透的力量,乃至获得了一种亲切感、相通感。"身无彩凤双飞翼,心有灵犀一点通",无翼而有通,身体是不自由的,行动是不自由的,然而心灵的力量与情感的力量是可以穿透的。"昨夜星辰"这一首《无题》是六首中最亲切的,除结尾两句"嗟余"发嗟叹之情以外,通篇似乎是写十分美好的回忆。"蜡照半笼""麝薰微度""金蟾啮锁烧香入,玉虎牵丝汲井回",都写出了这种情感的穿透的渗透的力量,锁也锁不住,深藏也可以汲出来。"贾氏""宓妃"典亦是讲此。"蓬山此去无多路,青鸟殷勤为探看""斑骓只系垂杨岸,何处西南待好风",希望仍存,春心未泯。虽然另一首诗说"更隔蓬山一万重",总的情感仍然是"矛盾的统一"。这么,是"一万重",阻而又隔,那么,是"无多路""心有灵犀一点通"嘛。

429

"一点通"与"语未通","无多路"与"一万重","月光寒"与"春酒暖","金烬暗"与"石榴红","去绝踪"与"待好风",乃至"菱枝弱"与"桂叶香",这种远与近、隔与通、冷与暖的心情,互相矛盾而又互相统一在诗人的内心世界、诗艺世界里。

以上说的是诗人提供的材料。读义山诗,也许更有兴趣的是看看他没有提供的是什么。他写下了什么是重要的,他没有写下的就更重要。善哉海明威之比喻也,文学作品如冰山,三分之一露出来了,三分之二隐藏在海水的下面。那三分之二又是什么呢?

没有提供确定的主体与客体。如果是抒情,总要有"抒情主人公",如果是赠答、送别、悼亡、相思、嘲谑……总要有诗的主体与诗的对象。但这些诗没有。"晓镜但愁云鬓改,夜吟应觉月光寒",是诗人的自思自叹,是诗人设想他所思念的一位女子的寂寞心绪,还是"晓镜"句写一位女子("云鬓"嘛),"夜吟"句写诗人自己("吟"当是吟诗喽)?同样,"梦为远别啼难唤,书被催成墨未浓",也是没有人称的。是写自己思念别人——我念她或他,还是她(他)在思念我?互相思念?一般性的,泛泛的,人类性宇宙性的思念之情?也许写作动机缘起很明确具体,那不是我辈考证得出来的,反正写出来成了"无头公案",也就成了"多头公案"了。

汉语是绝了,动词没有时、位的变化,光看动词看不出你我他来。真不知道这样的诗如译成动词有人称变化的语言当如何译。只写动词原型?而汉语汉诗惯于写无主语的句子,或有及物动词作谓语而没有宾语的句子,不独义山然,不独《无题》然。

没有提供具体的时间与空间。"东风无力百花残",有时间了,"相见时难别亦难"却是超时空的概括。那么,东风无力,百花残落,究竟是具体的暮春时节景色还是仅仅是一个象征,一个虚拟的背景,表达"见难"与"别难"的无可奈何呢?

"飒飒东风细雨来"是具体的。"金蟾啮锁""玉虎牵丝"则只是比喻,没有具体的时间与空间的规定性。"贾氏窥帘""宓妃留枕"是用典,用典目的是以古喻今,而不是讲西晋或东汉的往事。"春心莫共花争发,一寸相思一寸灰",又是超时空的普遍规律了。

"昨夜星辰昨夜风"有具体的时间,"画楼西畔桂堂东"有具体的空间,"身无彩凤双飞翼,心有灵犀一点通"却又是超时空的概括。"春蚕到死丝方尽,蜡炬成灰泪始干"连同前面提到的"相见"句,"春蚕""春心""身无""梦为"诸联,都是无时间无空间无主体无对象的艺术概括、哲理概括、比喻概括,而越是这种"四无"句子,越是普及和易于接受,脍炙人口,人们可以不懂这六首诗或某一首"整"诗,却没有人不懂这几句几联。

时间与空间,是世间万物存在的不可缺少的背景、条件与形式。什么东西才能打破时间与空间的具体性、规定性和不可混淆的性质呢?只有诗,诗心,诗人的精神活动以及常人的内心生活。"直道相思了无益,未妨惆怅是清狂",相思、惆怅与清狂是没有时空界限的。对相见时之难与别之难的咀嚼是不受时空限制的。心有灵犀,就更不受限制。近十余年谈文学新潮什么的,或曰"打破时空界限"之类,其实,我们老祖宗压根儿就没让具体的现实的时空把自己囿住。

没有提供现实与非现实、叙事、用事、借喻、神话之间的区别。"相见时难"一诗概括的当然是人间世,"蓬山""青鸟"一联,却带来了神话或梦幻的色彩。"飒飒东风细雨来,芙蓉塘外有轻雷",很写实的,"金蟾""贾氏"二联一上,现实成就失落了。"昨夜星辰"篇相对来说写得最实最亲切,名句却是巧喻——"心有灵犀"也。"重帏深下莫愁堂,卧后清宵细细长","重帏深下"与"卧后清宵细细长"似乎都很现实,"莫愁堂"是怎么回事?写莫愁的故事?当然不是或至少不仅仅是。"来是空言去绝踪"是抽象的,"月斜楼上五更钟"又是写实的。"梦为""书成",又像实写又像借喻。"蜡照半笼金翡翠,麝薰微度绣芙蓉",写实乎?借喻乎?前句写实——难以说"蜡照"句在比喻什么——后句借喻乎?抑或这两句写的都不是"实",而只是诗人的心理活动——想象、追忆、幻境、梦境呢?

431

这样,新闻学里讲的几个"W"——何事(What)、何人(Who)、何时(When)、何地(Where)、为何(Why)——你在李商隐的这几首诗里是找不到至少是找不全找不清的。而注家诗家学者便遍索资料来解答这些"W",以便用某人某事某时某地某因某果来解释这几首诗。这样,就势必以推测来代替推论,以想象代替证明,以对诗人生平境遇的考察代替对诗的客观内涵的把握(其实境遇和诗作关系未必是即时的与直线的),这又怎么能不聚讼纷纭、莫衷一是呢?

尤其重要的是,这些诗没有提供形象之间、诗句之间、诗联之间的连接、关系、逻辑与秩序。孤立地一句一句或两句两句地看,这些诗句并无难解之处,它们大多是具体的、形象的或平实的、确定的,"相见""东风""春蚕""蜡炬"何难解之有?"昨夜""画堂""隔座""分曹"何难解之有?"飒飒""芙蓉""梦为""书被"何难解之有?即使用典用事,稍加注疏,也很好懂,问题是诗句特别是诗联之间,空隙很大、空白很大、跳跃很大,使你往往弄不清头两句、次两句、再两句与最后两句(即首联、颔联、颈联、尾联)之间的关系,并因而弄不清全诗的主旨,弄不清主题,甚至弄不清题材即不知所云。从颔联的"金蟾"到颈联的"贾氏",从颔联的"神女生涯原是梦,小姑深处本无郎"到颈联的"风波不信菱枝弱,月露谁教桂叶香",从"梦为"到"蜡照",从"身无"到"隔座",从"扇裁月魄羞难掩,车走雷声语未通"到"曾是寂寥金烬暗,断无消息石榴红",最后从"春蚕"到"晓镜",这六首诗的颔联与颈联的关系实在不易断定。逻辑推理关系吗?时间顺序关系吗?主从关系?递进关系?虚实关系?兴起关系?所指能指关系?堆砌(无贬义,指含意主旨相近的句子放在一起)排比关系?景情关系?人境关系?比喻关系?似乎都不完全说得通。

当然不仅颔联、颈联之间有这样大的空白。不过按七律的要求,这中间最要紧的二联,也是李义山最下功夫(许多名句都出自其诗的中间四句)的部分的这种"不连接"特色表现得特别明显、特别引人注目罢了。这样,就产生了一种奇妙的效果,具体与具体不甚连贯地放在一起,产生的效果是概括的抽象,如从"春蚕"联到"晓镜"联;确定与确定放在一起产生的效果是一种不确定、一种朦胧,如"飒飒东风"一诗;明白与明白放在一起产生的效果是曲奥和艰深,如"来是空言"一诗。不连贯性、中断性,可以说是李商隐这几首诗的重要的结构手法,"蒙太奇"手法,叙述手法。正是用这种手法,构筑了、熔铸了诗人的诗象与诗境,建造了一个与外部世界有关联又大不相同的深幽的内心世界,造成了一种特殊的"蒙太奇",一种更加现代的极简略的"蒙太奇"。现代电影较少用"淡出""淡入""叠影"手段,而常常是直接跳进去。开始,人们也会觉得不太习惯,看多了这样的电影,观众就会开动脑筋用自己的想象补充"蒙太奇"的变化。对于诗句诗联的"蒙太奇"呢?我们可不可以花一点脑筋?

  以"相见时难别亦难"为例,第二句"东风无力百花残"。第一句是抽象的情,第二句是具体的背景。两句连在一起,使情变得具体可感,使背景变得具有概括性的内涵。颔联"春蚕""蜡炬",又具体又抽象,又精微又独特,又痛切又模糊。现在,第一句的叙述,第二句的描写,第三、四句的象征放列在一起,"难"这一客观的存在与主观感受的结合变成了丝一样泪一样感人的执着了。颈联"晓镜但愁云鬓改,夜吟应觉月光寒",本身是并不艰深的描述,却使"难""无力""残""尽""干"这些抽象的悲哀一下子变得富有人间味、亲切感。具体分析这两句,"晓镜"句更人情,"夜吟"句人情之中更流露出一种飘然的寂寞。这六句诗下来,抽象的、具体的、人间的、宇宙的(花、蚕、蜡等)、叙述的、抒情的、描绘的、象征的都有了,一个世界已经诞生了。最后两句又有点超人间了,蓬山了,仙境了,不但有"此岸"而且有"彼岸"了。

  回过头来看全诗:

  "相见时难别亦难"是写一种不得相见——抒而言之,这是一种不得相应相和相通相悦相满足的悲哀。悲哀铭心刻骨、难尽难干、与生俱在,如蚕之吐丝至死、蜡之滴泪至无。东风百花,青春正在逝去。

消极之中仍有一种体贴，一种眷恋，愁云鬓之改，觉月光之寒，并非槁木死灰，却又无可奈何。无奈之中遐思彼岸之蓬山，身无双翼而青鸟有翼，能为之殷勤探看乎？一丝希望，一点春心，袅袅无穷。

"昨夜星辰昨夜风"，这起句其实是了不起的。连用两个昨夜，过去的事已是永远的不复返的过去，星辰和风却这样的亲切可触，这样的历时不变。星辰与风与昨夜一样而物事已非，这七个字里不是包含着一种张力吗？首联、颈联都比较具体，中间夹一句概括性极强而无具体所指的妙喻。"身无彩凤双飞翼，心有灵犀一点通"，这两句在某种意义上已经脱离了全诗而被独立接受，并用来形容许多事情，乃至"文革"前后可以用这两句来批判"三反"分子的相互"呼应"！尾联淡淡地嗟叹，弥漫开去。从颈联的美好具体的回忆（在六首《无题》中其回忆的温暖应属绝无仅有），跳到"嗟余听鼓应官去，走马兰台类转蓬"，与"身无彩凤双飞翼"呼应，道出了作者的身不由己的怅惘。

"来是空言去绝踪"，没头没脑、横空出世的第一句。是一个梦吗？是许多梦想和渴望的抽象概括吗？与次句"月斜楼上五更钟"之间留下了空白，抽象与具体在这里交融而变得更加富有弹性。"梦为远别啼难唤"与"书被催成墨未浓"之间又是一片空白，谁梦了？谁书了？谁啼了？谁唤了？同一时间同一地点同一人？不同时间同一地点同一人？不同地点同一时间两个人？（排列组合下去，设想绵绵。）此颔联又在首联及颈联间留下空白，使你觉得诗人在表达一种无法表达的心情，在想象一种难以想象的意境。颈联"蜡照半笼金翡翠，麝薰微度绣芙蓉"，似乎突入贵夫人的深闺（如果是小姐，似不应这样点缀嘉华），是梦入吗？是致书吗？是别后的回忆吗？连作者自己也似乎弄不明晰了，"刘郎已恨蓬山远，更隔蓬山一万重"。

从色彩、风致上看，此诗首联悲凉，"来是空言去绝踪"甚至是一种使人震惊的冲刺，幸有一句"月斜楼上五更钟"的平实之句，才使读者打了一个趔趄之后没有跌倒。颔联多情而且纤细,"墨未浓"云云有点女性化。颈联绮丽幽雅朦胧,让你觉得诗人对红尘生活诸多眷眷甚至不无非非之想。尾联又悲凉了,但悲凉已经"化开",虽说"一万重"但也淡淡,没有什么新的刺激,而且尾联的节奏减缓,容量减少,读起来不吃力了。

"飒飒东风细雨来"此诗同样汇具象、抽象、典故、比喻、哲理、抒情于一炉,联与联之间的巨大反差使诗意闪烁而又无所不包。综观之,当仍是对相知相悦相应相和的一种向往,雨细雷轻,在理想与现实之间,在人与人之间,这里有一种不事张扬却又相互吸引的情感力量,锁坚而香可入,井深而丝可牵。贾氏倾慕韩寿,甄妃向往曹植,感情世界中那些像烟一样无形的东西其实是无可阻挡的,那些深埋在井底的东西也终将汲出。而这一切又都不可能获得圆满的结果。春心与花争发,这该多么迷人,而终于成灰,又是多么悲凉。悲即美,这不是川端康成的命题吗?

"重帏深下莫愁堂",这一首写得更加朦胧与若隐若现,写相思的惆怅与清狂。失眠的夜晚,咀嚼着、品味着内心的深情。好事难全,神女、小姑又成就了什么?弱的菱枝承担着人间的风波,清爽的桂叶,因月露而益香。美在失却,爱在失却,理想在失却,都留下了某种沁人的芳香。

"凤尾香罗薄几重",阻隔与希望共存。凤尾香罗是美的,"几重"却使美深藏。"碧文圆顶夜深缝"不但是美的,而且有一种难以触摸的神秘感。"扇裁"掩盖而又难掩,扇与羞都是阻隔又都不是那么决绝。"语未通"而能听到车走的雷声,这不也是"身无"而"心有"吗?寂寥是因为没有消息。"金烬暗"与未有的"石榴红"都在有无之间呈现一种婉转的美丽。终于抱着一丝希望,等待着能够"入君怀"的"西南风"的到来。

这是写爱情吗?当然是写爱情。这里有对夭折的妻子的思念吗?完全可能。这是写人生的自怨与自解吗?也是,每首诗的情境都是自相矛盾而又自成格局的。这是写作者政治上的坎坷、怀才不遇、怀情不遇？以致写到牛李党争给自己带来的厄运吗？完全可以这样解释。"5W"没写清，但读者可以用自己最熟悉最痛感的"W"去补充。

汉语"空间"一词何其妙也！既空且间，诗句与诗联之间的空白、空隙、间离、间隔构成了这六首诗的谈不上宏伟阔大，却十分美丽深幽曲折有致的艺术空间。读者、学者、史家、传记家与诗人同行，大可以在它们的艺术空间中做出自己的选择、想象、补充与欣赏，这种"空""间"便是通情与通境。不同的"W"的情感与不同的"W"的环境都可以与它们的艺术空间相通，而这种"空"与"间"的性质，正是李商隐这几首诗的绝妙之处。

那么，这样的艺术空间，这样的蒙太奇，这样的"W"的隐去或朦胧化，是怎样形成的呢？当然不会是李商隐受了什么什么流派理论的影响。通观这几首诗以及诗人其他一些抒情诗（如著名的《锦瑟》）的特点，套用一个既摩登又不合时宜的说法，这一类型的诗似可说成作者"向内转"的产物。只有当诗人致力于表现自己幽深婉转多愁善感的内心世界、感情世界的时候，他才会不知不觉地摆脱"5W"，不知不觉地摆脱某人某事的因果顺序，乃至摆脱时空限制、逻辑限制与语法限制。内心世界与"5W"的现实生活息息相关，因此诸诗不乏具体形象、具体描写以及时隐时现的某个或几个"W"。内心世界又不是绑在几个确定的、不可入的"W"上的，所以，内心世界的自由、广阔与瞬息万变的流动性又使得一首诗中出现属性大不相同的句、联。内心世界、感情世界的相反相成，使这些不甚连贯的诗句联成一体。每一句特别是每一联的功力使得它们既是整首诗的一个有机组成部分又具有独立存在的价值与魅力，有许多联就是离开全诗而被传诵至今的。汉字的整齐、七律的严格的格律，更从形式上、语言上、音乐感上帮助了每首诗的完整与统一，使一颗一颗的珍珠，一道一道的彩练，组合成一座又一座令人目眩神迷的艺术圣殿，却也是艺术迷宫。

"文章千古事,得失寸心知"。在这种"向内转"、淡化"W"、蒙太奇的手法造就了通情与通境的同时当然会遭到另一方面的批评——艰深曲奥,故弄玄虚,太不"返璞归真",乃至雕琢过分。情发于中而成文,"文"反过来也可造境造情。不连贯的蒙太奇会带来某种随意性,随意性未必全是贬义,这里说的只是客观现象。随意性则会带来文字的与诗的排列组合的游戏性。中国文人读旧体诗早有集句的传统,集不同诗人的不同诗中的句子而能成"新"诗,不论你喜欢不喜欢这都是早有的存在。李商隐的这几首《无题》,也可以重新排列组合。例如:

> 车走雷声语未通,月斜楼上五更钟。
> 身无彩凤双飞翼,凤尾香罗薄几重。
> 神女生涯原是梦,碧文圆顶夜深缝。
> 春心莫共花争发,来是空言去绝踪。

对仗差了,仍可读下来。如果一联一联地集就更好办一些。例如:

> 昨夜星辰昨夜风,画楼西畔桂堂东。
> 梦为远别啼难唤,书被催成墨未浓。
> 几日寂寥伤酒后,一番萧索禁烟中。(此联集自韦庄诗)
> 刘郎已恨蓬山远,更隔蓬山一万重。

呜呼,知止而后有定,诗道恢恢,疏而多漏。再讲下去,不是有点"走火入魔"了吗?

发表于《中外文学》1990年第4期

# 对李商隐及其诗作的一些理解

义山诗或可分为政治诗、感遇诗与抒情诗三大类。李商隐的政治诗的特点是气象恢宏、嗟叹深沉、见识卓然。既有一种旁观者的清醒冷峻，又有一种旁观者（无法投入、无法发挥什么"主体性"）的无可奈何的悲凉。是他的身世造就了他的悲凉乃至不无颓唐的性格吗？是他的性格影响了他的命运遭际吗？读义山生平诸事亦多矣，总觉得还是难以理解。不像例如李白、苏轼、陆游，读其诗作再知其生平概略，便凸现出一个活脱脱的"典型人物"来。

著名的《重有感》，"玉帐牙旗得上游，安危须共主君忧"，首联高屋建瓴，正气凛然，有一种绝对的政治——道德观念所形成的优势、一种自信所形成的势能。"窦融表已来关右，陶侃军宜次石头"，两句一句接一句，有一种紧锣密鼓的紧迫感。即使对窦融、陶侃的典故不详，也可从表、军、已来、宜次、关右、石头及两个人名中感到一种一浪高于一浪的前激后涌的气势。"岂有蛟龙愁失水，更无鹰隼与高秋"，执着的诗情已经大于政治评论的理智了，蛟龙失水，鹰隼铩翼，历史当时，岂"无"先例？"若有"云云，书生气了。尾联"昼号夜哭兼幽显，早晚星关雪涕收"，急切有余而从容不足，有政治激情而未必有政治手腕。政治与诗情诗才，固难两全也。

另一首脍炙人口的咏史——政治诗《筹笔驿》，"鱼鸟犹疑畏简书，风云长为护储胥"，开始两句气象最为不凡而又诉诸感觉，清晰可视。鱼、鸟、风、云都是写实的与客观的，"畏简书"与"护储胥"则是历史的兼想象的了。"犹疑"也,"长为"也,言之渺渺,似真似伪,给鱼游鸟飞、风吹云移的豪迈而又略带险峻的大自然与军令严明、"工事"密集的过往的军旅生活之间安放了一道软索似的桥梁,令人觉得境界丰富,富有张力。十四个字左冲右突,有动有静,有实有虚,且缓且急,气象万千。《筹笔驿》之所以不同凡响,很大程度上靠的是这首两句。"徒令上将挥神笔,终见降王走传车",这种悲剧性的故事概括十分精当。"徒令"云云,这种遗憾屡见于李诗中。"徒劳恨费声"(《蝉》)是"徒","春心莫共花争先,一寸相思一寸灰"(《无题》)也是"徒"啊。在"胜者王侯败者贼"的观念习惯源远流长的中国,对诸葛亮这位失败的英雄却是歌颂怀念备至。"管乐有才真不忝,关张无命欲何如"以及"他年锦里经祠庙,梁父吟成恨有余",语言锤炼不够,更接近于平铺直叙。"有才"与"无命"的矛盾,倒确是此恨绵绵,万古同悲。

温、李齐名,商隐并有《闻著明凶问哭寄飞卿》诗作,"昔叹逸销骨,今伤泪满膺。空余双玉剑,无复一壶冰",情挚语奇,跌宕悲慨。《唐才子传·温庭筠》曰"侧词艳曲与李商隐齐名,时号温、李",但总觉温与李不同,李的气象要丰富得多,风格要变化得多,感喟要深邃得多,寄兴要迢阔得多。"侧词艳曲"云云,太皮相了,完全不能概括李商隐的风格。一句话,李商隐的作品更有分量。而这种分量的一个重要的因子乃是政治。有政治与无政治,诗的气象与诗人的胸怀是大不相同的。一个完全不涉政治的侧词艳曲的作者,不可能获得那种思兴衰、探治乱、问成败、念社稷、忧苍生的胸怀,不可能获得那种与历史与世界与宇宙相通的哲学的包容,不可能达到那种亦此亦彼、举一反三的感情深处的通融,不可能达到那种幽深复杂、曲奥无尽的境界。有什么办法呢?李商隐在政治上是失败的,甚至连失败都谈不到,因为他根本没有获得过一次施展政治抱负,哪怕是痛快淋漓地陈述一次政治主张的机会。但这种无益无效的政治关注与政治进取愿望,拓宽了、加深了、熔铸了他的诗的精神,甚至连他的爱情诗里似乎也充满了与政治相通的内心体验。

古代写政治诗与投入从政,大概并不是一回事,甚至说不定往往相悖相反。有见解有情致又有很好的文字功力,大概可以写出不错的政治诗来。但古代的政治并不是诗,政治要现实得多、平凡得多、艰巨得多也风险得多。水至清则无鱼,太清高不行,太浊污庸俗也不行。太急不行,太谨慎——小手小脚小鼻子小眼也不行。没有见解不行,只有见解没有推广落实自己的见解的意志、手段与韧性,或不懂得在某些情况下做出妥协即放弃或部分放弃暂时放弃自己的某些见解的必要性也不行。甚至见解言而非时,见解过于超群而招众恶,完全不懂得随众从俗的必要性也是不行的。这一类事情,大概难以入诗,入"太史公曰"没准还凑合。总之在古代,好的政治诗人未必是好的政治家。

感遇诗其实既是政治诗也是抒情诗。如《安定城楼》:

迢递高城百尺楼,绿杨枝外尽汀洲。
贾生年少虚垂涕,王粲春来更远游。
永忆江湖归白发,欲回天地入扁舟。
不知腐鼠成滋味,猜意鹓雏竟未休。

首句言高,二句言远,虽平平未见佳妙却也流露了一种失意的空旷寂寞,时髦一点讲,叫做"失落感"。"贾生""王粲"句抒写不得志的郁郁,即使不太详细这二典的原委,仍然可以从"虚垂涕"与"更远游"中感到那恓恓惶惶、无依无托的苦况。古人怀才不遇的太多了,诗里写怀才不遇的也太多了,这两句虽对仗工整,读之上口,仍然很难打动谁。颈联"永忆江湖""欲回天地",其实是无可奈何的颓唐中的自我排遣和解脱。这样的心情也相当传统,起码从春秋时越国大夫的范蠡那里就可以找到先例,不同的是范蠡功成名就之时急流勇退,飘然携美女西施而去,而李商隐则不但没有"大夫"过,甚至政治上还没发芽就被"剪去"了"凌云一寸心",又没有西施可携带,于是抱怨旁人是"鸱鸟",而以"鹓鶵"自况。这里也有悖论:既然对"腐鼠"轻蔑厌恶,既然"永忆江湖"而且"欲回天地",那么又何必兴贾谊王粲之叹?既然有贾谊王粲之思,又如何能将相位、将功名利禄视为粪土、视若"腐鼠"?试看义山在《漫成五章》之三中慨叹道"借问琴书终一世,何如旗盖仰三分"。这种进取意向又如何能与归隐江湖的淡泊洒脱统一起来呢?如何与鸥鸟划清界限呢?或说李商隐之追求功名与那些蝇营狗苟之辈不可同日而语,他是为了苍生,为了社稷,而那些家伙是为了私利。这种动机上的崇高与卑下的区分并不像江湖与朝廷的区分那样明白啊。我们的诗人李商隐既要清高又不能心平气顺地甘于寂寞,既要在政治上有所作为又不能与包括贾谊王粲也包括腐鼠鸱鸟在内的权力的占有者与角逐者认同,既要"凌云"又要"入扁舟",真难啊!也许,这首诗的魅力恰恰在于它对这种两难的心态的传达?

政治——人生的通塞浮沉所引发的感慨,也像爱情婚姻所引发的感触一样,它们所获得的知音和共鸣往往能超过各自本义的范围。"皇都陆海应无数,忍剪凌云一寸心"(《初食笋呈座中》),在"食笋"的题目下竟写出这样痛心疾首的诗句,无意于仕途的读者同样也会为之一恸。同样,这样的对于挫折的敏感,这样的小遇不顺就大为悲哀(写此诗时义山只有二十几岁,即使试而不第,似亦不必如此痛苦),实在不能说是强者的性格。"浪笑榴花不及春,先期零落更愁人"(《回中牡丹为雨所败二首·其二》),读此章后笔者甚至要问,开成三年,二十五岁的李商隐对于"先期零落"的体验,不是太"超前"了么?究竟是太多的"牡丹""先期零落"了,还是我们的诗人先期愁人、先期悲叹了呢?他怎么会有这么强的"先期零落"意识——简直是"夭折意识"呢!本诗尾联"前溪舞罢君回顾,并觉今朝粉态新",似有自慰,又似更加悲观。将来会更加零落,这里的更加零落是预测将来。"并觉今朝"则是立足于未来所回顾的过去即现在,用更加悲观的未来反衬悲观的现在尚称差强人意,太颓丧了!但这种时间上的后推前溯,灵活地推来推去的办法,是义山用得很纯熟的一种表达一波三折的情感的路数,也是一种很摇曳很婉转的赋诗方式。"何当共剪西窗烛,却话巴山夜雨时"(《夜雨寄北》)是如此,"此情可待成追忆,只是当时已惘然"(《锦瑟》)也是如此。这种时间的处理既飘逸又深挚,既悲极而又因悲极而觉今日未必极悲,不能不说是充分地发挥了汉语汉字的长处。汉语动词时态上的缺乏严格规定变化,说不定反而成全了这种灵活的时态处理。

那么就说一说《夜雨寄北》吧。"君问归期未有期",谁问了?是真的当面问了或来信问了或传话(当然不是打电话问了啦)问了吗?抑或只是虚拟"如果某人"相问? 妙哉汉语之分不大清"虚拟语态"与"陈述语态"、"第二人称"与"第三人称"也。我更愿意想象这是诗人与千里之外的亲人乃至天人相隔的亲人(其时可能其妻王氏已死)在想象中的对话,是诗人与想象中的故乡的对话。"巴山夜雨涨秋池"很美,很饱满也不无凄清。因为一个"雨"再加一个"秋",在汉诗传统中不知积淀了多少离情别恨、孤凄的情愫,没有汉诗修养的人当难以尽情体会。如果说此诗第一句有一个显形的"君"在问一个隐形的"我"、第三句第四句有一个隐形的"我们"或"咱们"做主体的话,那么这句"巴山夜雨涨秋池"就是一个优美的"空镜头"了。在虚拟的问答之中,搜入一个秋天的巴山夜雨从池中满涨起来的实景,加上这样一个鲜明具体而又意在象外的境象,使全诗的虚实搭配更加谐和。而空间上既写到巴山,又想着何时将归、何时在那里共剪西窗烛的故乡;时间上既写到即时客居,又写到已成为过去、将成为未来的故乡与将归故乡,尤其是写到将归后的对于即时——巴山夜雨的回忆、可能的回忆,这样萦绕心头,深挚而又轻灵优美,回旋如歌曲,如绵绵的秋雨,含蓄如面带微笑的叹息。而这一切表现在二十八个字中,二十八个字中仅"巴山夜雨"就出现两次,两个四,占了八个字,两个"期"一个"时",含义相近,占了三个字,"何当""却说",语气词发语词又占了四个字,短小精练却绝不局促,绝没有删削造成的残伤,甚至可以说是天衣无缝的完整而又从容,堪称绝唱!

政治诗、咏史诗、感遇诗,商隐写得很多也很好,像《夜雨寄北》《乐游原》("夕阳无限好,只是近黄昏")这样的抒情诗,《蝉》("一树碧无情")、《晚晴》("天意怜幽草,人间重晚晴")、《霜月》("青女素娥俱耐冷")这样的咏物诗以及别的怀友诗、寄赠诗……中不乏杰作更不乏佳句。"留得枯荷听雨声""雏凤清于老凤声""可怜夜半虚前席,不问苍生问鬼神""嫦娥应悔偷灵药,碧海青天夜夜心""成由勤俭败由奢""夜来烟雨满池塘"以及"黄叶仍风雨,青楼自管弦""人间微病酒,燕重远嗛泥"……这些类型完全不同的诗句,其实是相当普及地被接受、被传诵、被引用的,是被读者认可、被文学史认可了的。《红楼梦》中的林黛玉,喜欢王维,喜欢李白,喜欢杜甫,喜欢陶渊明、庾、鲍、阮等前朝诗人,不喜欢相对比较雕琢的李义山,但仍肯定其"留得残(疑为枯之误)荷听雨声"之句(见《红楼梦》第四十回、第四十八回)。至于毛泽东喜欢三李(李白、李贺、李商隐)的说法,流传就更广了。

所有这些诗都是重要的,有意义的,但李商隐之所以为李商隐,李商隐之最最独特的创造与贡献,却不在于或主要不在于这些诗,而在于他的那些为数并非很多的意境迷离、含意曲奥、构思微妙、寄寓深遥的七律《无题》诗及风格接近于这些《无题》的一些诗,如《锦瑟》《重过圣女祠》《春雨》等。

"相见时难别亦难",一句诗胜过多少当哭的长歌!其实诗语本身写得明白如话,差不多是大白话,却又概括了多少人生的痛苦!离别是痛苦的,是难的,"生离死别""最是人生伤别离""离情别恨"是写不完的"永恒"题材。然而,相见也是难的,相见的机会难得,即使见了又怎么样?相见便能相知相印相聚合相对话,一句话,相见又如何能够相通呢?相见不相通,不如不相见。把"相见"的难与"别"的难相提并写,这是李商隐的创造,叫做"相见时难别亦难",这种高度的概括,使诗既是写爱情的,又超出了爱情。一切珍贵的、被自己想念的却又常常易于失去或已经失去的东西,不常常是"相见时难别亦难",常常是"来是空言去绝踪"吗?

"相见时难别亦难"与"来是空言去绝踪",两首七律都是头一句便给读者"当头棒喝",头一句便把欲哭无泪或有血有泪的苦衷"轰炸"在读者头上。比较起来,两个"难"稍自然些,婉转些,难只是难罢了,还不就是"空言",就是"绝踪",还没有"空言"与"绝踪"那样决绝。而"来是空言去绝踪"便是横空出世,突兀得紧,太悲哀了,太痛苦了,给人一个"休克",令人一下子喘不过气来。接下去,一首是"东风无力百花残",一首是"月斜楼上五更钟",孤立地看,这两句只能说是平平,与前句连起来看,使节奏得以舒缓,使深度的情感获得一个画面,获得一种可感知的、自然的与人世间的外观。东风无力,百花凋零,月斜楼上,钟漏五更,端的是愁煞人也!

"春蚕到死丝方尽,蜡炬成灰泪始干",千古妙联,浑如天成,工整贴切,无懈可击,悲苦执着,"到死""成灰",是大悲也。当然爱情,当然际遇,当然悼亡,当然怀旧;生老病死,诸种烦恼,焉得不悲!"方尽""始干",仍有节制,知止而后有定。或改之为"春蚕到死丝不尽,蜡炬成灰泪未干"(笔者少年时听一位有学问的大姐这样讲过),不断吐丝,一味流泪,其实反而乏味。丝尽了,泪干了,"惘然"了,肃穆中产生出一种无言的战栗,是真境界。底下"晓镜但愁云鬓改,夜吟应觉月光寒",其心眷眷,其情依依,有一种女性的细腻与纠缠,有一种相互的依恋与关注。晓愁云鬓,应是女性,应觉月寒,则是女性对男性的体贴。"但愁"是自己愁,是陈述,"应觉"是别人觉,是虚拟,是代言。如果自己说自己"应觉"如何如何,也是大大地把自我对象化,自恋化了。

"梦为远别啼难唤,书被催成墨未浓。蜡照半笼金翡翠,麝薰微度绣芙蓉",四句精当有余而浑厚不足,功力有余而气象不足,但仍然是李氏精品。啼难唤而有梦,墨未浓而成书,蜡照能以半笼,麝薰终可微度,大悲哀大绝望的冥冥之中,似乎有一种朦朦胧胧的东西聊可自慰,聊胜于无。诗人是悲哀的,因为真正属于他的唯诗而已,诗人又总是差可自慰,因为当他失去了青春、失去了爱情、失去了前程又失去了财富之后,甚至在失去生命之后,他还有几首诗留在那里!

两诗的尾联都写到"蓬山","蓬山此去无多路,青鸟殷勤为探看""刘郎已恨蓬山远,更隔蓬山一万重",写法相异相反,情致则相沟通。一种没有希望的希望,一种尚有希望的无望,在海上的虚无,在仙山的缥缈,既是此去无多路,又是相隔一万重,这里难道还存在着远与近,一万与无多的差别吗?刘郎何人,青鸟何禽,已恨也罢,殷勤探看也罢,一切的一切又有什么二致呢?

与这两首《无题》相比,"昨夜星辰昨夜风"的起句要亲切、自然得多。昨夜是切近的,刚刚发生的,记忆犹新的,昨夜又是已经逝去了,甚至是一去不复返的。"昨夜"这个词就充满张力,昨夜本身就是诗,是歌,像那首著名的由曼陀瓦尼乐队演奏的轻音乐"Yesterday"。星辰是清晰动人的,却又是不可接触的。风拥抱你并且撩拨你,却又是原本无形,终于无迹的。起始一句已经充满了张力,充满了摇曳感,悲哀中呈现出潇洒来,难得之至。

"画堂西畔桂堂东",一西一东,确定的地点,摇摆的视角,迁移的视线,明确的空间位置后面有不确定的且西且东,主观感受,谁能不感动呢?

明确的时间和地点后面是高度概括的"身无彩凤双飞翼,心有灵犀一点通",是不由自主的"身"与自由的"心"的相伴随,是没有翅膀、无法飞越的遗憾与一点灵犀、终相通达的慰安的相连接。悲乎喜乎?非悲非喜。通乎隔乎?亦通亦隔。是虚托吗?是悲极生"乐"?是哀而不伤?是终有的相知的温暖?这里面涵盖了多少辛酸多少镇静!

"隔座送钩春酒暖,分曹射覆蜡灯红",李商隐的《无题》诗中还很少这样的句子,实感、生动、温馨、贴近,这几乎可以说是快乐的了。翻遍《玉溪生集》,又有多少这样快乐的句子?"浣花笺纸桃花色,好好题诗咏玉钩"(《送崔珏往西川》)、"金鞍忽散银壶漏,更醉谁家白玉钩"(《即日》)、"愿得化为红绶带,许教双凤一时衔"(《饮席代官妓赠两从事》)、"陶然恃琴酒,忘却在山家"(《春宵自遣》)……不多的几句,又大多与酒、与钩戏有关,"忘却在山家"云云,未必是真的忘却,不得志的悲凉又来了,诗人很难摆脱掉它。

"沧海月明珠有泪,蓝田日暖玉生烟",脍炙人口的《锦瑟》此联,传达了一种不可思议、不可描述、不可企及的精神—艺术境界:迷茫、苍凉、空旷、远古而又悲戚、静穆、神秘、虔敬、无边无际、无始无终(叫做"无端",诗开篇便是"锦瑟无端五十弦"嘛)。这样的诗语诗境,有一种宇宙本原的品格、艺术本原的品格,是李诗诗语诗境的一个概括,也是其诗语诗境的一个大超越,李诗中再找不着这样细腻柔情而又同时博大庄严的句子了。宜哉以此诗为李义山集之首篇也!宜哉以此诗为商隐诸诗之序(其实恐是代序)作也!宜哉学界巨子如钱锺书氏力主《锦瑟》主题为论作诗之道也!虽然,此诗题旨未必在序诗论诗,它的概括力显然比诗本身更广泛。

迷茫与悲戚的体验在商隐诗中屡见不鲜。"一春梦雨常飘瓦,尽日灵风不满旗",这样一种软弱的、无可奈何的美,这样的性格又如何"旗盖仰三分"?看毛泽东是怎样写雨的:"大雨落幽燕,白浪滔天……萧瑟秋风今又是,换了人间"(《浪淘沙·北戴河》)、"冷眼向洋看世界,热风吹雨洒江天"(《七律·登庐山》)。《重过圣女祠》写得楚楚动人,"白石岩扉碧藓滋,上清沦谪得归迟",首句略有沧海月明的宇宙本初感、迷茫感,二句有珠有泪的悲戚感,但没有《锦瑟》此联的静穆与空旷。"沦谪"云云,写得太苦亦太露。"春梦雨"联亦是千古丽句。头联:"萼绿华来无定所,杜兰香去未移时",文字的工整华美中透露出空间与时间("无定所"与"未移时")皆非己有、"此身非我有"的迷茫。尾联"玉郎会此通仙籍,忆向天阶问紫芝"与"殷勤探看"的"青鸟"一样,又是一个无可奈何的升华、超拔,也是逃避、自慰,用关于天阶、紫芝、仙籍的回忆的幻想(既是回忆又是幻想,其用法与"巴山夜雨""前溪舞罢君回顾"等略同)掩盖自己在沦谪的寂寞的碧藓前的无可奈何。再深一步想,什么是诗?什么是李义山的诗呢?李义山的诗在李义山的人生中的位置,不就是"通仙籍"吗?是"蓬山"吗?是珠泪与玉烟吗?是"天阶"上的"紫芝"吗?是"墨未浓"的"书"与"啼难唤"的"梦"吗?叫人说什么呢?

"红楼隔雨相望冷,珠箔飘灯独自归。远路应悲春畹晚,残宵犹得梦依稀"(《春雨》)的情感如是,"曾是寂寥金烬暗,更无消息石榴红"(《无题》)的情感也如是。其他就多了,"沙禽失侣远,江树著阴轻"(《城上》)、"谁料苏卿老归国,茂陵松柏雨萧萧"(《茂陵》)、"羽翼摧残日,郊园寂寞时"(《幽居冬暮》)、"薄宦梗犹泛,故园芜已平"(《蝉》)等,莫不流露出这种迷茫和悲哀。所有这些,却都赶不上《锦瑟》的境界。

值得玩味的是李商隐这位诗人往往能把他的颓唐的情绪用艳丽精致的文字加以表现。读其诗,不难感受到诗人的彻骨的(并非没有深度的)与敏感的(不无神经质的)悲哀、孤独、无奈、软弱。而从形式上看,这种负面的情绪的表达却通过了绮美、艳丽、工整乃至雕琢的形式。就拿我们前面提到过的诗句来说吧,"金翡翠""绣芙蓉""珠有泪""玉生烟""玉郎""红楼""珠箔""金烬""石榴""彩凤""灵犀""凤尾""香罗""金蟾""玉虎""芙蓉""春心"……以及用事中的"蝴蝶""杜鹃""萼绿华""杜兰香""贾氏窥帘""宓妃留枕"……单纯从字面上看,也给人以金雕玉砌却涉疑俗浊、美不胜收却涉疑轻佻、感觉细腻却涉疑脂粉气的印象。我们可以容易地设想用这样的语词语象去编织荣华富贵、侧词艳曲、闲愁幽怨、小悲小恨,却很难设想用这样的风格形式语词语象去表述一种深挚、概括、迢远的大迷茫与大悲哀。也许,这正是李商隐之所以为李商隐,李商隐的抒情诗所以为李商隐的抒情诗的奥妙所在吧?

李白曰:"弃我去者,昨日之日不可留,乱我心者,今日之日多烦忧";东坡曰:"我欲乘风归去,又恐琼楼玉宇,高处不胜寒"。弃则弃矣,乱则乱矣,忧虽忧矣,欲归而无归矣,他们仍然保持着维护着相对比较稳定比较洒脱比较放达的"我",保持着"我"与昨日、今日、琼楼玉宇的一定距离。李后主曰:"问君能有几多愁,恰似一江春水向东流",这里的"君"就是谪仙居士的"我",中国人早就会在诗中运用人称变化的手法,我能问"我",作为主体的我能与作为对象的"我"即"君"对话,这也算得上一点清醒和超脱。而"一江春水向东流"的名句,是何等美妙而又痛快的宣泄啊,这种略带夸张的表述,怎能不给读者更给作者于悲哀中带来一种快感呢?

义山不同了。"烦君最相警,我亦举家清"(《蝉》),这是义山诗中少有的"我"字出现。在这首《蝉》里,"我亦举家清"的独善其身的矜持,保护和保持"我"的"清"的意图,毋宁说相对其他众多的同一个诗人的诗作来说是少有的积极的。可惜的是,这种矜持的意图终于淹没在"本以高难饱,徒劳恨费声"的牢骚与"五更梳欲断,一树碧无情"的哀音乃至丧音里。"一树碧"云云,本来是艳丽的,"无情"二字续绝了,又艳丽又冰冷彻骨,这是李商隐的独特的体验吗?这是李商隐对于人生色调的独特把握吗?当然就又羡慕又眷恋却又绝望哀戚了。能不茫然吗?"梗犹泛""芜已平",颇有进取心、颇能肯定人生和入世、至少不无矜持的诗人,显得是怎样的颓丧呀,这里的"我"就是蝉,就是徒劳,就是牢骚和哀怨,哪里拉得开距离呢?

"锦瑟无端五十弦,一弦一柱思华年"(《锦瑟》),试以此联与谪仙的"弃我去者"句比较,义山是怎样的缠绵和不可解呀。李白曰:"人生在世不称意,明朝散发弄扁舟",历史上并无李白弄舟江湖的记载,但李白确有这种气质。义山讲了一回鸥鸟鹓鹐江湖扁舟,似乎连自慰的作用也极有限。"身闲不睹中兴盛,羞逐乡人赛紫姑"(《正月十五夜闻京有灯恨不得观》),八年之后,①诗人甚至连因服母丧而

---

① 《安定城楼》,作于开成二年,作者时二十五岁,《正月十五……》作于会昌五年,作者时三十三岁。不查资料,说不定读者会以为"永忆江湖"的诗在后面呢。

身闲也自觉羞辱了。可怜的诗人,你"羞"什么呢?太不够浪漫了啊。

杜甫曰"感时花溅泪,恨别鸟惊心"。"花溅泪"与"鸟惊心"是善感的与富有想象力的,感时恨别,却是历史的与具体的。商隐曰"珠有泪",曰"春心莫共花争发",迷茫得多,无边无际得多。历史的具体的痛苦可以得到历史的具体的解脱并转化为快乐,所以老杜有"白日放歌须纵酒,青春作伴好还乡"之类的句子。迷茫无际的悲哀却是无依无傍无解的。这位诗人又是怎样的不够现实、不够历史和具体!

"此情可待成追忆,只是当时已惘然"(《锦瑟》)、"直道相思了无益,未妨惆怅是清狂"(《无题》)、"春心莫共花争发,一寸相思一寸灰"(《无题》)、"晓镜但愁云鬓改,夜吟应觉月光寒"(《无题》)、"怅卧新春白袷衣,白门寥落意多违"(《春雨》)以及"嫦娥应悔偷灵药,碧海青天夜夜心"(《嫦娥》)、"夕阳无限好,只是近黄昏"(《乐游原》)……李商隐的这些历久不衰而且广泛流传的句子似乎更钟情、更深邃、更彻骨、更弥漫,也更具有一种原发的语言(即尚未完整地符号化与规范化的"心语")、原发的诗情(即更多的是一种灵感、一种情绪、一种悟觉)的性质。这里,一方面是由于诗人的遭际,他像一颗注定了不能发芽的种子,却一直有着成长为参天大树的梦。"还似旧时游上苑,车如流水马如龙,花月正春风",后主总还有往日的幸福的回忆。李义山去回忆什么呢?"雕栏玉砌应犹在,只是朱颜改",后主惦念的对象也是具体的与清晰的。"梦里不知身是客,一晌贪欢",他的梦里仍然保留着欢乐的往事。商隐呢,"一弦一柱"思念的华年旧事当中可没有什么车水马龙、花月春风,而只有庄生化蝶的迷失、杜宇化鸟的伤恸。他想象的蓝田玉本身也是烟一样的缥缈,不是"应犹在"而是"无定所"(《重过圣女祠》)、"未有期"(《夜雨寄北》)、"断无消息""更隔蓬山一万重"(《无题》)。即使做梦也无法"贪欢",而是"为远别"而"啼难唤"。最后的结论呢?"来是空言去绝踪""春心莫共花争发,一寸相思一寸灰",更加彻骨的悲哀!

中国古代的一些大诗人,认真地严肃地把自己摆进去写爱情诗的极少。《长恨歌》也好,各式的"怀春""闺怨"也好,柳永、温飞卿的词也好,他们多是以一种或多或少的玩赏的态度来写爱情特别是女人的爱情生活的。《长恨歌》好一些,但也有"洗凝脂""侍儿扶起娇无力"这类的句子,戏曲里的爱情表现如《拾玉镯》就更没分量。李商隐也有这一类诗作,如《又效江南曲》等,影响不大。陆游《钗头凤》("红酥手,黄縢酒")、韦庄诗"油壁香车不再逢"写了自己的内心的秘密,写爱情写得确实"触及灵魂""刺刀见红",便觉深挚得多,庄严得多。这样的诗表达了诗人的爱情生活中的永远的遗憾与灵魂的寂寞,便决然地没有了调情一类的轻佻。李商隐的爱情生活则更隐蔽,虽然有各种传说记载,但李诗中绝不直言其人其事,连"错、错、错""莫、莫、莫"这样的够含蓄而终于抒其胸臆的语言也没有。李商隐总是用一些形象、用一些典故、用一些似比似兴似赋的咏物咏景咏情咏事的诗语来塑造一种特殊的意境,塑造作者的深不可测的内心体验的某种外观。"沧海月明珠有泪,蓝田日暖玉生烟",仿佛什么都没有说,又把什么都表达了。深刻地、敏锐地、痛苦地却又是相当隐晦地抒写自己的内心世界,把情感写得如此切肤、如此彻骨、如此温柔又如此美丽,既表达着男性的苍凉,又体贴着女性的哀婉,这就是也只能是爱情。只有爱情才有这样的品格和力量。对于爱情的体验,这是成就李的抒情诗的独特风格与独特魅力的一个重要因素。

对于天才的诗人来说,含蓄乃至隐晦的代价是不会白白付出的。这里的含蓄和隐晦不是一种廉价的(例如怪字僻词、颠倒语序之类的文字游戏式的)遮眼法,像如今某些新潮诗人那样。这里,含蓄和隐晦正如艳曲侧词一样,只是表面现象,其实质是对于感情的深度与弥漫的追求。爱和恨都不是无缘无故的,当然。深到一定的程度,爱和恨又都不是一缘一故那样有端的了。这个道理和临床诊病一样,小病是有端的易解的,受凉而感冒、过食而拉稀,谁不清楚明白? 得了癌症,死了,反而难以用一时一事解说清楚,这并不是因为病人吞吐"主诉"也不是由于医生不谙脉理。比如前面说过的诗人的那种茫然和悲戚,是政治上的失意,是爱情上的失意,是令狐党派的不见谅,是王氏的夭亡造成的么?肯定有关,同样肯定的是,诗人的全部气质、性格、遭遇所形成的一种精神品格、艺术品格,造就了他的特殊的诗语、诗情、诗境。怎么能用一事一人一时一地来解释他的那些无题诗与准无题诗呢?或曰爱情,或曰悼亡,或曰感遇,或曰议政,或曰怀旧,或曰思乡,或曰言诗艺,言之有故而又聚讼纷纷,使这部分李诗具有一种独特的解释学的魅力。"巧啭岂能无本意"(《流莺》),这些诗并非一味遮遮掩掩绕圈子。它提供的形象、景境、比喻与典故恰恰是很生动、很贴切,单纯从字面上看甚至是美妙华丽而又明白清晰的。"飒飒东南细雨来,芙蓉塘外有轻雷""春心莫共花争发,一寸相思一寸灰"其实是明明白白的,"金蟾啮锁烧香入,玉虎牵丝汲井回""贾氏窥帘韩掾少,宓妃留枕魏王才",稍加疏注也无难解处。"相见时难别亦难""昨夜星辰昨夜风",甚至堪称明白如话。恰恰是这些《无题》诗,至少从字面上看,比同一个李商隐的《柳枝五首》《燕台四首》和那些一百韵、七十二韵、四十韵、三十二韵的古体诗更好懂而不是更难懂,更普及更流传而不是更曲高更蹈空,这不是很有趣吗?它们的费解不是由于诗的艰深晦涩,而是由于解人们执着地用解常诗的办法去测判诗人的写作意图(何时何地因何人何物何景何事而写,相当于用写上呼吸道感染的病历的模式去写肝癌患者的病历),而没有适应这些诗的超常的深度与泛度。①

现在再回过头来继续探讨李商隐为何喜用一些美艳的带女性气息的语词物象来编织自己的深刻的悲凉吧:李商隐一生追求功业与爱情,但没有成就任何功业,没有能济世、施展自己的政治抱负,也没

---

① 参看拙作《一篇〈锦瑟〉解人难》与《再谈〈锦瑟〉》。

有获得与功业的成就俱来的富贵荣华,显然,他向往这些富贵荣华,向往"密迩平阳接上兰,秦楼鸳瓦汉宫盘"(《当句有对》)的宫廷生活。他追求爱情,王氏的夭亡给他以沉重的打击,与王氏的婚姻使他在功业追求上付出了惨重的代价,他与其他女性的感情纠葛我们不详,但不论与女道士风流一番也罢,狎游也罢,显然都无法真正地酣畅并满足他的精神的与情感的渴求。他聪明、敏锐、钟情而脆弱,对于失败、孤独、徒劳、漂泊、分离显然比对于生活的希望和乐趣更加敏感。他充满了一个智者、一个情种、一个自视甚高而时运不济者的悲哀。外务的失败使他"向内转"了,在发掘自己的内心世界方面,很少有哪个中国的古代诗人能够与他相比,他的内心世界悲哀而又美丽。用美丽装点了悲哀,又用悲哀深邃了美丽。他对于荣华富贵的向往,对于爱情的向往,最后只是通过诗来虚拟地实现,来画饼充饥(无通常的贬义)。画饼充饥如果不包含轻视或排斥稼穑与炊事加工的含意的话,未尝不说明了艺术的补偿方面的功能。他的诗的悲哀是用金玉珠凤的华美材料构筑的,原因就在于此。"却羡卞和双刖足,一生无复没阶趋"(《任弘农尉献州刺史乞假还京》)的激愤之语,与"鹓鶵"之叹一样,则是另一种诗的补偿,另一种画饼充饥。其实正像李商隐没有得到功名爱情一样,他也没有得到"江湖""天地"的解脱,连卞和式的像样的戏剧性冤屈也没有。"古来才命两相妨"(《有感》),"曾苦伤心不忍听"(《流莺》),他的诗歌的成就不是正从另一个方面说明着他这种类型的文人功业上的大失败吗?可怜的诗人,可怜的诗!

发表于《文学遗产》1991年第1期

## 《锦瑟》的野狐禅

从去年不知着了什么魔,老是想着《锦瑟》,在《读书》上发表了两篇说《锦瑟》的文章。后来,今年又在《读书》上读到了张中行师长的文章,仍觉不能自已。

默默诵念《锦瑟》的句、词、字:

锦瑟无端五十弦,一弦一柱思华年。
庄生晓梦迷蝴蝶,望帝春心托杜鹃。
沧海月明珠有泪,蓝田日暖玉生烟。
此情可待成追忆,只是当时已惘然。

这些句、词、字在我脑子里连接、组合、分解、旋转、狂跑,开始了布朗运动。于是出现了以下的诗,同样是七言:

锦瑟蝴蝶已惘然,无端珠玉成华弦。
庄生追忆春心泪,望帝迷托晓梦烟。
日有一弦生一柱,当时沧海五十年。
月明可待蓝田暖,只是此情思杜鹃。

全部用的是《锦瑟》里的字,基本上用的是《锦瑟》里的词,改变了句子,虽略有牵强,仍然可读,仍然美,诗情诗境诗语诗象大致保留了原貌。

如果把它重新组合成长短句,就更妙:

杜鹃、明月、蝴蝶,成无端惘然追忆。日暖蓝田晓梦,春心迷,沧海生烟玉。托此情,思锦瑟,可待庄生望帝。当时一弦一柱,五十弦,只是有珠泪,华年已。

再一首,尽量使之成为对联风格:

此情无端,只是晓梦庄生望帝,月明日暖,生成玉烟珠泪,思一弦一柱已。(上联)

春心惘然,追忆当时蝴蝶锦瑟,沧海蓝田,可待有五十弦,托华年杜鹃迷。(下联)

阅读效果同样。

除了说明笔者中邪,陷入了文字游戏、玩文学的泥沼——幸有以救之正之——以外,还说明了什么呢?

说明了中国古典诗歌中每一个字、词的极端重要性,相对独立性。真是要"字字珠玑"!做到了字字珠玑,打散了也还是珠玑,打散了也还能"各自为战"!

锦瑟有实词锦瑟、弦、柱、蝴蝶、杜鹃、月、珠、泪、日、玉、烟;有半实半虚的词五十、一、晓、梦、春、心、沧海、明、蓝田、暖、此情、追忆、当时;有动词和系词无、有、思、迷、托、生、待、惘(然);有典故人名庄生、望帝;还有比较虚的词只是、可等(我按自己杜撰的中西合璧的词的划分法)。其中弦、一字凡两见(生亦两见,一为人名,不计)。看来,这些字、词的选择已经构成了此诗的基石、基调、基本情境。这些字词之间有一种情调的统一性、连接性和相互的吸引力,很容易打乱重组。诗家选用这些字、词(在汉语中这二者既有区别又有联系,字也是有相对独立的意义的),看来已经体现着诗心,体现着风格。

其次,李商隐的一些诗,特别是此诗,字词的组合有相当的弹性、灵活性。它的主、谓、宾、定、状诸语的搭配,与其说是确定的、明晰的,不如说是游动的、活的、可以更易的。这违背了逻辑的同一律、否定律与排中律,这也违背了语法规则的起码要求。当我们说"人吃饭,马吃草"的时候,是不能换成"人吃草,饭吃马"的。但这种更换在诗里有可能被容许,被有意地采用乃至滥用。原因在于,这样的诗,它不是一般的按照语法—逻辑顺序写下的表意—叙事言语,而是一种内心的抒情的潜语言、超语言(吾友鲁枢元君的洋洋洒洒的大著《超越语言》对此已有大块论述,笔者当另做专文谈及)。汉语本来就是词根语言(有别于印欧语系的结构语言与阿尔泰语系的粘着语),在这样的诗中,词根的作用更大了。但不同的排列组合也不可忽视,好的排列会带来例如陌生化之类的效果。如笔者的入魔而成的诗"庄生追忆春心泪,望帝迷托晓梦烟",长短句中的"杜鹃、明月、蝴蝶,成无端惘然追忆""沧海生烟玉""五十弦,只是有珠泪,华年已""此情无端""春心惘然"等,都是佳句妙句。

第三,诗是真情的流露,这是绝对无可怀疑的。但这种流露毕竟不是擦一下眼角、叹一口气,里面包含着许多形式,许多技巧,许多语言试验、造句试验,许多推敲锤炼。近几年的新诗,其实也是很致力于这样做的,如舒婷、傅天琳的诗。至于一首耐咀嚼的诗,如《锦瑟》,甚至能够产生一种驱动力,使读者继续为之伤脑筋动感情动文字不已。这简直是一种物理学上不可能的荒谬的永动机。当然,不仅《锦瑟》是这样,但《锦瑟》尤其是这样。同属玉溪生的脍炙人口的《无题》诸首,请读者试试如法炮制一下,远远达不到这种效果。这说明《锦瑟》这首诗的诗语诗象,更浓缩,更概括,更具有一种直接的、独立的象征性、抒情性、超越性和"诱惑性"。而李商隐对这些诗句的组合,也更加留下了自由调动的空间。

第四,笔者"改作"的一首歪诗,两首"非牌性"(套用音乐上的"无调性"一词)词章,不妨可以作为解诗来参考。即通过这样的"解构与重构",可以增加我们对原诗的理解。例如本诗首句,历代解家皆以"锦瑟无端"或"五十弦无端"解之,即认定"无端"是说的锦瑟、弦,这样解下去,终觉隔靴搔痒。试着组合一下"无端惘然""无端追忆""无端此情""无端春心""无端晓梦"乃至"无端沧海""无端月明""无端日暖""无端玉烟"……便觉恍然：盖此诗一切意象情感意境，无不具有一种朦胧、弥漫，干脆讲就是"无端"的特色。看来，此诗名"锦瑟"，或是仅取诗的首句首二字，是"无题"的又一种，或是以之起兴，以之寄托自己的情感。而这个题的背后，全诗的背后，写着美丽而又凄婉的两个字，曰"无端"也。此诗实际题名应是"无端"。"无端的惘然"，这就是这一首诗的情绪，这就是这一首诗的意蕴，在你进行排列组合的试验中，没有比这两个词更普遍有效的词了。这么说，这首诗其实是写得极明白的了。

再如庄生梦蝶，望帝化鸟，典故本身是有来有历有鼻子有眼的，用来表达一种情绪，其实不妨大胆突破一下。庄生春心，庄生明月，庄生沧海，庄生锦瑟，庄生蓝田，庄生烟玉，庄生华年，庄生杜鹃，为什么不可以在脑子里组合一下、"短路"一下呢？如果这样的"短路"能够产生出神秘的火花和爆炸来，那又何必惧怕烧断语法与逻辑的低熔点"保险丝"呢？这不是对本诗的潜力的新开拓吗？

再以锦瑟做主语吧，锦瑟梦蝶，锦瑟迷托杜鹃，锦瑟春心，锦瑟晓梦，锦瑟沧海明月，锦瑟日暖玉烟……

这是一个陷阱。这是一种诱惑。这是《锦瑟》的魅力。这是中国古典的"扑克牌"式文学作品。这是中华诗词的奇迹。这是人类的智力活动、情感运动的难以抗拒的魅力。这也是一种感觉，一种遐想，一种精神的梦游。这又是一种钻牛角的苦行。这当然是不折不扣的野狐禅。

走远了。魂兮归来！

发表于《随笔》1991年第6期

# 混沌的心灵场

——谈李商隐《无题》诗的结构

一般的诗的结构大致也如语言结构,主、谓、宾、补、定、状之属可以区分,诗的大意可以用一句——或繁或简的——话来表达。"白日依山尽,黄河入海流",状语从句是也。"欲穷千里目"条件从句也。"更上一层楼",虚拟态动词做谓语也。主语略,大致应判定为第一人称,单数复数,均解释得通。

语言结构的另一面其实就是逻辑结构。如一种是递进结构:李白的《静夜思》就是从天上的明月写到地上,再写到自己的动作——举头,再写到自己的心思——思故乡。层次分明,由远及近,由浅入深。孟浩然的"春眠不觉晓"也是递进的,泛起若漫,点题在最后,叫做"抖包袱"结构也许更贴切。它们使我想起相声与欧·亨利的小说。"打起黄莺儿,莫教枝上啼。啼时惊妾梦,不得到辽西"亦属此类。

"花非花,雾非雾,夜半来,天明去。来如春梦不多时,去似朝云无觅处。"白居易的诗写得够朦胧的了,结构却非常平实有序。先说形状——无一定的形状,所以非花非雾。再说活动规律,夜来朝去,昼伏夜出。最后写的是感觉,是意象。如这似那,感觉也,不知是新感觉派还是老感觉派。春梦朝云,意象也,有此意象统领,花呀雾呀夜半呀天明呀也就都意象起来了。这首诗的朦胧美,就是由一群意象编织起来的。

杜甫的诗是公认层次比较繁复、信息量比较大的。以著名的《喜达行在所三首（其二）》来说，"愁思胡笳夕，凄凉汉苑春"，一胡一汉，从正反两面说了自己日前的同一遭遇。"生还今日事，间道暂时人"，依照时间的大顺序，又小小地回溯了一下，写了昨日的危险与刚刚获得"生还"的侥幸庆幸心情。"司隶章初睹，南阳气已新"，用刘秀的典故概括身经的历史事变与自己的兴奋与期望。最后呢，"喜心翻倒极，呜咽泪沾巾"，合乎逻辑地却又是辩证地喜极而泣起来。从过往到今朝，从险到夷，从经验到心绪，从庆幸到哭泣，其结构极"顺"极自然，完全符合语法逻辑空间时间的自然顺序，一点也不艰深复奥。我们之所以不用"行云流水""明白如话"之类的形容李白某些诗作的词句形容杜诗，不是因为他的结构有什么麻烦，而主要是由于他写的内容深重艰难，抒情翻过来调过去，遣字力透纸背，与李白的"飞流直下三千尺"大不相同。

李贺的诗艰深奇诡，想象怪诞，修辞险峻秾丽，是比较不那么好接受的，但是他的诗的结构也井然有序。以著名的《金铜仙人辞汉歌》为例，前四句是："茂陵刘郎秋风客，夜闻马嘶晓无迹。画栏桂树悬秋香，三十六宫土花碧。"这都是写汉武帝的，先是主语，然后是曲折地写其已成为历史陈迹。"画栏桂树"则是已经成为陈迹的汉宫景象。来去匆匆的过客，我们常常用这个话来讽刺那些煊赫一时而又没有"根"的二等政治家，其实，从生命短促历史沧桑的角度来看，谁又不是来去匆匆的过客呢？

中间四句："魏官牵车指千里，东关酸风射眸子。空将汉月出宫门，忆君清泪如铅水。"想象与语言之奇绝均臻极致，几如天书。字面上的困难解除以后，便知这四句写铜人情状，也很合乎叙述表达的常理常序。魏官把金铜仙人拉了出来，感受到了东关酸风，眸子为之酸痛，四顾茫茫，唯见一轮明月还如汉时，追随着自己。此情此景能不落泪如铅水乎？经历、光景、情绪，三者的排列一如风格题材完全不同的杜诗。

最后四句:"衰兰送客咸阳道,天若有情天亦老。携盘独出月荒凉,渭城已远波声小。"李贺体贴入微地写铜人离去后的途中感受。"天若"句是主观感受的高度概括,苍凉遒劲,实已由想象的金人辞汉事生发了开去。此句如杜诗之概括喜极而泣然,都是从一事而及彼,举一隅而三隅反。然后回到铜仙人的征程上来,最后两句是一个电影蒙太奇。余音袅袅,怅望无穷,正宜结在此处。

也可以换一个表达方式。这些诗正如绝大多数其他体裁的文学作品一样,其结构可以称为主线结构,就是说你可以从中找出一条主要的线索,或叙事而有先后,或抒情而分浅深,或状物而言形质,或比兴而因物事再及意旨……都是有迹可循、有线可依、有序可排列的。

那么有没有结构扑朔迷离,无线无迹无序,令人捉摸不透的诗呢?有。其最精彩的范本就是李商隐的《无题》诗与准无题诗。

此类诗的一大特点是既朗朗上口又艰深费解,既广泛流传又聚讼纷纭,既令人爱不释手又总是叫人觉得抓不住摸不着。"飒飒东风细雨来""春蚕到死丝方尽""尽日灵风不满旗""碧文圆顶夜深缝""梦为远别啼难唤""昨夜星辰昨夜风"等等,从字面上看是相当明白晓畅的,而且文字本身已经很有审美价值,所以它们很易被接受;与李贺的怪诞或韩愈的某些诗的拗口完全不同,诗里用了一些典事,今人看起来麻烦一点,但典事总是可以说得清楚的,清楚了就是清楚了,难点显然也不在这里。

难点是在意旨的理解上。意旨理解的难处又在神龙见首不见尾的虚拟与前言不搭后语的语序特别是"联序"上。

为什么那样虚拟那样含糊呢?除了有所不便的环境原因之外,主要是诗人这里写的不是一时一地一人一事而是自己的整个心境,或是虽有一时一地一人一事的触动,着力处仍在于去写深藏的内心,这正是此类诗隐秘丰邃不同凡响之处。义山诗是提纯了的:把一切用散文用议论用解注能表达的非纯诗的东西全部洗濯干净了,此得宋人杨万里"诗须去意方可"说之精髓者也。

为什么前言不搭后语呢？除了风格形式美的需要以外，就在于作者构建的是自己的独特的心灵风景，而心灵风景不受空间时间形式逻辑的束缚。心灵是说不出道不来的，说出来的可能只是一小部分，而更多的东西全靠你在字里行间反复体味。

以"来是空言去绝踪"为例，这第一句如前引白居易诗，非花非雾。道可道，非常道；名可名，非常名；诗可诗，非常诗；情可情，非常情。第二句"月斜楼上五更钟"可就让人傻了眼了，怎么时间又是这么具体，诗语又是这么大白话起来了呢？"梦为远别啼难唤"，一种朦胧而又雅致的忧伤情境表现出来了。"书被催成墨未浓"，这一句笔力不如上联，似是先有了上句，后冥思苦想搜索出来的，但此联两句同一种色调，尚属易解。"蜡照半笼金翡翠，麝薰微度绣芙蓉"，象征比喻些什么只有天知道了，这一联的诗语诗境意象与来去、五更、钟、月、梦、书、墨……有什么关联也能说。最后是"刘郎已恨蓬山远，更隔蓬山一万重"，混混沌沌，若即若离。

当我们苦于抓不住此诗的结构顺序的时候，我们不妨换一个方法排列排列：把相对比较平易的首二句与最后二句连起来，就是说弃"骈"而取"古"，弃"腰"而取首尾，请看：

来是空言去绝踪，月斜楼上五更钟。
刘郎已恨蓬山远，更隔蓬山一万重。

好懂多了，是写别情的。于是梦也好书也好啼也好墨也好都解开了。

这种"但取首尾法"对于义山的一些其他难解的诗亦为有效，如著名的《锦瑟》："锦瑟无端五十弦，一弦一柱思华年。此情可待成追忆，只是当时已惘然。"这么读，何难解之有哉？写的是思华年的惘然之情，难道还有什么疑问么？首句起兴，二句直奔主题，尾联则是思华年引发之情绪，没有什么麻烦。

"飒飒东风细雨来，芙蓉塘外有轻雷。春心莫共花争发，一寸相思一寸灰。""相见时难别亦难,东风无力百花残。蓬山此去无多路,青鸟殷勤为探看。""重帏深下莫愁堂,卧后清宵细细长。直道相思了无益,未妨惆怅是清狂。"这么一删繁就简,开放首尾"直通车",所写为何,全诗大意似乎明白了许多。

可简约性,可直通性,是这一类诗的第一个特点。

且慢,我们读一首诗毕竟与读一篇例如告示不同,从一首诗里,我们希望得到的可不仅是大意,这就像是听音乐的目的不仅是辨别声音出自什么乐器或是声音是在模拟什么,观赏一幅画的时候也不是意在弄清画的是鱼虾还是虫鸟一样。艺术欣赏的要义是一种心神的共鸣与愉悦,是一种会心的温暖,仅仅有大意是得不到艺术的。

何况义山有的诗则不仅颔颈二联而是通篇捋不出线索来。如:

> 凤尾香罗薄几重,碧文圆顶夜深缝。
> 扇裁月魄羞难掩,车走雷声语未通。
> 曾是寂寥金烬暗,断无消息石榴红。
> 斑骓只系垂杨岸,何处西南待好风。

是的,义山某些律诗,它们或全篇或颔颈二联,句与句之间,联与联之间,留下了太多的空白。《锦瑟》中"庄生""望帝""沧海""蓝田"四句,《重过圣女祠》中"一春梦雨"一联与"萼绿华来"一联之间,"昨夜星辰昨夜风"中前三联之间,《春雨》中"怅望""白门""红楼""珠箔""远路""残宵""玉珰"诸句间,都留有极大的空白与跳跃,这也是他的这些诗耐人咀嚼的一个重要原因吧。

跳跃与空白,生出的是别诗没有的一种独特的张力。这种特点尤其表现在他的律诗的颔颈二联中,显然,律诗的中腰部分,正是义山最下功夫经营的部分,是他的诗的主体。相对来说,义山这一类诗具有淡入淡出的特点,它们的首尾相对比较平和,这样就更加突出了颔颈的奇峰。

跳跃、空白、首尾的相对平和与中段的异峰突起,是这一类诗结构上的第二特点。

义山的这一类诗的结构的第三个特点是它们的弹性,可更替性,可重组性。此点甚奇,值得体味。盖只要音韵方面没有大困难,几首诗的几联是可以重组的,说得时髦一点,是可以解构然后重建的。例如我们可以重建一首这样的诗:

> 来是空言去绝踪,月斜楼上五更钟。
> 身无彩凤双飞翼,心有灵犀一点通。
> 月照半笼金翡翠,麝薰微度绣芙蓉。
> 碧文圆顶夜深缝,凤尾香罗薄几重?

或是:

> 锦瑟无端五十弦,东风无力百花残。
> 春蚕到死丝方尽,蜡炬成灰泪始干。
> 沧海月明珠有泪,蓝田日暖玉生烟。
> 蓬山此去无多路,只是当时已惘然。

我还曾经把《锦瑟》全篇五十六个字打乱重建变成:

> 锦瑟蝴蝶已惘然,无端珠玉成华弦。
> 庄生追忆春心泪,望帝迷托晓梦烟。
> 日有一弦生一柱,当时沧海五十年。
> 月明可待蓝田暖,只是此情思杜鹃。

略为牵强,但仍然可读,而且情调不变。

我还曾将《锦瑟》五十六字拆解重组为长短句:

> 杜鹃、明月、蝴蝶,成无端惘然追忆。日暖蓝田晓梦,春心迷,沧海生烟玉。托此情,思锦瑟,可待庄生望帝。当时一弦一柱,五十弦,只是有珠泪,华年已。

虽说这样做是野狐禅,是走火入魔,但仍然令人惊叹。绝了!

从这些特点——可简约性、跳跃性、可重组性、非线性之中,我们又如何分析每一首诗的结构,特别是每一首诗的内聚力、凝集力呢?

很显然,它们首先靠的是情感的统一性。你找不着叙事的线,空间的线,时间的线,逻辑的线,特别是找不到或较难分明表意的顺序,却很容易找到那同一种情绪,甚至,可以说这一类诗情绪也大致是统一的:惘然,无奈,寥落,凄凉,漂泊……主宰着它们。

其次,它们靠的是意象与典事的统一性。蝴蝶、翡翠、麝香、金蟾、玉虎、玉烟、珠泪、春蚕、蜡炬、蓬山、青鸟、东风、细雨、彩凤、灵犀、芙蓉、云鬓、庄生、望帝、贾氏、宓妃……包括惘然、追忆、相思、无益、微度、寂寥……这些比较虚的词,都有一种忧伤而又朦胧,雅致而又无奈,艳丽而又梦幻的特点。他的这些诗里是不会有诸如惊雷、狂飙、长啸、痛饮一类词的。故这种统一性也可以说是词汇的统一性。

第三是形式的统一性。形式的统一性是我国诗的一大特点。所以我国早就有集句的传统,比西方现代派的"扑克牌小说"早了一千多年。如果没有形式上的相对比较严格的统一标准,句是集不成的。而李义山的律诗在形式上是很讲究的,即使留下了许多空白,跳跃性很强的诗篇也很完整好读,甚至解构重建以后,仍然十分严整上口。形式问题不能不说也很有作用。

好吧,情绪上统一起来了,意象上语言上统一起来了,形式上更是严整起来了。这些诗又究竟写了些什么,这些诗又是怎么结构为一个整体的呢?

诗家颇有注意到李诗的结构的与众不同的。例如《夜雨寄北》的结构就极有致,何焯称之为"水精如意玉连环",张采田称之为"潜气内转",黄世中称之为"往复回环"等。

这些说法之中,"潜气内转"说颇有概括意义。盖"往复回环"云云特指《夜雨寄北》,而潜气说则通用于李的一大批诗。潜气的意思是李诗有这么一部分是写一股沉潜之气的。什么气?不平之气,嗟叹之气,怅惘之气,期盼之气。说到底无非是一种情结或用香港的说法叫做"情意结",一种得不到宣泄得不到呼应得不到报偿而又充溢饱满浓郁深厚的"力比多",又不仅是弗洛伊德的力比多;是故潜气者潜意识也,亦可以是中国文人所称之"块垒"也。潜气不是浮气,浮气多半是针对一时一事身外之物的,此一时一事改变了,浮气也就没了。潜气则不同,长期积累,未必自觉,若有若无,难分难解。这当真是一种"心病",这又积累着巨大的心理能量,要求着释放与喷发。如果这种心病块垒,压迫在一个天才诗人身上,它就成为了诗人的天才诗篇的无尽源泉了。至于这种力比多或情意结或以中国特色的说法叫做胸中块垒的形成,自然是种种因素而不是一种原因,长期积压而不是一时刺激所造成的。对此,文学史家考证研究的成果甚丰,爱情与事业的不称意,这男人一生的最大两件事都够李商隐压抑一辈子的。这不需我的学舌与多言。

  内转说则更有趣味了。当代文学是否存在"向内转"的趋势,这是文学评论家鲁枢元提出的一个受到重视也引起争议的命题。转入内心,则是古今中外一大批作家特别是诗人的实际,特别是一些在"外务"中屡受挫折的文人,作为一种补偿,一种"移情",转入内心,转入一种类似自恋自怨自嚼自味只是无以自解的沉迷状态者,比比皆是。从经世致用的观点看,这种"向内转"的作品殊无可取,向内转的文人殊无可用。这种轻视内转的传统在我国可谓源远流长,于建国后而尤烈。故而李商隐诗长期以来得不到应有评价而一千多年后的鲁枢元的命题也屡遭非议。问题是诗的价值并非一元,经世致用恰恰不是诗功能的强项,以诗治国或诗人治国本身就是幻想,大可不必这样去衡量诗与诗人。而"向内转"的作品由于探幽察微,开出诗中奇葩,更有别类无法替代的抚慰共鸣润泽导引的奇异效应。

  毕竟是今日了,我们完全可以更好地研究一下这一类心灵诗。

  外务及身外之物是比较明晰的,空间时间,轻重缓急,吉凶祸福,成败利钝,是非得失,用藏浮沉及因之产生的种种喜怒哀乐,都是可以说明与明说的。这些诗可能碰到道德政治文化环境方面的表述困难,却不是语言困难。所以那些面向外务外物包括因外而及内(如本文所引杜诗)的诗,结构都较为有序有规律。而内心的世界、长期的情意之结,特别是敏感多情雅致而又软弱的诗人李商隐的情意之结,迷迷茫茫,混混沌沌,如花如雾,似喜似悲,若有若无,亦近亦远,且空且实,恐怕他自己也说不清楚——依弗氏学说,说得太清楚就没有这块垒潜气,心病也就痊愈了,也就没有这一批诗了。盖它们不但会碰到经世致用文以载道主张者的贬斥,而且首先遇到的是语言上的困难——你找不到可以表述内宇宙的精当语言。一般的交际语言在用来表现内心世界的时候常常是千篇一律、挂一漏万、买椟还珠、因言害意。这样,潜气内转的诗人就必须另辟蹊径,另寻非同寻常的语言与结构。这就是古今一批诗人的内向之作读来前言不搭后语、朦胧费解的缘故。

其实,李商隐的这一类诗,称为"混沌诗"要比朦胧诗贴切得多。朦胧是表面,而混沌是整体是立体也。人的内心,被称为内宇宙的,确实是扑朔迷离,无边无际,无端无底,只有"混沌"二字才好概括。

混沌是抓不住的,动不动企图为混沌做出明晰的考证,便如给一个深度精神病人做出简单的器质性病变判断,然后头痛医头、脚痛医脚地做皮肤科或外科手术,也恰如《庄子》里的混沌故事,为混沌凿出了七窍,也就把混沌杀死了。

但是诗又是给人看的,至少这些诗给人看了并且被人们接受而且流传下来了。诗人自己的内心痛苦要凭借语言来抒发。知其不可而为之,诗必须为混沌找出相对应的语言来。义山的这一类诗,堪称是此种不可为之为,不可言之言的范本。这语言里可以有相对明白的直抒胸臆,如说是"惘然"是"追忆"是"相思"是"惆怅"是"清狂"是"寂寥"等等。这些情绪是朦胧的,语言却是明白的。这些可称是明白的混沌。但是,仅凭直抒胸臆对于一个诗人或是一首诗来说又是远远不够的。诗的特点诗的迷人之处诗的动人之处要求诗人能够为混沌朦胧的情意寻找出投射出对应的相对直观得多的形象意象以及典事来。就是说还要搞出混沌的明白来。

于是诗人从心灵出发,以内转的潜气为依托为根据,精心搜索编织,铺陈营造,探寻寄寓,建成了他特有的城池叠嶂、路径曲幽、陈设缛丽、堂奥深遥的诗的宫殿、诗的风景。

这一类诗的结构,可称之为"心灵场"。心灵是能量的源泉,意象与典事是心灵能量的对象、载体与外观。心灵的能量受到外界即身外之物的影响,宠辱祸福,人们是无法全不计较的。但人的心灵能量又不完全是外界的投影,它还包含着人类固有的与生俱来的欲望与烦恼、快乐与恐惧。而且这种能量是长期积累乃至无意识积淀的结果,常常是自己也不自觉,自己也掌握不住。说它是一个场,是由于场的本质是一种能量,而能量在没有遇到接受能量的物质对象的时候是看不见也摸不着的,例如电磁能,谁能看得见呢?但是如果有铁屑,一切便排列起来了,图案化了,图形化了,从而清晰可见了——有了它自己的风景了。同时众铁屑毕竟不是一个整体,它没有固定的形状,不具备不可入性。正如这一类诗,道是无形却有形,道是有结构又似无结构,非此非彼,亦此亦彼,它们的风景具有极大的灵动性奥妙性。这里,心灵是能量的来源,而各种形象意象典事则是可见的铁屑,是风景的表层对象。

如前述,《锦瑟》诗意,有首尾二联已经大体表明了,但仅有意思是没有心灵的光辉、感应、力度与美感的。就是说首尾二联的能量太有限了,仅有首尾二联就像是一块还没有在线圈上通电的铁棒,还不能出现场"景"。乃有"庄生""望帝"联与"沧海""蓝田"联,借具象以表达抽象的心志情意,这在中国是一种极为普遍的美学传统与创作方法。画家们更喜欢这样做,画石画竹,泼墨山水,都宣泄着画家的志趣块垒。义山诗作比起画家们的寄托,就要繁复幽深得多了。

这种典事与意象同作者心灵的关系,一是贴切,二是距离,三是无(主)线无序又恍若有线有序,四是放射而又回归,五是纯粹。

贴切的意思是,诗人建构可以感知的人生场人生风景的时候,不是模拟外在的人生,而是源于内心的体验。庄子、望帝、蝴蝶、杜鹃、锦瑟、琴弦、沧海、明月、珠泪、玉烟直到翡翠、芙蓉、金蟾、玉虎、金烬、石榴……都是那样的李义山的内心化了的。与其说是义山接触到了这些事物典故才有了这样那样的感想,不如说是义山蓄积了太多的抑郁哀伤,生发出来了以上种种景象——叫做心生万象。这样才能传心传情,貌离神合,如有天助。这个天就是自己的内宇宙,戏用一个气功名词,就是自己的"小周天"或"大周天"。

距离的意思是:第一,任何人生风景与心灵场"景"都不可能完全重合,而是保持着距离,从第一个景到第二个景,这正是咀嚼与体味此类诗的妙处。第二,各个意象、风景、典事之间,保持着距离。这样才能言不言之意,抒不言之情,得意而忘言,得心灵而失风景的确定与确解。它们言有尽而意无穷,令人流连难舍,生发出别的类型的诗作不可能具有的欣赏兴味。

无线无序非矢量,是说一个风景你可以有多种进入和浏览欣赏的路径。你可以移步换形,回眸创意。夸张地说,李义山的这些诗几如"扑克牌小说",表现的是活质、是重组的可能性,是创而造之的诱惑,倒背横插皆有无比的情致,乃能表现场的动态,场的能量。诗语虽然凝固在那里,诗情诗意却还在飘摇运转乃至奔腾冲突、结合分离。

距离与无线无序的特点有时又令人想起今世电影的蒙太奇手法来。沧海是阔大的、迷茫的、地上的,明月是清晰的、集中的、天上的,沧海与明月,这是第一个蒙太奇。然后是珠,一下子微观了许多,等于从一个远镜头变成了特写镜头,这是第二个蒙太奇了。而有泪,又一下子从无生命变成了有生命,从无情变成了有情,从"天地不仁"变成了万物有心有意。这三个蒙太奇只能令人叹为观止。几个蒙太奇过去,浩渺而又精微,洪荒而又雅驯,无极而生太极,太极而四象而八卦而万物。空荡荡之中凭空流露着无尽的绵绵情意。诗到了这里,便已经进入了终极,进入了绝对,进入了永恒了。

所说终极绝对也者主要是指一种审美的巅峰体验。心灵是看不见的,灵魂是看不见的,见到了诗人的灵魂我不能不感到震撼已极,我不能不匍匐于地。每每读到《锦瑟》的颈联便有一种战栗与服膺:如见上帝,如通大道,如明法理,便有大自在大恐怖大升腾大悲戚。

获得此种体验之时,便忘却了诗句,忘却了结构,忘却了典故,更忘却了有关李商隐的一切研究考据,乃知得意忘言是极大的欣赏喜悦,极高的欣赏境界,信然。

典事与形象,不可截然划分。"庄生""望帝"一联,既有特定的故事,又有自己的意象,可以整体整合,也可以解构飘摇,"孤胆英雄""各自为战":晓梦是也,蝴蝶是也,春心是也,杜鹃是也。甚至有些名词也是这样,例如"蓝田",语义是指陕西省蓝田县,这是没有多少疑义的。但是由于汉语的方块字的分合特点与对仗引起的态势暗示,这边是沧海,那边是蓝田,从审美上体贴,蓝田完全可以给读者以蓝色的田野的感觉。这里有一个汉语汉字的潜能问题,李诗恰如曹雪芹的《红楼梦》,算是把汉语汉字用活了用神了挖尽了潜力了。

放射与回归即潜气内转,说明场的中心诗的核心是那发出能量的源泉即诗人的心。有直接的回归,如黄世中先生所分析的《夜雨寄北》式的往复循环,今日之巴山夜雨,在诗心中虚转为他日的回忆与谈话题目。有间接的回归,如一些无题诗首联与尾联之联结直通。同时每个意象每个典事,都既是人生的风景又是内心的回转。这里,景即是心,心即是景。这里的景心关系与一般写景文字的寓情于景见景生情的不同之处在于,后者是景实情虚,因景而情,而李诗是心灵为源为核心,派生投射为意象与典事,为特殊的风景。

纯粹也者是指义山在这类诗里基本上淘洗干净了"身外之物",淘洗干净了语言与心灵之隔。你在这些诗的本文里很难找出"本事",硬找出来也牵强片面,煞风景得厉害。当语言失去了表现本事的功能变得不可解了以后,反而焕发出来它的言外之意,反而表达了常规语言无法表达的内心世界。纯诗本来是无法写也无法读的,因为它排斥着常规语言。义山这一类诗的最大成就之一是他直观地捕捉住了掌握着了语言的最高层次——超语言。关于这方面的理论请参阅鲁枢元的专著《超越语言》。

心灵场结构与一般的线性结构之间的区分并不是绝对的。无线无序也者，不是漫无次序之义，而是指它的"序"的灵活性、可变易性与立体性。更准确一点说，这些诗应该说是无序中的有序，有序中的无序，无线索中的有线，有线索中的无线。例如《锦瑟》，强硬解来无大难处：首联，兴而思之；颔联，思而迷茫难托；颈联，因有而无，从无而有，荒漠中不无温暖，温暖中终于荒漠；尾联点明"追忆"与"惘然"。草蛇灰线，有迹可求，此诗绝非故弄玄虚的天书。但由于迹似有似无，求起来往往各执一词，借题发挥，难得原意，强加于诗人。不若明白其为心灵场结构而以心解之，拥混沌而拒凿窍，得潜气而弃小儿之所谓明白，不损诗情诗意诗美也。

现将《锦瑟》一诗的心灵场结构图示如下：

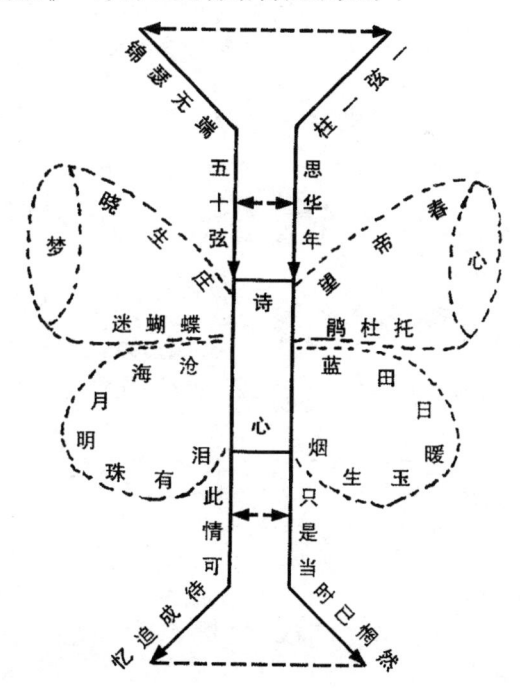

图中实线是意，箭头代表走向或出自心灵。直写心者靠近诗心。虚线是心理能量，亦分内外与远近，大体而已，不可较劲以求甚解。

这也算是解剖麻雀。扩而大之，不仅一首一篇，而是许多首诗构筑了李义山的完整的心灵场。它们是许多首不同的诗，却又是同一个寥落的李商隐的心灵场，既然是心灵场，既然不是记叙或议论的线性结构，这些诗之间就存在着更多得多的同一性、可交流性、可替代性、互补性、互证性，这也是义山诗与他人他诗大不相同的地方。

如果我们不是以线性思维语法思维逻辑思维的定势去与作者较劲，去与李义山的美极婉极深极的臻于绝对的诗歌较劲，而是以感觉体贴徜徉于义山的心灵风光之中，转此一念，去去皆活，应能如行山荫道上，美景应接不暇也。而到了彼时，种种分析，连同这篇旁门左道的文字与图形，对于义山的极生动极有味的诗篇来说，便都如佛头着粪，弃之如敝屣可也。我盼望着。

发表于《文学遗产》1995 年第 3 期

# 李商隐的挑战

## 李商隐研究标志着文学观念的变化

在建国四十七周年的时候召开李商隐研究会第三届年会,这虽然是个巧合,但也有它的象征意义。它表明了这样一个事实:在新中国成立了四十多年以后,国内掀起了一个李商隐研究的热潮,李商隐的作品日益引起社会各方面的兴趣和重视。这并非偶然,它与我们文学观念的变迁、发展、开阔和深化有关。

李商隐研究标志着我们的文学观念的变化,这本身就是一个值得探讨的题目。中国人在文学价值的判断上是很独特的。自古以来就偏重文学的教化功能、"兴观群怨"的作用和对"修齐治平"的影响。从正面意义上讲,那无疑是很好的。文章以济世为功效,文章者,经国之大业,不朽之盛事。所以历来注意那些在道德教化上有强烈的内容、鲜明的倾向的忧国忧民的作品,叫做"不关风化体,纵好也枉然"。这与我国儒家的入世的传统有关。重教化,当然没有什么不好。但另一面,就比较轻审美。重济世,轻个人。这个传统在世界上是一个很有特色的现象。写爱情写男女之情的作品,它一般不可能有很高的教化价值。但注释家们往往要把它道德化,或者模拟化,似乎只有这样才有价值。比如《诗经》里的"窈窕淑女,君子好逑",一定要其"乐而不淫,怨而不怒""思无邪",把它解释成爱他的君主,爱他的皇上(当然也可能是这样)。如此注下来,似乎中国的男人爱的不是女人,而是他的国君。他的相思,他的思念,他为谁而憔悴?却原来是为国君而憔悴。写香草美人、个人情绪,恐怕很难往那上面解释。但你要努力解释,也能扯得上。对李商隐写个人情绪的那些诗也不例外,也有解释成对国家兴衰的关怀的。当然,这是好意。

从风格上讲,中国的传统是重阳刚、重进取、重乐观,这当然很好,但是轻阴柔、轻伤感。贾政教诲贾宝玉,最讨厌他讲个人感情,所谓"颓丧"。一说某诗"颓丧",这首诗就完蛋了。

从来中国的文学都是重内容的,要求政治内容特别的好,这也很对,但是轻形式。尽管创作样式各种各样,有豪放,有婉约,但在总体倾向的选取上,我们是有传统倾向的,甚至可以说是有偏见的。因此,李商隐的诗被贬低,是一个历史现象,并不是自新中国才有的,不完全是左翼文学理论所造成的。从"时贤"的著述及引用的材料来看,自古就有许多对李商隐的这类批评,说他比较凄迷呀,是艳词呀,或者比较颓丧呀,总之缺少一种积极入世、乐观进取、奋发向上、创业开拓、战胜困难的精神。如果用这种精神来衡量,李商隐就确实完了,没戏了。

因此,人们历来愿意推杜甫为诗圣。李白大家还能接受,因为他的诗比较阔大。中国人是喜大不喜小的,认为大代表了一种价值。就拿今天来说吧,参加会的不过二十多人,也要说"预祝大会圆满成功",倘若说"预祝小会圆满成功",就可能不礼貌了。再如称某人为"大人",若是称其"小人",那还得了啊。传统的文学观念使李商隐的诗长期遭贬,往往倾向于存其一格、聊备一格,不可没有,也不可多有。

最让人没脾气的是这样一种逻辑,"如果都成了这样怎么办?"那倒也是。所有中国的诗人都跟李商隐一样,悲悲凄凄,难过得不得了,写出诗来别人不懂,自己也说不清楚,这怎么行呢?确实,我也这么想。我们有一个李商隐研究会很好,如果四周皆是研究李商隐式的诗人的研究会，而研究李商隐的人也都是李商隐的性格，那也挺讨厌的呢。黏黏糊糊，纠缠不清啊。就做人来说，李商隐未必非常可爱。从组织部门的角度来看，确实不能重用李商隐这样的人，太缠绵了呀。当然李商隐也有很阳刚的诗，如《咏史》诗等，其中也有著名的警句。有一年中央的春节座谈会上，一位领导同志还引用了李商隐的诗句"成由勤俭败由奢"。但李商隐最动人的传颂最广的诗不是这些。

新中国成立后我们对李商隐的评价完全继承了这样一个传统。当然还有意识形态方面的考虑，这也是完全正常的。共产党是依靠发动无产阶级领导的、人民大众的、反帝反封建反官僚资本主义的人民革命取得新民主主义革命胜利的，所以我们更喜欢杜甫的"朱门酒肉臭，路有冻死骨"；更喜欢"赤日炎炎似火烧，野田禾稻半枯焦。农夫心内如汤煮，公子王孙把扇摇"；更喜欢"苛政猛于虎"；更喜欢白居易的《卖炭翁》和杜甫的《兵车行》。当然后来《兵车行》也不行了，说是有和平主义思想，没有说清楚应该支持正义战争，反对非正义战争。从这个角度看，虽然是关于一位古典诗人的讨论，也牵连着我们活着的文学生活，牵连着我们的读者、作家、文学评论家的内心生活。所以我觉得大家一起研究李商隐，有一点激动人心的意义，就是它使我们的文学观念更广阔了。

## 用更深刻更宽广的观点来研究中国古典文学

我们研究李商隐，我们个人对他的作品有浓厚的兴趣，但我们并非想把李商隐作为一把尺子来裁剪其他诗人，或者说李白的诗太浅了，或者用李商隐来否定白居易，这都是不可取的。我们也不会主张给古代诗人排座次，把李商隐排到前三名，或是前五名、前十名。我们的目的无非是对这一类型的作家在诗艺上的成就、诗学上的成就特别是其对仗的工整、用词的雅致、感情的丰富、表现内心生活的深度和探索诗歌与诗歌语言的可能性方面,予以充分的发掘、承认和推广。如果我们不是那么狭隘的话,还应该充分肯定李商隐研究照样也有其教育意义。李商隐的诗里,多数并不直接提出道德上的劝诫,劝善惩恶的主题不是特别明显,但是在目前改革开放、经济建设迅速发展的情况下,它能够培养一种比较高雅的审美趣味,能够非常重视我们民族的文化珍宝,能够培养一种对中国对于汉语文学的兴趣。

我认为恰恰是在唐诗宋词,特别是在李商隐的诗里,让你感觉得到汉字有多么美。汉字的语法不够严格,它比较有弹性,比较灵活。从语法学的观点来看也许汉语有若干不严密之处,但从文学的角度看,这反倒是它的优点。譬如说英语,英语的时态太清楚了。究竟是过去时还是过去完成时,是现在时还是现在将来时,是虚拟语气还是陈述语气,是单数还是复数,它都太清楚了。清楚极了,就没有诗意了。我曾经写过一篇小说叫《夜的眼》。不止一位汉学家在翻译这个作品的时候问我:这夜的眼睛是几只眼?应该是 eye 还是 eyes?但是在汉语中,它可以是一只眼,也可以是两只眼,也可以是夜色之中的一种观察。可英语中的 eyes 则是人的两只眼。所以说,汉语是诗的语言,而李商隐的诗则把汉语的功能运用到那么好的程度。读李商隐的诗,读中国的经典文学作品,把汉语的这种特色、这种韵致体味出来了,就会有"我的中国心"了,这颗心会不朽的。

前些年武汉重建的黄鹤楼,虽然尽可能地恢复原貌,但它的建筑材料等等都不是"原装"的,此黄鹤楼不是彼黄鹤楼了,但它仍然受到大众的欢迎。为什么呢?因为人们除了想看"原装"的不朽的黄鹤楼外,他们的心里还有李白、崔颢等人关于黄鹤楼的不朽的诗作。岁月可以湮没黄鹤楼,还可以湮没其他许多古迹,然而有优美的汉诗存在,有不朽的汉诗存在,黄鹤楼就不会灭亡,汉文化也不会灭亡,中国和中华民族也不会灭亡。从更深刻、更宽广的观点来看李商隐的诗和李商隐研究,我们就不会一定要从李商隐的诗中直白地读出"五讲四美""严打"等方面的意思。

我们新中国经历过许多坎坷,在她成立四十七周年的时候,我们有一个李商隐研究会,而且每两年有这样一次年会,这是一件很好的事情,我很高兴,也感到很激动。

## "李商隐现象"是对文学传统的一个挑战

李商隐一生留下了大量的作品。试图对这些作品及有关的研究材料进行把握,我认为这是对我们文学传统的一个挑战。

首先是对文学创作的一个挑战。刚才陶文鹏先生讲了一些对新诗的批评。那些写新诗的人听了可能觉得并不那么公平。喜欢新诗的人也很多,在诸多文学刊物订数年年锐减的情况下,诗歌刊物却稳中有升。一个人在十六岁至十九岁的时候,特别是一些大学生,大概都可能是诗人吧。但是无论如何,那些比较平庸的创作在李商隐的诗歌面前,应该感到非常惭愧。不仅是惭愧,还应该感到惊讶:为什么李商隐在一千多年以前,竟把汉诗写到那么好的程度?

对文艺理论、对意识形态、对封建社会的主流意识,李商隐的诗本身就是一种挑战。对教条主义、对至今仍然存在的文学的狭隘性,它也是一个挑战。对我们的诗学文学美学的一些框架、一些概念、一些符号系统,它也是一种挑战。

譬如说创作方法,中国传统的文艺理论并没有一个严格的说法。充其量就是写实、写意,这是讲绘画的,也可以说是文学创作的方法。赋、比、兴很难说是创作方法,最多算是讲文体。

用西洋的那一套创作理论来研究李商隐的创作,总觉得不是特别够用。因为西洋的理论分得比较细:现实主义,浪漫主义,神秘主义,象征主义,等等。李商隐的诗里,好像什么都有。当然我指的不是他的政治诗、咏史诗,而是读者最感兴趣,最受欢迎的那些抒情诗、无题诗。他有的句子写得非常实,但有的句子写得非常虚。还有用典,这在西洋的创作论中缺少研究,中国作家用典非常之活,西洋解决不了这个问题。

我总觉得李商隐的诗中有一种唯美的成分。它表达的情绪是那样悲伤,那样颓唐,可他的用词又是那么华丽,有时甚至是非常富贵。他很少用一些破罐子破摔的寒碜的破烂的词,他是不搞审丑的。他用的一些词,如珠、玉、金、鸳鸯蝴蝶、桃花芙蓉,等等,非常的富丽,又非常的女性化。我们不但可以研究他描写的女性,而且可以研究李商隐的女性意识。他本人有时是用一种相当女性化的眼睛来审美,用相当女性化的词语来写诗的。按我们的传统,男人应该写大风,"大风起兮云飞扬",觉得这属于男性。李商隐却写了许多女性诗,有些诗被公认为写狎妓的,但他写得并不轻薄,很少用轻薄的语言。柳永的词有轻薄的语言,《西厢记》里也有,连《红楼梦》里也有,它们摆脱不了那种以男性为中心的把女性作为性游戏对象的心态,它们总要露出一种玩弄的味道来。但李商隐的诗里没有,他比较体贴,例如他写嫦娥的诗就是这样。

苏雪林的小说不能算是正式的李商隐研究,那是有关李商隐情史的一种外延。在中国古典诗人中,很少有像李商隐这样的现象。一生有许多爱情故事,十分婉丽,但不是从一而终、矢志不渝,同时又不流于轻薄和玩弄。他写出来的情诗是那么美,用美来节制自己的悲伤,用美来包装悲伤。这种节制和包装的唯美的过程,又使他不会一味地颓唐下去,所以他从不疯狂。古今中外写颓唐的作家比较多,颓唐的人总是带着点歇斯底里和疯狂。李商隐的不疯狂,可能与美的节制颇有关系。

李商隐的创作心态,他的性意识、性心理,也颇值研究。他有时候甚至有点性错乱,我非常怀疑这一点。因此,李商隐的诗也是对文艺心理学的一种挑战。

如果说李商隐是唯美主义的,那么唯美主义往往总是和形式主义结合在一起。汉字作诗很容易作得美。它的整齐、对仗和音乐性,特别适合作对联。李商隐的对联有两种,有的是天成,那是最好的对联，比如"春蚕到死丝方尽，蜡炬成灰泪始干""身无彩凤双飞翼，心有灵犀一点通"。有的是他作出来的，比如"梦为远别啼难唤"，这是天成的、诵出来的、没有毛病的，但下联"书被催成墨未浓"，虽然漂亮极了，然而是作出来的，它和整首诗没有必然联系，是后配，不是原配。但他对得极美，他是运作形式的高手。

李商隐的诗，有写实的，有写意的，有形式的，有象征的因素，有唯美的因素，有心理的变化（指心理的某种变异。讲他心理变态实在难听）当然也有正常的。记得叶剑英同志曾引用李商隐的"雏凤清于老凤声"来谈干部"四化"和培养第三梯队的问题，而从整个李商隐的诗来说，又不能做出这样的判断。

李商隐对接受美学也是一个挑战。长期以来在中国处于主流地位的意识形态是贬低李商隐的，但很多杰出人物又非常偏爱李商隐。比如毛泽东，还有郁达夫、张爱玲等。如果研究毛泽东，这也是很有趣的。毛泽东的文学生活有三个部分。一个是他的文艺思想，那是用来指导全党全国全军的。他的文艺思想是革命功利主义的，他提出深入生活，与新的时代新的群众相结合等，非常的革命功利。这是有道理的。以他的地位，他的任务，当时在延安他必须这么做。他当然不能提倡大家都写李商隐一类的诗。但毛泽东文学创作的这一部分，是又一路。我觉得他的诗主要特点是言志、豪放，当然也不废婉约。但毛泽东对诗的爱好就有点稀奇古怪了，他爱"三李"，这种爱好是对他的文艺思想、文学创作的一种补充，三者并不完全一致。毛泽东最喜欢的还是李贺，他的诗意不断地和李贺的诗意接近。所以在接受美学中，李商隐提出的挑战特别有意思。譬如说懂不懂的问题，一般人们认为李商隐的诗难懂，可恰恰是这一类所谓难懂的诗家喻户晓。他的政治诗、咏史诗并不家喻户晓，读这些诗有时要不断地看注，注看多了还有可能越来越糊涂。而家喻户晓的那些诗，有的句子脍炙人口，快成为人们的口头禅了，如"春蚕到死丝方尽，蜡炬成灰泪始干""心有灵犀一点通"等等。连大批判都能用得上，"×××

与帝国主义和台湾的反动派心有灵犀一点通"。再如"夕阳无限好"也是家喻户晓,非常普及。如果说不懂,难道大家都在爱一些他们不懂的东西?不懂不可能成诵,不懂不可能普及。这是一个很值得思考的现象。

这里涉及到我们文学研究中比较习惯比较偏爱的所谓阐释的方法。但是对待文学,对待诗歌,和阐释同样重要的是感受。我知道的一些欧美的文学界朋友,他们非常注意文学的感受。我在报纸上看到这样一则报道:我国的昆曲《牡丹亭》在德国演出,事前剧团做了很好的台词译文的幻灯片。要听懂台词,幻灯片不仅在德国需要,即使在北京演出也常常是需要的。因为音乐虽然很动听,但不知道演员嘴里出来的是什么词。但德国的演出经纪人坚决反对,他们认为一边看戏,一边打幻灯,是对艺术的一种侵犯,一种侮辱。他们只同意发说明书,让观众明白故事梗概就行了。因为人们要感受的是中国的人物,中国的音乐,中国的情调,未必要弄清每一个具体细节。最初我们的剧团很担心,但演完之后,反响热烈。这就是感受的魅力。我在国外访问的时候,经常被邀请参加作品朗诵会。就让我用中文朗诵,没有翻译。在一个朗诵会上,有西班牙语、印地语、汉语、英语和法语等作品的朗诵。与会精通五六种语言的几乎没有,但大家还是有所感受,有所交流。那么,什么叫读懂?我觉得颇值得研究。这里我顺便说一下,张明非女士概括李商隐研究动态的时候,认为我主张李诗无解,我觉得我没有这个意思。我认为李诗中本来很明了的句子,每位读者都可以简单地解。如《锦瑟》中的"思华年",字面意思很明了,本身就解了,说的就是爱情。当然,这并不是它的意蕴的全部。把"思华年"解成爱情,再加以详释发挥,是可以的。从这个意义上来讲,它的解可以是无限的,而不是无有的。

我读李商隐的诗,最大的感受是他的诗都那么活生生的。反复地读,他的那些语词、那些诗,都变得活起来了。似乎它们还在那儿组合着、奔走着、跳跃着,像一组组彩灯似的,一会儿这里亮了、那里暗了；一会儿这里暗了、那里亮了。它们都通着电。

　　甚至可以说，李商隐的诗对文学史也是一个挑战。李商隐现象的出现，至少对我这种知识水平的人，还是感到有些突兀。前无古人，后无来者。我们可以找到与他的诗在某些方面相似的诗，但他的诗却又显然完全不同。《红楼梦》还多少能查出些渊源来，说它是受《金瓶梅》、话本等的影响。李商隐的出现、他诗中体现出来的艺术主张，到底是怎么一回事？许多人喜欢李商隐的诗、受他诗歌的影响，比如郁达夫，但都没有办法和李商隐相比。所以有时候在李商隐面前，我感到我们文学的语言的贫困，阐释方法的贫困。如果用中国传统的那些阐释语汇，风骨呀，意境呀等等，这些词语用滥了，也就失味了。如果用很洋的那种分类法硬往李商隐上拉，也显然不够。用什么样的方法呢？这个题目就很大了。因为我们中国目前还没有这样一套东西出现。我们所拥有的，不是苏联式的，就是西方式的，再不就回到金圣叹的路子上去了。倘若搞批注评点的话，现在我们恐怕还不及金圣叹。

　　越研究李商隐，越感到这是一个挑战。我们有可能把李商隐研究作为一个契机，把我们整个国家的理论水平、文学史的水平、诗歌创作的水平，推进到一个新的境地。

发表于《文学遗产》1997年第2期

# 重 组 的 诱 惑

若夫放怀今昔,浪迹山林,所以领稽古之幽情,叙怀人之朗抱也。当其春流将至,清风蜇生,每列时流,尝怀盛事:岁癸又丑日,既云禊,诸贤惠然。将事有期于是,引清弦,揽虚竹;右长者,左故知。或骋目于暮山,或寄骸于斯室。仰唤崇宇,俯带躁湍,同和亭阴。觞临水,次修能。竹契和气,兰知兴。与人同趣,随天畅悟。有为之相喻不死之因,俯今仰昔,娱彭悼觞。得列座之于于,托感怀之一一。畅哉此会,虽快足无以不有所述,岂文人能事为?大化自迁,所之于尽。不及揽其品类,录其殊茂。合初终之感,系后世之怀,不亦可嗟矣。夫乐生痛死,所倦之妄也,欣修悲短,所察之诞也。一取一舍,固视宇宙之为;一感一兴,亦极文情之至。况在万年之峻地,为九老之盛游,丝管毕陈,觞咏间作,静言未永,后会犹修。虽人已异,由亦欣慨咸集。不随不激,视之足以齐俯仰之形;以兴以群,信之足以一内外之遇。视其所以,观其所由。虽向之所叙,大致亦不少殊也矣。

我不知道读者乍一接触这篇似通非通、似是而非、似曾相识的文字时会有什么感想。它是"颠倒兰亭序文",由清代吴门石韫玉氏所撰。王羲之的《兰亭集序》是一篇脍炙人口的文章。石氏打乱了人们耳熟能详的《兰亭集序》的顺序。用原文的二百三十四个字,不无勉强但又确是煞有介事地重新组成了一篇新文章,然后隆重地将它碑刻在绍兴兰亭。兰亭是碑刻书法荟萃的地方,这么多原文照抄的碑刻中只有此碑是搞了一次解构与重组，搞了一次"颠覆"。这么说，这位列名于《中国书画家词典》的石氏还是很有造反精神的呢。

一九九七年春，我在兰亭见到了此碑。这个发现使我甚感兴趣。早在一九九一年，我热衷于体味李义山的《锦瑟》，曾经干过这种把那一篇诗章打乱重组的把戏。我搞的"颠倒锦瑟"共三种，一种仍然是七言体，一种是长短句，第三种是对联体，虽然对得不甚工稳。它们是：

锦瑟蝴蝶已惘然，无端珠玉成华弦。
庄生追忆春心泪，望帝迷托晓梦烟。
日有一弦生一柱，当时沧海五十年。
月明可待蓝田暖，只是此情思杜鹃。

杜鹃、明月、蝴蝶，成无端惘然追忆。日暖蓝田晓梦，春心迷，沧海生烟玉。托此情，思锦瑟，可待庄生望帝。当时一弦一柱，五十弦，只是有珠泪，华年已。

此情无端，只是晓梦庄生望帝，月明日暖，生成玉烟珠泪，思一弦一柱已。
春心惘然，追忆当时蝴蝶锦瑟，沧海蓝田，可待有五十弦，托华年杜鹃迷。

这三种组合都是用《锦瑟》原文五十六个字重新组合而成的。我曾经在第一届李商隐研究会上讲过我所做的这一试验并被认为是匪夷所思——绝了，现在才知道，早在大清朝就有人"玩"过了。

这一类的文字游戏——是否仅仅是游戏，下面再谈——我做过的还多。我当时认为，一批字词的选用，已经决定了此诗的基本情调的统一性、连结性、相互间的吸引力，打乱重组是容易的也是不妨事的。我认为诗这种几近于鲁枢元所主张的"超语言"现象，其语法顺序具有相当的弹性或者更准确一点说应该叫做"活性"。例如,一些朦胧诗人很喜欢搞这种颠倒的文字;而"香稻啄余鹦鹉粒,碧梧栖老凤凰枝",更是古已有之的老杜名句。我还认为即使如李商隐的《锦瑟》这样的天衣无缝的达于极致的诗,仍然有着各种推敲和组合的余地,而一种诗怀,一种创作的冲动,一种灵感,不但能够驱使一个作家涌流倾泻,奋笔疾书,也同样会驱使一个作家寻章摘句,徘徊流连于文字和语词的密林中,不断寻求新的蹊径而难以自已。

我还认为,不必一听到游戏就发神经。游戏可以是鄙俗的,却也可能是高雅的;可以是无聊的,却也可能是一种对原文本的奥秘的探寻和发现;可以是纯形式的,却也可能包含着一种投入、一种心声的流露、一种个性的率真,更不必说它对语言的潜力的召唤了。

那么,从接受美学来说,当一篇文字打动了接受者的心弦,占领了接受者的心胸和脑筋的时候,接受者也会沉迷于它的语言文字的"场"中,东张西望,左奔右突,披荆斩棘,如疯如魔地试验起解构与重组的把戏,不足为奇。

中国早就有回文诗,人们早就尝试过文字重组的奇妙效果至少是乐趣。中国更有集句的传统。话剧《家》里冯乐山家的客厅里就挂着"人止乐者山林也,客亦知夫水月乎"的集联。上联出自《醉翁亭记》,下联出自《后赤壁赋》。应该说这一联集得还是相当妙的,尽管曹禺在戏里用这个细节是为了嘲讽冯乐山的冬烘腐朽。搞集句,这说明了中国过去是把诗歌作为一种风雅和酬酢的手段来对待,而绝无市场经济所带来的知识产权观念;搞集句,除了说明掉书袋的无聊以外,确实也还说明了阅读接受中的重组的诱惑。

现在回过头来说一下"颠倒兰亭序文"。第一,很难说石氏重组了一篇好文章,据说施蛰存先生就说过此文"不知所云"。第二,早在清代我们这里就有这样"先锋"或什么"后现代"的尝试,还是令人赞叹的。我们听到"腐朽"的现代派搞什么"扑克牌小说"的时候也曾大吃一惊,其实不必少见多怪。第三,颠倒序文也还凑合。"一取一舍,固视宇宙之为;一感一兴,亦极文情之至"就很有趣;"引清弦,揽虚竹;右长者,左故知"也堪令人叫绝。第四,也是最有趣的,就是你不论怎样解构重组,其文字的基本调调并没有改变。

如果这种解构与重组只停留在文学作品的审美与智力游戏层面,事情也就简单了。却原来,重组的诱惑,远远不止于此。就是说,人们对他所喜爱或者崇拜的文本进行重组的试验,不仅是为了寻找新意,寻找语言与审美的可能性,而是要用这种方法去寻找"上帝"!

问题从而严重了。

例如有一本叫做《圣经密码》(*The Bible Code*)的书,畅销在西方世界,如今在台湾也有了中文译本。作者迈可·卓思宁(Michael Drosnin)声称他做了五年研究,证实原初的希伯来文版《旧约》中包含着符合电脑程序,即按电脑程序排列的密码。"从拿破仑到罗斯福,从荷马到毕加索,从莱特兄弟到爱迪生,所有的人物都在密码的排列中。"此书说,早在以色列总理拉宾遇刺前,一些人已经从"圣经密码"里读到了他将被刺的信息,何时何地,刺客是谁,都写得准确无误。"一九九二年美国大选前六个月,密码显示克林顿会当选……尼克松因水门危机下台,也在圣经密码记载中……人类的重大成就如登陆月球,也记载在圣经密码里……连太空人阿姆斯特朗第一次踏上月球表面的日期一九六九年七月二十日,也在《圣经》里。"据说从《圣经》还能预知星球撞击事件。"天文学家在事发前几个月才能预知的事件,圣经密码却在三千年前已经正确预言。"天啊,多么刺激!

更刺激的还在后头呢。《圣经密码》一书的作者说,牛顿曾经写了一百万字的手稿来探求圣经密码但是没有成功——因为牛顿时代还没有电脑发明出来。从俄国迁往以色列定居的大数学家芮普斯用电脑发现了圣经密码,他在战前三个星期就发现了波斯湾战争(海湾战争)的正确日期。然后是五角大楼的解码专家哈洛德·甘斯在四百四十小时的实验中查证了六十六位圣贤的生卒地点,他用与

"对待国防部工作的同样的"认真态度证实：圣经密码确实存在。"《圣经》的结构如巨大的纵横字谜，从头到尾都是以密码写就的文字……诉说一则则暗藏的故事。每一道密码都是以相隔第四、第十二或是第五十的字母一一相加而形成一个字。跳过 X 间距，加一个 X 间距，再加一个 X 间距，即可拼出隐含的信息……"耶鲁大学首屈一指的数学家比亚捷斯基·沙比洛也证实圣经密码确有其事。然后是以色列最著名的数学家罗伯·欧曼说："圣经密码全然是事实。"而在《纽约时报》上的查证一章中，作者说："从林肯到甘地、肯尼迪、萨达特、广岛核爆……这些历史事件都在密码之中……日本奥姆真理教、美国奥克拉荷玛的爆炸事件……无一漏掉。"

……我不准备再抄写下去了，我也不准备对上帝的存在与上帝的无所不知、无所不预言，而且用这样离奇而又合意的数学方式来预言是否真实发表意见，因为这根本不是一个能够证实或者证伪的命题。我在这里要谈的粗浅的感想是：圣经密码的寻求是以十分数学十分电脑的方式进行的。数学真是一种最科学却又最神秘的学问。中国人自古就把神秘的命运称为"数""气数"，中国人的八卦崇拜五行崇拜都富有数学意味。看来，早在很久以前，人们对生活的数码化就已经有所知觉了。前些年林兴宅主张最高的诗学是数学，闻者多不解，林氏也未作过进一步的说明，我却直觉地感到他有一些道理。

人皆有此心也，寻找密码，寻找那个神秘的"数"，寻找超人间超理性的预言，我们中国人叫做"天机"。有意思的是人们认为天机就存在于文本的重组或变异诠释（这也是一种重组，符号学意义上的重组，所指与能指对应关系的重组）之中。洋人寻索希伯来文《圣经》，华人寻索《周易》《推背图》，或者是其他的什么"河图""洛书"直至曾经被认为是神秘的与可畏的民谣民歌。何其相似乃尔！

原因是人们面对的文本是太复杂了，太充满活力魅力和无限幽深了。再扩大一点说，不仅各种典籍是"文本"，有的很像是"天书"，而且宇宙就是一个大文本。星空是一个文本（直接意义上的天书是也，华人洋人都喜欢搞占星术。就是说对星星的分布进行重组和破译，用来说明人间的种种奇事）。自然现象，社会现象，朝代兴衰，都是文本。地理也是文本，所以有堪舆家然。

寻找密码的一个重要方法便是重组，可以是文字、字母顺序上的重组，也可以是符号学意义上的，例如所指与能指的对应关系的重组——《红楼梦》索隐派搞的就是后一种重组。通过重组去接近神秘，去接近"上帝"，去发现神奇的新世界。至少是去发现一种掌握更重要更巨大更丰富得无与伦比的信息的新的可能性，这可以说是重组的最大的、至高无上的诱惑。

原因是，与大千世界相较，与时时发生的各种事件相较，人所掌握的知识信息还是太可怜了。已有的语言规则、逻辑规则、结构规则（例如书籍是一面一面地从上到下、从左到右或从右到左读的）是太不能满足人的需要了。学而后知不足，人随着自己的文明的进步反而越发感到了信息的饥渴，感到了已有的寻求和掌握信息的途径的太不足恃——这可以称作方法论的饥渴，排列与组合、颠覆与重构的饥渴。人们渴望新知，渴望新的窗口，直至渴望奇迹，渴望密码，渴望预见。当对于已有的"科学预见"感到不满足的时候，人们也许比原来所知甚少时感到的饥渴还要饥渴。饥不择食，重组文本也许便成为一种解除信息饥渴的尝试乃至冒险至少是游戏。

我们的"红学"研究中也有解构和重组的一派，叫做索隐派。索隐派一面被许多人指摘，一面照样会搞得轰轰烈烈。因为它能自圆其说和自成体系。红学索隐派常常强调他们的索隐方法是中国文化所特有的，这未免是只知其一，不知其二。《圣经密码》一书中，作者称"圣经中还有一个圣经"。这也使我联想到前些日子闹得沸沸扬扬的所谓"太极红楼梦"，吹太极红楼梦的人也无非是说《红楼梦》中另有一部"红楼梦"。心理大同小异，戏法（还有运气、手段等）有高有低。

我翻了翻台湾大块文化出版社出版的《圣经密码》一书。我只有啧啧称奇，姑妄读之。但我恍惚觉得，那些密码的发展大多是"事后的预言"，当真是"事后诸葛亮"了。大多是已有了结论以后，即事件发生以后，人们用种种神奇的方法从希伯来文《圣经》中去寻找证实那个已知的事件确实已经发生或应该发生。用中国方式来说，人们是带着框框也带着偏见去重组。当人们看到"世界大战"一章里讲到"共产主义没落""在中国""下一个""除了超级强国之间的核武大战，现在世界面临一个新的威胁：挟核武自重的恐怖分子"的时候，我们无法不哑然失笑：怎么上帝的天启如此"媚俗"，如此西方流行意识形态，如此符合好莱坞商业电影的口径？怎么神秘的圣经密码竟能与美国进口大片《真实的谎言》如此相似乃尔？果然，"人为自然界立法"，小市民式的人从圣经密码中找到的也只能是小市民味道的天机！也不怕亵渎了耶稣！估计找到了合意的天机以后，是十分激动的啦。找不到呢，也就算了。所以我倒宁可欣赏中国的一句古话，叫做"天机不可泄露"。谁能识破天机呢？如果一切都已明晰，人生还有什么意思？也许把游戏作为游戏来对待会比把游戏作为上帝的预言来对待更合适一点。游戏中会不会有重要的发现？可能，但不一定是，或者可以说但愿不是找到全知全能的圣经密码。我宁可觉得这一切不过是信息饥渴症患者的一次自我满足的"精神会餐"。台湾的编辑笔记说："我们决定出版这本书，不是为了再做一次世纪末的预言，而是为了再次承认人类在浩瀚宇宙中的渺小。为了向历史的奥秘表达一份虔敬的心意。"那当然可以。

台湾的编辑还说："我们认为参与证实圣经密码的科学家们、其他人士及本书作者的诚意，是值得重视和尊重的。"我要补充的一句话是，重组的魅力，游戏的魅力，不确定的某种"天机"的诱惑，重组游戏中可能有的收获与颗粒无收，智力发扬与走火入魔，都是不能不诚意对待乃至为之嗟叹的。只要不是为了商业目的哗众取宠或明知其伪还要自欺欺人就好。

发表于《读书》1997年第12期

## 说 "无 端"*

　　李商隐研究会成立到现在已经十年了,第一届年会是一九九二年在广西平乐召开的,第二届在温州,第三届在烟台,第四届在博爱,第五届在桂林,第六届到芜湖来了。这是一个佳话,中国诗歌研究史上的一个佳话。李商隐从来没有被人们这样重视过。按照中国的传统,自古对李商隐的评价并不是特别高,总是对他有所保留。因为他的诗歌不够乐观,消极情绪多了一些,忧愁情绪重了一些。我看李商隐的诗就常常想起《红楼梦》里贾政教训贾宝玉。宝玉的才情比他老爹强得多,但贾政总要板起面孔,说宝玉没有大志,没有积极乐观,没有吞吐宇宙的豪情。所以宝玉写的诗虽然很好,但贾政把脸一变,说:"颓丧!"很有点像现在有些家长批评孩子"没出息,整天就会玩电脑"的意思。李商隐的诗长期以来就处在这种情形。不知道生辰八字怎么走的,走到二十世纪九十年代,中国居然成立了李商隐研究会,还不断召开年会,一直开了十年,我想这是诗学佳话。李商隐天上有知,应该感到欣慰。

　　我们自古强调诗教,强调诗言志,强调诗中要有健康的精神,要有自强不息、厚德载物的精神,但是李商隐的诗在中国传统诗歌中是一个变数。事物往往很奇怪,有时总出来个变数。有人谈当代文学说,在"十七年文学"(1949—1966)中,孙犁就是一个变数。孙犁是

---

＊ 本文是作者在李商隐研究会第六届年会上的演讲。

老区来的老作家、老同志,"荷花淀"派的代表作家,他写抗日,也写农民,但他整个的风格和上世纪五十年代的嗓门很大、气很粗的那种风格不同,他写得很委婉,很有他个人的一些情致,有很多精致的而不是粗糙的艺术趣味。还有人跟我谈,作曲界五十年代的《梁祝》是个变数,因为五十年代有不少很好的歌,像"雄赳赳,气昂昂,跨过鸭绿江",《陕北组曲》,或者是一些关于战争、关于革命的歌曲,还有关于"反修"的歌曲,"山连着山,海连着海,全世界无产阶级联合起来",结果这时候出来个很抒情、很忧伤的《梁祝》,这也算一个变数。这种变数,当然让你产生研究的兴趣。

我今天谈的题目仍然不想离开李商隐研究,也许我们下次有机会再谈别的题目。我想就李商隐诗的一个关键词来进行探讨,一个什么词呢?就是"无端"。我们都知道,李商隐最有代表性的诗是《锦瑟》,《锦瑟》头一句就是"锦瑟无端五十弦"。其实我没有资格谈这些,因为我的学问非常差,特别是在安徽师大中国诗学研究中心和李商隐研究会的各位老师面前,我讲这个东西,绝对是班门弄斧,不自量力。所以我也老老实实地告诉大家,我准备讲"无端"时赶紧去查《辞源》。《辞源》中一上来就解释"无端"最早出现于《楚辞》。我一分钟前还在休息室请诗学研究中心的潘啸龙教授给我进行"恶补",其中有一个字到底怎么念,我还没弄清楚。《辞源》里对"无端"是这样解释的:一、无因。《楚辞·宋玉·九辩》:"蹇充倔而无端兮,泊莽莽而无垠。"然后它注"媒理断绝",没有一个中介的环节,"媒理断绝,无因缘也",引申为无缘无故。其实古人讲的"无端"就是没来由。而《宋书·谢晦传》上表:"血诚如此,未知所愧,而凶狡无端,妄生灾祸"。这是说坏事情,是说凶狡无端,他的凶恶和狡猾无端,你抓不着它,又凶恶又狡猾而且毫无道理。"无端"在这里有没有道理、没有线索的意思,你抓不着它,妄生衅祸,"衅"就是挑衅,随便产生挑衅,产生灾难。第二,《辞源》上注:"没有起点,没有尽头。"《庄子·达生》:"后将处乎不淫之度,而藏于无端之纪。"《史记·田单传》："太史公曰：'奇正还相生，如环之无端。'"就是讲它是一个没有起点、没有终点、没有非常确定的因果关系。

很多诗都是有端的，就是李商隐的很多诗也是有端的。比如送某个友人，或者怀古，都是有端的。他的叙述，他的思路，事物发展的因果关系、过程都非常清晰。但是，李商隐之所以是李商隐，不在于他写了大量有端的诗，恰恰在于他写了一些无端的诗，无因无果，没有起始，也没有终点。当然这无端不是绝对的。没有起始，怎么没有起始呢？"锦瑟无端五十弦"，五十弦不就是从锦瑟起始的吗？这不是绝对的，我们只是相对地说，它有诗情无端的这方面的特征。我在过去的文章里也常常讲，有很多情感或者诗的灵感的到来，非常清晰，比如说悼亡，你的妻子或者一个友人去世了，你写悼亡诗，这个非常清晰，你的叙述、你的感情脉络清楚极了，像最著名的元稹的悼亡诗，写得明白如话，非常清晰，而且非常真实。"尚想旧情怜婢仆，也曾因梦送钱财"，跟大白话一样，在当时就是老百姓的话。"今日俸钱过十万，与君营奠复营斋"，又说得很俗，意思是我现在有钱了，可以大张旗鼓地祭奠你了，而当年我们在一块生活的时候是那样的贫苦，"贫贱夫妻百事哀"，这是有端的。但也有一类诗，诗的后面，它的缘起是什么，它的本事是什么，你说不太清。这有两种情形：一是不便于说，不好说，没法说，不可说，不应说。中国封建社会各种道德的要求很严格，这些道德要求有的是有道理的，我并不认为它们完全没有道理，但任何哪怕是最有道理的要求被凝固化以后，又同时可能变成一种桎梏。另一种可能是原因太多了，"端"太多了，愁不打一个地方来，北京话说"气不打一处儿来"，悲哀不打一处来，无从说来。无端者，多端也，都是端。譬如天气不好，因沙尘暴而不愉快，你咏沙尘暴；也可能喝多了酒，"伤酒"也可以；也可能是伤别的什么，但你的诗里又没有谈环保、劝戒酒的明确动机，你就是不愉快，所以无端，所以多端，都有可能。

我们有一个传统的治学习惯，这是好习惯，我们研究一首诗，非常希望弄清这首诗的缘起是什么,本事是什么,不弄清楚不放心,心里不踏实。为什么会写这么一首诗,他要干啥呀?他怎么了?他究竟是吃了哪种药片,得出了这样的情感?非常希望弄清楚。那么李商隐有批诗,这批诗歌出现了一个很奇怪的现象,第一它家喻户晓,脍炙人口,朗朗上口,几乎受过中等教育的人都会背诵,但是另一个方面又是歧义很多,所谓聚讼纷纭,各有各的说法,似乎有多么难解释似的。就说对《锦瑟》诗的"锦瑟",一种解释说,是令狐家有一个婢女,这婢女名字就叫锦瑟,李商隐很想念这个婢女,有一种不成功的或者没有完成的,甚至没有表达出来的、藏在心里面的对这个婢女的爱恋。我真希望这个解释是最正确的,为什么呢?因为这本身就是一个非常美的故事。我是写小说的人呀。如果此说能够成立,那就不仅仅是一首诗了,这诗后面是一篇小说!可惜这种解释不完全能说得通。它是无法证明的,更是无法证伪的。西洋有一个比较新的哲学观念,给科学下的定义是:只有能够证伪的东西才是科学的。因为科学规律的总结,一般都是靠归纳法,做一千次试验都是一个结果,所以他得出那样一个公式、一个定理。但从理论上说,一千次试验是不够的,也许第一百零二万三千四百六十四次的那次试验得出的是另外的结果,但是你恰恰还差九千六百四十次,所以用归纳法做证明是不足恃的。为什么它是科学的?因为这个定义从理论上说可以证伪,你证不了伪,所以它是科学的。如果你有一次做的试验跟这个结果不符合,就证明它是伪定理。你认为令狐家有这么一个婢女,究竟是想象的产物,还是善良的愿望,还是真实的,你没有足够多的证明,更无法穷尽证伪,所以它不可能是一个科学的判断。我们假设李商隐是一个多情种子,假设有个叫锦瑟的婢女,假设这个姑娘非常美,但是她能够到"沧海月明珠有泪"的地步吗?能有这么阔大的悲哀吗?能够有这种迷茫吗?不完全能够说得通。笼统地说悼亡,似乎这也能说得过去,因为他确有一种追悼,有一种哀思。可惜这同样没有足够的证明和证伪。这类缺少缘起又缺少本事的抒情,它有一种弥漫性,你怎么解释都行,就是刚才说的"泊莽莽而无垠",是弥漫开的。我常常举一个很恶劣的例子,我想不到好的例子来:你若得小病,很容易诊断出病因,比如你流鼻涕,大夫说你受凉了,昨晚睡觉没有关窗户,或者昨天衣服穿得少,这个很容易解释。可有些病就非常难解释,癌症就非常难解释。你说他因为情绪不好而得癌,这就可以证伪,我可以马上找出四五个人比他情绪还不好,比他的遭遇还倒霉,比他流的眼泪还多,甚至产生过轻生的想法,但是他就是不得癌;你说他因为吸烟多了得癌,立刻我也可以找出来几个不吸烟而得癌的和长期吸烟不得癌的。一个人到了得癌的程度,你已经很难用一个"端"来加以解释。我的意思就是这位伟大的诗人李商隐,他有一种感情上的"病变",反正他感情上有点不对劲儿,这人他倾向于悲观,像他咏榴花、咏笋,都太过了。有一次考试不第,他就"忍剪凌云一寸心",把心都剪了,这人怎么悲哀成这样啊!所以你从他的个性上,气质上,觉得他有很多的问题,但是这些问题又不是一件事造成的,还有很多事,大家都知道,我就不讲了。包括他与牛党、李党的事,这点我们现代中国人最容易理解,就是说站错了队。李商隐他就站错了队了,站错了队,这个事不好办,常常是不好办的。当然还有爱妻早丧等等,很多很多的原因。有了好多好多的原因就无时不是原因、无地不是原因。看到花落是原因,看到树叶黄是原因,看到树叶不黄也是原因,它怎么老绿啊?别的树叶都黄了。我们能不能理解一种不需要说明理由的,或者无法说明理由的感情?我们能不能允许去感受这种感情,而不知道它的缘起?

"无端"又包含着一种解释上的困难。我们中国人读诗有喜欢解释的传统,就是希望每字每句每段每节,互相之间的照应,它的含义,都能够有一个解释。我们是把诗当做一个框架或者当做一个符号,而这个符号的后面应该有一个具体的对象,这个符号的后面应该有一个主体。这种读诗的传统无可厚非,也很好,你总要弄清楚,是不是啊?某人写的是马,这马是什么意思,你总要弄清楚,起码你应该知道这是马不是牛，不是狗，也不是鸟。如"马上"，现在表示"迅速""立即"，但有时就不作"立即"讲，"马上相逢无纸笔"，那时真的骑在马上相逢。但是我们要探讨一个问题，就是有没有可能这个诗本身就是诗，它更需要你来感悟，而不是需要你去解释。这样的事情非常多，这样的艺术作品也非常多。比如说音乐就是一个感悟的艺术，你听着好听爱听，基本上你就算听懂了。可是过去我们的广播电台经常要做一个工作，这个工作对初听音乐的人也有好处，就是说它要给你解释音乐。有的还比较容易解释，比如《命运》交响乐，表示命运的威严和不可抗拒，另外一个副主题表示对它的干扰。有的音乐更简单一些，它是模仿的，比如《百鸟朝凤》，这是很好的音乐，用唢呐来吹，说这段吹的是蝉的鸣声，然后出来黄莺的声音，又出来布谷鸟的声音，又出来山鸡的声音，又出来什么什么鸟的声音，广播员都给你一一解释。但是不是所有的音乐都可以这样解释呢？越是高级的音乐越难以解释，也很难解释清楚。那么在诗里有没有这种情况？当然有。

这种重解释的传统有时会和国外的文化发生某种冲突。在国外，我曾经不止一次被邀请参加文学作品朗诵会，有时我也应邀念一段我自己的作品，但是没有翻译。朗诵会上有人用英语念，用英语念比较普通，因为懂英语的人比较多。但有人用西班牙语念，有人用德语，有人用法语，有人用阿拉伯语，还有人用很怪的少数民族语言念。我就用中文念，他们听了也不懂。一开始我也不理解这种活动，这是干啥呀？弄一堆聋子到这儿，你念我不懂，我念你也不懂。后来慢慢习惯了，觉得这也是一个有趣的活动。起码，如果是一个女作家念，我就会看见她个子是高是矮，是胖是瘦，是很腼腆还是很泼辣。有的人刚开始念的时候，我觉得这个姑娘长得够丑的，她要不丑也不会写这些东西。念一段后，我觉得她声音非常好，慢慢地感动了我，哎呀，她有那么美好的声音，相信写的一定是非常美好的故事。当然人家也会议论我。他们说，我们听你念的还真有点意思。我心想我有什么意思,你哪知道啊?一九八六年,有一个中国的作家代表团到德国访问,被邀请参加一个作品的朗诵会,但没给他们配翻译。第一是无法翻,我这儿朗诵,你那儿翻,这工作连联合国安理会的同声翻译他也干不了;第二你翻译的话,别人还怎么听啊,所以就没人给他们翻。于是我们的中国同行非常愤怒,回来后就写了一篇文章,认为自己受到了虐待。为什么不给我们配中文翻译?既然邀请我们又不给配中文翻译,就是对我们中国的不尊重,就是对中文的轻蔑和侮辱。同样在德国,还发生了另外一件事。江苏昆曲剧院在德国演出《牡丹亭》。他们准备了德语唱词的幻灯片,因为这昆曲,不要说是德国人,就是中国人也要看幻灯片,不看幻灯片你不知道它那个词是什么呀。不仅仅是意大利美声唱法不注重口齿清楚,昆曲京剧都不大注重口齿清楚,注重口齿清楚的是评剧,"巧儿我自幼许配赵家""他帮助我,我帮助他,能写能算学文化",清楚极了。可是京剧昆曲里面,你听不清,他咬文嚼字,发声方法不一样,你听不清楚。但是德国方面就提出不能装幻灯片,这是听歌剧,听歌剧哪有看幻灯的呢?看了幻灯,艺术欣赏的效果就没有了。中国方面就说,那怎么办,没有幻灯哪行呢?德国人提出发一个说明书,简要说明一下剧情就行了。结果这么唱完后,效果极佳,谢幕了好多次。这说明他们有一个感悟的习惯,不要求什么都懂。

那么反过来说,你读古典诗词,是不是知道词句是什么东西,你就算懂了呢?人家告诉你说"蓝田"是陕西蓝田县,那里有蓝田玉,这个知识对于你读这首诗来说很有用,但是它能帮助你理解那句"蓝田日暖玉生烟"吗?瑟这个乐器到底什么样,我也弄不清楚,我也不知道它是像古琴,还是像筝?是琵琶吗?它弦那么多,有五十弦,有的注解说是二十五弦,从五十弦到二十五弦。又考证出来是断弦,断弦就是老婆死了。这个考证是很费劲的,还不如"有个婢女叫锦瑟"更吸引人。但我们知道这个瑟是什么样的,又能帮助我们理解这首诗多少呢?比如徐悲鸿的马,画得很精细的,一看就明白他画的是马，所以没有人说看不懂徐悲鸿的画，为什么？一看，马！齐白石画的虾也很清楚，虾！再看一幅齐白石，一个倭瓜，一棵大白菜，全都认得。那么这个人就懂得齐白石的画了吗？他一看就知道是倭瓜，是白菜，是虾，他真聪明。这个你夸奖三岁以下小孩是可以的，但是你这样夸一个成年人就是讽刺了。所以对艺术鉴赏，对诗，我们不能仅仅要求知道它背后的，而且要知道它本身的，它弥漫开的、它代表的那种情绪。比如李商隐，我觉得他的诗传达到了极致，"沧海月明珠有泪"，它又阔大又寂寥，又有一种超然。海是那么大，珠是那么小，珠的泪会更小，当然你还可以考证这不是珠泪，而是指鲛人之泪，因泪成珠等等，这些都很好，这些知识都很必要。然而我们要承认有一种感情的抽象化，要承认一种感情弥漫的可能，就是说在不同的背景下面或者不同的所指下面，不管它所指的是不是一个对象，它有它的共同性。其实一些最"有端"的诗，仍然有这种感情的概括和弥漫。"问君能有几多愁，恰似一江春水向东流"，这个很有端，李煜是亡国之君，他亡了国了，当然很愁。可是我们读这首词时，我们没有几个是亡国之君，亡国之君的数量还是太少太少了，连一小撮都谈不上。但是"一江春水向东流"本身的概括性已经超过了他亡国之君的经历。电影《一江春水向东流》，是写抗日战争时期以重庆为中心，国民党政权统治下社会的黑暗，人民的痛苦，它也是一江春水向东流。

这里又牵涉到一个诗学的问题，就是在诗里面形式和内容是怎么划分的。一首诗就是形式就是内容，还是形式后面另有内容。另有内容的诗也有，字面上是一层意思，背后又有一层意思。比如说"为得周郎顾，时时误拂弦"，这个背后有一个意思：一个封建社会的臣子怎样能够得到君王的注意。我们古人用"香草美人"象征国君，这是非常奇怪的，是全世界没有的。因为外国诗歌传统，是喜欢用各种美好的东西来象征爱情，来表现情人，特别是表现以男性为中心的女性情人，就是来表现美女。我知道唯一的是中国，能够用"香草美人"、能够用自己对美女的思恋,来表达自己对国君思恋。中国人这种爱君王的方式,真是全世界非常罕见。但这种感情又非常真诚,不是虚假的。《红楼梦》里写贾政给元妃跪下磕头,叩告说:"贵妃,幸勿以政夫妇残年为念。"这时他们已经不是父女关系,而是君臣关系。贵妃是他的大女儿,他跪着说不要以你老爹老娘老两口为念,我们老了,你要好好侍候好"今上"。我每看到这一段都掉眼泪,我觉得贾政非常真诚,不然他不会说"幸勿以政夫妇残年为念"。

有的诗有背后,但有的诗本身就表达了一种情感。这种情感从现实生活中抽象出来了,升华出来了。悲哀就是悲哀,可以是为失意而悲哀,为失恋而悲哀,也可以是为老病而悲哀,为离家而悲哀,也可以是为人生中的各种挫折或者失去了自己的亲人而悲哀,总之它已经变成了一个悲哀。就悲哀写悲哀,写的多种样式的悲哀都和你的悲哀有相通之处,这不能绝对化,但确有这种可能。这确是诗之一种。

我想再谈一下结构的无端。大致来说,我们写文章讲起承转合,叙述一个故事讲前因后果。或者"倒插笔",先讲果再讲因,这也可以。有些东西非倒插笔不可,比如说推理小说。还有的时候所谓"花开两朵,各表一枝",就是说不是一条线,而是两条线,三条线,多条线,有分有合,等等。它们都有各自清楚的逻辑,但是,也有所谓的无端的抒情之作,它缺少这样的逻辑。我们看《锦瑟》,"锦瑟无端五十弦,一弦一柱思华年",这逻辑很清楚,起兴从锦瑟的音乐或者从乐器上想到逝去的光阴,一弦一柱都想起逝去的光阴。但是后边的就有点对不上了,"庄生晓梦迷蝴蝶,望帝春心托杜鹃",这换成别的两句也不是不可能的,这是事实。从情绪上说它们是一致的,一种弥漫的情绪,但是作为诗来说,如果韵差不多的话,你说"锦瑟无端五十弦,一弦一柱思华年。春蚕到死丝方尽,蜡炬成灰泪始干"也凑合。把另一首无题诗的两句拉过来,插在这儿,也可以,这很有趣。中国有一个传统,就是集句,古典文学是很讲究集句的,姓张的和姓李的,"关公战秦琼",都可以放到一块。有的集得非常漂亮。曹禺根据巴金小说《家》改编的话剧《家》,里面有一个最可恶的糟老头子,就是冯乐山。实际上冯乐山也不过四十多岁,现在看也只是一个中年人,当时在激进的巴金、曹禺们眼里,已经是老朽,不可救药了。而这种老朽的文化最可鄙最无耻最无聊之处就在于冯乐山很喜欢集句,他的客厅里挂着一副对联,上联是"人止乐者山林也",集自欧阳修《醉翁亭记》,下联是"客亦知夫水月乎",集自苏东坡《赤壁赋》,对得非常工整,特别是几个虚字,一对是"者""夫",一对是"也""乎",不管是平仄还是音韵,这是对得很好的一个联。但是当时把它作为腐朽代表,冯乐山就是一个恶魔的形象,封建恶魔,把鸣凤逼死的是冯乐山,鸣凤死了,弄了婉儿顶替,用大烟签子扎到婉儿胳膊里的也是冯乐山。这个人罪行累累,不杀不足以平民愤。但是他喜欢的这个集句,集的这个联不错,这是没有什么问题的。我还曾经写过,李商隐的许多诗句,最美的是中间四句。有的诗开始比较平实,结尾也比较平实,但是中间四句非常美,是高潮。为了解释方便,只要头尾四句连读即可,要美化必须有中间四句。"庄生晓梦迷蝴蝶,望帝春心托杜鹃。沧海月明珠有泪,蓝田日暖玉生烟""春蚕到死丝方尽,蜡炬成灰泪始干。晓镜但愁云鬓改,夜吟应觉月光寒",这都是他中间四句。李商隐这一类无题诗,结构上不是我们习惯的线性结构。

还有语言。李商隐的语言最有意思,他的语言始终给我一种活性的感觉。他的无题诗或者以起始两个字为题的无题诗,语言有一种弹性,有一种活动的空间。他的语言颠来倒去的,老是表达那么一种情绪。我曾经做过一个试验,把《锦瑟》五十六个字颠来倒去重组,合并重组,当然没有李商隐原来组得好,但是也能凑合,也能组得出来。在座的同学恐怕不知道,我把我重组的这五十六个字给大家念一念。一个是七言的,格律上差一点:"锦瑟蝴蝶已惘然,无端珠玉成华弦。庄生追忆春心泪,望帝迷托晓梦烟。日有一弦生一柱,当时沧海五十年。月明可待蓝田暖,只是此情思杜鹃。"还是那五十六个字,也还是那个情调。我又把它变成长短句:"杜鹃、明月、蝴蝶,成无端惘然追忆。日暖蓝田晓梦,春心迷,沧海生烟玉。托此情,思锦瑟,可待庄生望帝。当时一弦一柱,五十弦,只是有珠泪,年华已。"还是那五十六个字。然后我把五十六个字变成二十八个字一句的上下联,这个上下联也不工稳,但咱们凑合一下:"此情无端,只是晓梦庄生望帝,月明日暖,生成玉烟珠泪,思一弦一柱已。春心惘然,追忆当时蝴蝶锦瑟,沧海蓝田,可待有五十弦,托华年杜鹃迷。"我原以为这种重组是我的一点发明呢,后来发现这不足为奇,不是发明。大家都知道《兰亭集序》有名,"群贤毕至,少长咸集",很多人会背。如果你到绍兴兰亭去,就发现那儿有一个清朝人吴门石韫玉氏,把《兰亭集序》完全打乱,重新写一篇,叫做"颠倒兰亭序文",字数比《锦瑟》多多了,几百个字。所以我就联想到西方现代派文学有"扑克牌小说",这小说跟扑克牌一样,你可以洗,洗完了以后,第一章可能变成第二章了,你就这么连着读,读出来也是一篇小说。我们过去都把它看作资本主义国家文学的堕落,文学已经恶劣到这般地步了,变成杂耍了,斯文扫地了。当然,这是一种极端的做法,不足为训。但是文字的弹性、活性与可重组性,仍然是一个有趣的话题。那么我做这个试验的目的是什么呢?就是想证明语言的活性,语言的弹性,语言的可塑性。

  我想任何一种语言,最美最好的语言,都是所谓一字不可更换、"添一字则肥,减一字则瘦"的。像《吕氏春秋》,吕不韦一字赏千金,你能修改一字,我赏你千金。那是唬人的,吕不韦权力那么大,谁敢给他改?但是文字把你的思想出色地表达、固定出来的同时,又把你的思想和感情凝固了。语言对思想和感情的表达,第一是利器,没有语言表达不出的思想感情;但第二它又是一个桎梏,把思想感情变成语言,变成文字,但你的思想感情永远比你表达出来的话更丰富、更生动、有更大的空间。一些最好的语言也是这样,"有志者事竟成",

这是很好的话,但是这话能概括全吗?"有志者事竟成",那得看什么事了,是不是你有志发明永动机,你有志于"空手套白狼",一夜变大款,你的事竟成吗?也许事成不了,你先完蛋了。任何一种语言,一旦你表达出来,就不好办了。所以禅讲究不可说,你一说出来,味就变了。孔子述而不作,即使是这样,《论语》记录下来以后,慢慢被后人一解释,再一发挥,再一利用,好东西变成坏东西,活东西变成死东西了。文艺学学者鲁枢元先生主张语言分若干个层次。第一层次是潜语言,就是潜在的语言,还没完全形成的语言。一种情感,一种感觉,所谓若有所动,若有所悟,若有所思,若有所悲,这都是潜语言。包括身体语言,你看他脸上的表情,手的一个动作,这也是潜语言。潜语言很美,是非常微妙的。潜语言往往会成为艺术的一个触媒,当你感觉到自己若有所动的时候,一个新的作品,一首新的诗,一篇新的小说或者一段新的描写,可能就诞生了。第二层次就是语言,就是把它说出来或者写出来的,经过反复斟酌、反复推敲、反复修正,固定下来,具有了一种确定性,也容易传播、容易记载。关于"反复推敲"这一点,我随便插一句。香港中文大学的国学大师饶宗颐先生跟我讲过一段话,我很赞成。他说他最不喜欢的就是"推敲","僧推月下门""僧敲月下门"没有什么了不起,推也行,敲也行,根本用不着在那儿又推又敲,作诗的人如果把精神都用到推和敲上面,他的诗反倒作不好了,为什么贾岛不是一个很好的诗人呢,他整天推啊敲啊,还行吗?因为好诗都是天成的,"唰"就出来了。当然,推敲也是一种手法。饶先生的话证明,即使是"推敲"这个美好经典的故事,也是经不起推敲、经不起抬杠的。文学上的东西最经不住抬杠,我今天讲的这些,如果哪位起来愿意批评指正,我立刻就体无完肤,因为都不难找到相反的例子。"推敲"很好很美,我原来一直以为这故事很好,韩愈碰到贾岛,贾岛手还在那儿比画呢,是敲还是推,这有点像京剧的动作。但是饶大师这么一讲呢,我也顿开茅塞,真是无聊得很,什么推呀敲的!最后一个层次是超语言。语言,一般为了交际,为了表意,说"把那个苹果拿来",这是很普通的一种语言。超语言,就是话里边还有话,话外边还有话,话本身可能倒没话了。最通俗的例子就是侯宝林讲乡下人搞对象,两人见面不知道说什么好,然后这男的就问:"你看见过大老虎吗?"这话本身没有实际意义,女方看没看见过老虎,男方完全没有关心的必要,因为他既不是动物学家又不是动物园的饲养员,也没有准备推销老虎。然而这又表达了此情此景。

把语言坐实了以后,一个最美好的语言,也会变得索然寡味。最煞风景的是我在一家晚报上看到的一篇文章,文章叫《诗谜》。说白居易一首著名的诗:"花非花,雾非雾,夜半来,天明去。来如春梦不多时,去似朝云无觅处。"这有点李商隐作品的味道,我也非常喜欢,我上高中的时候就会唱这首诗谱的歌。那篇文章说,其实这诗是一个谜语,还说,他把这个谜语给家里南方的小保姆一讲,保姆立刻猜出来了:"知道了,知道了,这就是那个霜花。"他的小保姆也是位天才,因为说是霜花贴切极了。可是说白居易写的是个谜语,谜底就是霜花。我看了真有受挫的感觉,比走在大街上钱包被摸去了还要难受。我这么喜欢的一首诗,这么流连徘徊不已的一首诗,我老想着的这种美妙境界,到了,它不过是一个谜语,而谜底已经找出来了,还是他家的小保姆找出来的,小保姆居然还不费吹灰之力!我们的文学能不能保持一点语言的弹性,语言的活力,语言活动的空间,语言互相替代的可能,语言的流动性,我们能不能保留语言本身的美呢?

这个"美"的问题,更是一个深不见底的问题。我们觉得李商隐的诗非常美,美得非常奇怪——他把颓丧表现得很美。颓丧不好,我完全无意提倡青年人都学李商隐,一个个都是"先期零落更愁人""忍剪凌云一寸心""一寸相思一寸灰",青年都这样就完蛋了,中国就完蛋了。但是李商隐的这些消极的悲哀的软弱的情绪怎么能表现得这样美丽呢?"一春梦雨常飘瓦,尽日灵风不满旗",太软弱了,连雨都飘到瓦上,而不是落到瓦上,更没有伟大的毛泽东"大雨落幽燕,白浪滔天"的豪迈,他连"一江春水向东流"的气势都没有,那儿还有个江水。"尽日灵风"连一个旗子也吹不起来！可是所有这些东西又为什么这么美丽呢？李商隐是通过修辞，他喜欢用一些今天诗人不喜欢的东西，金呀、玉呀、珠呀、翡翠呀，用这些东西来表达美丽的感情。我记得恩格斯引用过一句话，谁的话记不清了，说"少女为失去的爱情而歌唱，商人却无法为失去的金钱而歌唱"。引用的这句话也是非常美丽的。但如果你要硬抬杠的话，李商隐用金啊玉啊这些东西，用很富贵的含金量很高的东西，也能够构成一个很幽深的、很美丽的意境，他真是一个变数。当然，这是硬抬杠。

我们中国人对美的理解与教化是分不开的。"《诗》三百，一言以蔽之，曰：'思无邪。'"无邪是美的前提，我也很赞成。但我有个很大胆的探索性疑问，就是那些在道德上，或者在人生的价值取向上是反面的东西，它能不能是美的？作为价值取向，我个人不是李商隐类型的，那种悲悲凄凄、颓颓丧丧的人，我不喜欢。我宁愿喜欢一个痛快一点，幽默一点，豁达一点，积极一点的人。但是他把愁绪编织成一个美丽的殿堂时，他的修辞的功夫、表意的功夫，把消极的情绪加以规范，使它进入了一个诗的境界，美的境界。我举一个极端的例子：三个人都发愁，一个人发愁去写诗，一个人发愁去喝闷酒，还有一个发愁去吸毒，三者不一样。那么我们宁愿提倡，既然这么愁，那么还是写一些悲哀的诗吧，写点令人泪下的诗吧，你自个儿愿意一边写诗一边流泪，你就尽情地流吧，这给社会不造成什么大的危害。这个问题我思索了很久，在这里求教于大家。消极的东西可以有这种审美的功能，那么恶的东西能不能变成审美的东西呢？这话有一点敏感性，但这是事实。我看京剧《武松杀嫂》，这个戏从内容上，我不喜欢，里头涉嫌暴力，杀嫂当然不是好办法，也涉嫌色情。一个暴力，一个色情，都是我们不喜欢的。可是《武松杀嫂》的戏非常好看，潘金莲穿着一身白绸子衣服，在那儿跳各种特技，从桌子上翻跟头下来，又翻过去，这大概叫"卧鱼"，有很多特技。一边是凶神恶煞一般的，也是正义凛然的英雄武松；一边是潘金莲，她的恐惧、求生欲望和她本身的条件(她身材很好,相貌很美),被表演成一种非常美的舞蹈动作。中国人欣赏的时候,可以持欧阳予倩的观点,也可以持魏明伦的观点,把更多的同情心给潘金莲,这个我也不反对,因为也没有什么硬道理要潘金莲必须死守武大郎。潘金莲本身就是被毁灭的美,被毁灭的青春。潘金莲下毒药谋杀亲夫当然是坏手段,但戏曲舞台上的表演是让人欣赏的,你说这种欣赏很丑恶,这可以,但是它归根结底是让人欣赏的。和《武松杀嫂》有点像的是一九九九年我在爱尔兰都柏林看王尔德的《莎乐美》。我们过去一般都把王尔德、萧伯纳当英国人,可是爱尔兰独立了,人家强调他们都是爱尔兰人,不是英国人。莎乐美是位非常美丽的公主,她爸爸抓住了一个邪教头子,邪教头子一直在舞台上被绑着。莎乐美一出来就爱上了邪教头子,可是邪教头子对莎乐美不屑一顾。宫廷卫队队长爱上了莎乐美,莎乐美对宫廷卫队队长也不屑一顾。于是卫队长当场拔剑自刎,尸体被抬出去了。这就很不吉利。这时她爸爸就提出来:莎乐美,你给我们跳个舞吧。莎乐美的舞大概跳得很好。莎乐美坚决不跳,她爸爸说:你跳,你跳一个舞,你提的任何要求我都答应。莎乐美说:真的吗?你说话算话?她爸爸说:算,算!演莎乐美的小姑娘当然是非常美的,而且有英国人最喜欢的那种沙哑嗓音,热乎乎的很温暖的嗓音。莎乐美就说:我的要求就是把邪教头子的脑袋割下来送给我。她爸爸说:不,不,你不要提这种要求,太可怕了。但莎乐美说:你已经说过了,当着我的母亲说了,当着所有的大臣说了,一个国王必须遵守自己的诺言。然后莎乐美跳了一个舞,她爸爸就把邪教头子的脑袋割了下来。莎乐美就抱着那个脑袋,亲吻那个脑袋说:"我终于得到你啦,我爱你啊!"这剧中国人看着太刺激了,由于爱,就把脑袋割下来了,以后哪个男士还敢被人爱啊?这里头美和恶、残忍联系起来了,和暴力、血腥联系起来了。我不知道欧洲人是怎么一种心理。我还看过一个法国现代人写的吸血鬼的故事,因为欧洲特别流行吸血鬼的故事,就像我们中国的白骨精的故事。我还翻译过一个吸血鬼的故事，写一个女人非常美丽，但她要经常地吸一些人的血保持美丽。好在李商隐的作品中没有暴力倾向，色情得也不厉害，固然说他有狎妓，有和女道士一起游的故事，我倒宁愿他这些故事都是真实的，这样的话除了诗歌以外，还会有一些小说可看。

最后，我再谈一点，其实这种"无端"和"有端"是分不开的。我说李商隐有一部分诗是无端的诗，是缘起和本事付之阙如的诗，或者是缘起和本事不便说出的诗，或者没有缘起和本事、语言背后并没有特别明确对象和内容的诗，或者我说它结构和语言都带有某些无端的特点。但它并不是什么都"无"，它有什么？它有诗。"有之以为其利，无之以为其用。"我刚才重组了那么多花样，也是因为有他五十六个字在那儿摆着呢，没有那五十六个字，玩不出来什么花样。我们中国有一些奇特的说法，比如中国哲学里面，有时我读起来跟读天书一样，我看着跟说绕口令一样。但是你用来读一读李商隐的诗，你对中国的那些说法就增加了一些了解。比如说"无"："无"非"无"，"无"并不是"无"，你觉得这开什么玩笑呢？王蒙非王蒙，安徽非安徽，师大非师大，李商隐非李商隐，你不知道这话什么意思，但是放在这里我就懂了。"无"非"无"，"无"不是什么都没有，"无"里有"有"的根据，有"有"的契机，有"有"的框架，"无"非"无"，"无"非"非无"，这就是语言的限制，你没法表达了。你怎么表达？你用绕口令都表达不出来。"无"非"无"，"无"非"有"，"无"非"非无"，越绕越绕不清。但是你若能绕到这一步，你对李商隐，对中国的哲学、中国的美学、中国的诗学也可能就增加了一些了解。办事的时候，"无"和"有"，就说 yes 和 no 就行了，你收到一千块钱，你不能写成"我未收到一千块钱"。但是在哲学上、在语言上有那种"有""无""非无""非非无"的现象。有一年我去德国，考证出一件事情。侯宝林说的绕口令"吃葡萄不吐葡萄皮儿，不吃葡萄倒吐葡萄皮儿"，我一直不明白它是什么意思，侯宝林是现代派么？吃葡萄不吐葡萄皮，这个可以理解。所有的外国人和中国的兄弟民族，吃葡萄都可以不吐葡萄皮。葡萄皮是可以吃的,还可以不吐葡萄籽,葡萄籽也是可以吃的。吃葡萄不吐葡萄皮,这可以做到。但是"不吃葡萄倒吐葡萄皮儿",这个我就不明白了,不吃葡萄倒吐葡萄皮,是从肚子里什么地方长葡萄皮来了?我在德国一位汉学家家里看到一本上世纪二十年代出的《北京俗语辞典》,里头就有这样一句话,它是反过来的,是正常的,"吃葡萄您就吐葡萄皮儿,不吃葡萄您就不吐葡萄皮儿",这个很合乎逻辑,但是缺少趣味,侯宝林把它改了,他是相声演员,要把语言变得幽默一点、有趣一点。侯宝林被北京大学聘为兼职教授不是没有道理,在语言上他是有想法的。那么在"无"和"有"之间,"无端"和"有端"之间,我们能够使我们的诗学更多一些弹性,更多一些精神活动的空间,更多一些感悟,同时也不废我们对它的理解、解释和注释,这样也许我们会变得聪明一些,视野开阔一些,离鲜活的真理更近一些。

我今天的讲话属于"没吃葡萄乱吐葡萄皮儿"的性质,大家姑且听之。

发表于《安徽师范大学学报》2002年第4期

附：

# 门外谈诗词[*]

我对中国传统诗词的阅读,大致保持在《唐诗三百首》和《千家诗》的水平上,但是我有兴趣,一些问题爱瞎琢磨,就是我说过的"野狐禅"。所以希望在座的真正的诗学专家能给予指导。我想就三个问题和各位同好们进行讨论。一是关于"诗言志"的问题;一是关于诗歌的寄托和它的含义;一是中国传统诗词的整体性与个人性。

## 一 关于"诗言志"

我觉得"诗言志"这个说法很有意思,和西洋的文论不同。西洋文论大体上就是"再现说"和"表现说"。"再现说"基本上是"反映论":诗歌也好,其他的文学作品也好,都是现实生活的一种反映。俄国的车尔尼雪夫斯基就有一个著名的命题:"美即生活"。"表现说"则认为主要是自我的表现。"诗言志"不像是"再现说",不像是"反映论",也不像是"自我表现论",因为"自我表现"什么都能表现,既表现"志",表现"情",也表现"思",西洋文学还喜欢表现"欲望"。"诗言志"和"自我表现"有相通之处,但不太一样。我觉得孔子讲"兴""观""群""怨"更集中,因为"兴""观""群""怨"说包含了

---

[*] 本文是作者在安徽师范大学的演讲。

"表现"和"再现"的东西。"诗言志"不但指表达自我,而且有表现精神生活走向的问题——我的精神生活往哪里走,往什么方向去;既包含着价值判断,也包含着审美判断——我倾向于什么,喜欢什么,因为"志"就是"志趣"。当然"志"也可以再现,因为"志"也可以是"县志""人物志"的"志"。

"志"不是绝对的,有许多诗,不太好分析它是言什么志,如"两个黄鹂鸣翠柳,一行白鹭上青天""明月松间照,清泉石上流",有点"志",就是返归大自然。不过确实有许多动人的诗表现了诗人的精神走向。这里举一些最简单的例子。杜甫,很有仁者之风,如《茅屋为秋风所破歌》"安得广厦千万间,大庇天下寒士俱欢颜,风雨不动安如山!呜呼!何时眼前突兀见此屋,吾庐独破受冻死亦足!"这里"志"很容易理解,我不作解释。李白那些脍炙人口的诗,也表现了他的精神上的一些走向。如"天生我材必有用,千金散尽还复来!"有点儿说大话——李白喜欢说大话,说大话也不见得坏,既无损于别人,也不会给他带来虚名和多少实惠。中国诗里说大话者非常多,这与"诗言志"的观念有关——"志"越大越好,不是越小越好。这两句诗很乐观,很自信。实际上,"天生我材必有用"是一种人生,"天生我材没有用"也是一种人生,"天生我材不得用"也是一种人生,"天生我材更倒霉"也是一种人生,"从来才命两相妨"也是一种人生,"文章憎命达"同样是一种人生,但到李白这儿是"必有用"。这个大话说得很好,对人有鼓舞作用。李白诗多表达这种东西,如"蓬莱文章建安骨,中间小谢又清发。俱怀逸兴壮思飞,欲上青天揽明月";"仰天大笑出门去,吾辈岂是蓬蒿人!"更是说大话了,其实他不是蓬蒿人,跟蓬蒿人也差不多,他没有看透这一点。

我举一个李商隐的例子,因为我冒充李商隐诗歌的爱好者已达十余年了。李商隐的诗不大容易看出"志",它有一种弥漫性和惶惑。"沧海月明珠有泪,蓝田日暖玉生烟",这是达到了极致的境界,既是"物境",也是"心境";既是客观的,又是主观的。李商隐多少有点儿唯美,他能够把悲哀、失望、惶惑乃至于颓废变成非常美的东西。人生有很多消极的东西,就好比病毒,对于大多数人来讲,它有毒化精神的作用,但经过唯美处理以后呢——就好像是病毒经过培养、稀释——就不再是毒害而是丰富你精神的东西,它可以增强你的免疫力。李商隐和别人不同,他喜欢用"金"啊、"玉"啊这些很贵族很繁复的语言来表达那些最悲哀的情绪。没有经过这种"免疫"处理的,就好比一出门就碰到一件很悲哀的事,譬如一个好朋友死了,或是一场车祸,或是一个人吊死在你眼前,你会觉得非常晦气,一天的情绪都很低落。但是,经过"免疫"处理就不一样了。同样是出门碰到丧事,如果治丧者请你修改一首非常漂亮的追悼死者的诗,你对文字、章句爱不释手、爱不释目就会减轻你对死亡的痛苦,使这种痛苦变得比较能够忍受。我讲《红楼梦》时,常举一个例子——《宝玉探晴雯》,这也是一出非常有名的梅花大鼓的段子。晴雯死了,大家非常痛苦,贾宝玉尤其痛苦,他作了一篇《芙蓉女儿诔》,在那儿读,被林黛玉听见了。黛玉说作得非常好,但"芙蓉帐里,公子无缘。黄土垄中,卿何薄命!"几句词应该改一改。宝玉改了一个词儿,林黛玉又感到这个词儿是针对她的,忽然变得非常难过。这里写的就是把一件十分悲哀的事审美化、文字化、语言化、文学化,变成一种纯美的东西,使得人和悲哀之间有了一种间离的感觉。这个问题比较复杂,我在这儿不细说。

外国的这种唯美主义更可怕,不仅可以美化悲哀,还可以美化暴力事件。去年我在《读书》杂志上写过谈莎乐美和潘金莲的文章,莎乐美是位乖张却很漂亮的公主,她爱上"先知",可是"先知"不爱她,于是她要求腓力王把"先知"的脑袋割了下来,她捧着这个脑袋亲吻。中国人看了,会觉得非常恐怖,可是王尔德经过一些处理,使它纯美化了。所以在李商隐的诗里,我们读到的既不是杜甫的那种"仁者爱人"的"仁",也不是李白的那种乐观、阔大、浪漫、说一些大话,而是一种弥漫的对美的追求。这里引用一段梁启超关于李商隐诗的评论文字:"义山的《锦瑟》《碧城》《圣女祠》等诗,讲的什么事,我理会不着。拆开来一句一句叫我解释，我连文义也解不出来。但我觉得它美，读起来令我精神上得一种新鲜的愉快。须知美是多方面的，美是含有神秘性的。"

关于"诗言志"，我想更多地举一些今人和近人的例子，因为这些人在诗学上不太被重视。我今天早上请教过余老师，我说咱们的诗学研究不大研究今人、近人的诗歌，但今人、近人在"言志"上所达到的成就，有些方面超过了古人。我特别想从清朝的龚自珍说起。我觉得现在很多人的"言志"传统是从龚自珍那里来的，因为龚自珍面临的是清朝社会的解体和腐烂，他自己才能又很高，个性又比较强，又有很多毛病——据说龚自珍也是一个爱说大话的人，而且好赌、黄、赌、毒，他至少占一样——他与社会、环境、体制之间有各种各样的矛盾，所以他的诗里处处表达出他的那种自信、胸怀和不得志的悲哀。如《夜坐》："春夜伤心坐画屏，不如放眼入青冥。一山突起丘陵妒，万籁无言帝座灵。""一山突起丘陵妒"——小山包都嫉妒高山，这写的显然不是山和山之间的关系。我们只知道人和人之间有这种嫉妒的关系，山和山之间没有，黄河不会嫉妒长江，珠江也不会嫉妒黄河；动物之间有没有嫉妒还待考——可能有，因为一群马里有两匹公马，它们就斗得不可开交——但是人之间比较明显。再如《己亥杂诗》"落红不是无情物，化作春泥更护花"，将自己比喻成"落红"，"化作春泥"还要"护花"，这已经成为经典了。毛泽东主席在鼓吹"大跃进"、鼓吹人民公社、鼓吹农业合作社、鼓吹"三面红旗"的时候，也用了龚自珍的诗："九州生气恃风雷，万马齐喑究可哀。我劝天公重抖擞，不拘一格降人才。"有人批评龚自珍这首诗写得并不好，太直白了。但是，要知道许多名诗都非常直白，杜甫很多诗直白，李白很多诗也很直白。我觉得龚自珍这首诗还是非常的好，不管他吹牛也好，好赌也好，还是以天下为己任，觉得"吾曹不出，如苍生何？"——中国的诗人都觉得自己非常重要，所以他要管到"天公"那里去，希望"天公重抖擞"，"不拘一格降人才"——好赌一点，也还算是人才。当然,"万马齐喑究可哀"是非常沉痛的,沉痛表达了深度。有时候,诗写得越是沉痛,就越显得有深度;如果写得快乐就显得傻(这不一定对,因为一个人快乐也可能是很深沉的),你必须做悲戚状、做沉痛状、做痛心状。我也正在思考这个问题,以后给你们讲什么,少讲一点儿笑话,多含一些泪水。再如《湘月》"屠狗功名,雕龙文卷,岂是平生意!"把历史上的立业、立德、立言、立功都放在了脚下;"怨去吹箫,狂来说剑,两样销魂味",把一切全概括进去了。我觉得龚自珍这样的词,已经超越了很多古人,但没有得到很高的评价。我们再举秋瑾的例子。她写物,显然是"言志",是表现她的志趣、她的"品"——中国人讲"诗品""境界""格调",都和"诗言志"这个传统有关。秋瑾并不是专业诗人,主要是革命家,她的诗从专业的角度看或许会遭诟病,但的确写得好,如《宝剑诗》"神剑虽挂壁,锋芒世已惊。中夜发长啸,烈烈如枭鸣。"剑挂在墙上,其锋芒却使世界震惊——这位"鉴湖女侠"真是不简单。又如《咏梅》:"开遍江南品最高,数枝庾岭占花朝。清香犹有名人赏,不与夭桃一例娇。"显示出自己与众不同和那种特别的锐气。

讲到现代知识分子,人们总是爱提到几乎被树为偶像了的、被神圣化了的一些人。今天不讨论思想史的问题,可以看看他们的诗究竟言的是什么"志"。譬如王国维,他是不愿看到清朝灭亡而自杀的,对此有各种说法和解释;他有极高的才华和地位。这里举一首他的《咏史诗》:"西域纵横尽百城,张陈远略逊甘英。千秋壮观君知否?黑海西头望大秦。"王国维是一位学者,但志趣不仅仅是考证一下文字,或者是写写词话什么的;他也志存高远,充满了治国平天下的壮志,或者说是一个情结,甚至超出了别人对他的期许。

再看建国以后,有些"言志"的诗写得太有味道了,值得我们稍微回顾一下。先说邓拓。他是一个老革命,书法很好,曾任《人民日报》主编,常受到毛主席的批评,有时也受表扬;后任北京市委书记处书记,管文教工作;"文革"开始后不久,服安眠药自杀。他的《留别人民日报诸同志》影响比较大。"笔走龙蛇二十年,分明非梦亦非烟。文章满纸书生累,风雨同舟战友贤。屈指当知功与过,关心最是后争先。平生赢得豪情在,举国高潮望接天。"这是一首七律,但真正的内容只有三句。第一句是"笔走龙蛇二十年",是说做革命文字工作,包括传媒工作、写作工作、文教工作,已经二十年了。"分明非梦亦非烟",完全可以不要,是用来凑韵脚的。第二句是"文章满纸书生累",也是最关键的一句,是说我写的东西太多了,变成了一个累赘、一个负担、一个麻烦——果然,他最后死在这上面,因为写了《燕山夜话》。"风雨同舟战友贤",这句也用不着,一是为了对仗,"文章"对"风雨","满纸"对"同舟","书生"对"战友","累"对"贤",对得很工整;一是为了表达一些积极的思想,因为他毕竟是党的高级干部——但从意思上看,总觉得别扭,"文章满纸书生累"怎么变成"风雨同舟战友贤"了呢?从哪出来这么正确、这么好听的一句呀?第三句是"屈指当知功与过"。这话任何人说都可以,但邓拓这儿很沉痛,因为他编《人民日报》老受批评,这么多年自己的功过,谁与评说?他感到很沉重,很悲伤。"屈指功过"这话太消极了,所以必须加上一句"关心最是后争先",就是说,我是落后了,但我要争取先进。这真是一个好党员,一个好同志,完全符合保持先进性的要求。就凭这三句,我觉得这首诗写得非常好。

再讲陈寅恪,陈寅恪也不以诗著名,他是一位史学家,双目基本失明,在广州中山大学。我们看他的《丁亥春日阅花随人圣庵笔记深赏其游旸台山看杏花诗因题一律》:"当年闻祸费疑猜,今日开编惜此才。世乱佳人还做贼,劫终残帙幸余灰。荒山久绝前游盛,断句犹牵后死哀。见说旸台花又发,诗魂应悔不多来。"这里我们能看到什么?我说不好,因为我对陈寅恪不太熟悉。但从诗里如"世乱""闻祸""断句"这些词中明显感觉到,面对新中国的建立,中国的动荡,他有一种生不逢时、正逢乱世之感,这和后面要说的革命家完全不一样。再如"荒山",还流露出荒芜感;"后死哀",又流露出悲剧感。此诗所表现的正是陈寅恪在大变动中的那种六神无主和悲哀。

聂绀弩也写了很多沉痛诗篇。他是左翼文人，后来划为"右派"，去劳动。他本不写旧诗，而写杂文、评论。"大跃进"时，劳动队要求他一天写二十首诗歌颂"大跃进"。他写劳动的诗极好，有些很沉痛，有许多刺人的句子，如《血压三首·其三》："尔身虽在尔头亡，老作刑天梦一场。哀莫大于心不死，名曾羞与鬼争光。余生岂更毛锥误？世事难同血压商。三十万言书说甚，如何力疾又周扬？""哀莫大于心不死"，改自孔子"哀莫大于心死"，意思是说你必须死心，否则更悲哀。"余生岂更毛锥误？世事难同血压商"，大概是因血压高而生感慨：诗文工作已耽误我半辈子，余生还会因为搞诗文而受害？但世事如同高血压，没法商量，所以他显得很无奈甚至很沉痛。《贺胡风八十寿辰》："无端狂笑无端哭，三十万言三十年。"胡风曾因"三十万言"谈文艺问题而被打入另册，到八十寿辰时已三十年。此诗写得也非常沉痛。《挽雪峰》颔联"文章信口雌黄易，思想锥心坦白难"，也极为沉痛——文章可以乱写，但真正的思想像锥子扎着我的心，没法子说呀！哪里敢说呀！哪里能被人理解呀！这样字字见血，掷地有声的句子古往今来是不多见的。聂绀弩诗里有许多名句，如"男儿脸刺黄金印，一笑心轻白虎堂"，前句用的是林冲的典故——因误入白虎堂而判罪，脸上被刺字，对此，聂绀弩却是豪言壮语——"一笑心轻白虎堂"；再如"高地深浅两双手，香臭稠稀一把瓢"写掏粪；"一丘田有几遗穗，五斗米须几折腰"写拾麦穗的牢骚，都表现了他很特殊的"志"。

再看钱锺书，他的诗非常古雅，不大容易看出"志"来，但有几首"志"很惊人。如"弈棋转烛事多端，饮水差知等暖寒。如膜妄心应褪净，夜来无梦过邯郸"。最后一句写的大概是夜坐火车过邯郸，用了"邯郸一梦"的典故，然而钱先生过邯郸却没有梦，这是钱先生的特点，因为他看一切都非常透彻，从不跟着"往上走"。此诗作于一九五七年，当时一些知识分子对一些事情非常热心，激动万分，如新中国成立前编过《观察》杂志的储安平先生,因为被吸收为《宪法》起草委员会委员,兴奋不已,以为受到知遇,将要为国家做出巨大贡献,钱先生却觉得他未免太天真——果如所料,储安平不久即被划为"右派",最后不知所终。钱先生就是这么透彻、清凉,所以他"无梦"。不过我觉得钱先生是不是太凉了点(体温绝不到三十七摄氏度)?人活一辈子连点"梦"都没有,未免有些遗憾;再说大家都这么透彻,国家还有救吗?我忍不住插这么一句,并无对钱先生不敬之意,钱先生这诗写得非常好,值得学习。钱先生有些诗写得淡一点,也非常好,如《老至》:"徙影留痕两渺漫,如期老至岂相宽。迷离睡醒犹馀梦,料峭春回未减寒。耐可避人行别径,不成轻命倚危栏。坐知来日无多子,肯向王乔乞一丸。"颈联是说我只能避开众人另辟蹊径,如若不然就等于不要命。诗写到这一步,不再是诗,而是人生的况味,生命的体验,精神的呼号和巨大的叹息。历史上这类诗不少,如文天祥的《正气歌》就不是作为纯诗来写的。

当然,一九四九年后的知识分子也有很愉快、很幸福的体验,如老舍《今日》:"晚年逢盛世,日夕百无忧。儿女竞劳动,工农共戚休。诗吟新事物,笔扫旧风流。莫笑行扶杖,昂昂争上游!"(载一九七七年十月《人民文学》)诗写得很真诚,表达的是在新中国如鱼得水,其乐无穷的心情。

在社会变革中,一些坚定的革命家也写出了许多脍炙人口的诗篇,他们的"志"同样非常感人。如毛主席著名的《沁园春·长沙》,"独立寒秋,湘江北去",无论如何表达了非常高远的志向,特别是"鹰击长空,鱼翔浅底,万类霜天竞自由",表达了人与万物欣欣向荣的"竞自由"的精神;还有"怅寥廓,问苍茫大地,谁主沉浮""指点江山,激扬文字,粪土当年万户侯"。毛泽东青年时代所表达的志向是他人所无法比拟的。

周恩来的诗也是非常好的,但后来不写了。《大江歌罢掉头东》:"大江歌罢掉头东,邃密群科济世穷。面壁十年图破壁,难酬蹈海亦英雄。"第三句是经典,是人生的哲学原理,人都要有"十年面壁图破壁"的决心,但"面壁"不是目的,"面壁"是"图破壁","破壁"是摆脱束缚,从必然王国进入自由王国。仅此一句这首诗就非常好。

陈毅的诗,特别是在战斗中写的诗也非常好,如"断头今日意如何?创业艰难百战多。此去泉台招旧部,旌旗十万斩阎罗",这种革命的豪情,这种激越,让人不能不钦佩。

总之,"诗言志"为诗词带来了一些很不寻常的东西。诗词能见境界、见个性、见修养,以至含有某种神学意味,有时像寓言,有时似谶语,诗人在诗中好像预见了自己命运,由诗可以判断诗人的命运。

## 二 诗词的寄托与含义

诗什么都可以写,如风花雪月、花鸟虫鱼、阴晴寒暑、生离死别……但除所写的这些外,我们往往觉得还有"言外之意",有象征意味。有些写爱情的诗表达的是对君王的感情,是政治热情,这是最令人纳闷的,因为外国人与此相反,他们认为最本初的、最激动的是男女之情,写什么都以爱情为最高参照系。如俄国杜勃罗留波夫去世后,著名诗人涅克拉索夫写追悼诗,有一句"他爱祖国就像爱女人"。这在中国是太反动了!爱祖国怎么能就像爱女人呢?小流氓也爱女人啊!我曾经请教叶嘉莹先生这个问题,她说:不得不承认,中国历代知识分子都有一种情结,即希望为世所用,受到明君赏识,希望自己不仅仅是"屠狗""雕龙",而能够辅佐明君,"修身齐家治国平天下",这种感情非常深,在基因里代代相传,变成中国人尤其是中国诗的文化密码、语码。

有的非常明显,如"香草美人",屈原就写了很多的"香草""美人",表达的是对楚君的一腔忠诚,屈原说自己爱楚君如同爱美人。再如王建《新嫁娘》:"三日入厨下,洗手作羹汤。未谙姑食性,先遣小姑尝。"讲的实际是官场,"新嫁娘"指新上任的官员,"姑"指"老板",即上司。新官员要想得到"老板"的赏识,起码不让他讨厌,就必须了解他的习性,但又不能直接问,所以就多咨询"小姑"——"老板"身边的人。我觉得这样理解是有道理的。当然,将它看成仅仅是描写新嫁娘也是合适的。

也有些值得争论。如杨巨源《城东早春》:"诗家清景在新春,绿柳才黄半未匀。若待上林花似锦,出门俱是看花人。"有的说是讲作诗的,诗人的构思就像新春,必须抓住时机,不能等到大家都写才去写,不要趋时,不要从众。而诗论家却认为它是讲用人的,即在人"才"萌芽时,就要知微识渐,实施培养、使用计划,这种理解不能说没有道理。我认为如何理解此诗关键不在于杨巨源当初写这二十八个字是否有意献给吏部,而在于世界上有许多事理是相通的,只要事理相通,怎样理解都可以,譬如说是讲科研、经商、管理、体育锻炼等都可以。

我对这个问题有兴趣并非始于诗,而是散文。四十年前我读鲁迅《雪》,看到冯雪峰先生的解释,他说《雪》作于大革命时期,文中南方的雪代表革命力量,是明艳的、美丽的,北方的雪则象征军阀,是腐朽的、垂死的。而我阅读的感受截然相反,如鲁迅者,他的爱是在北方的雪,鲁迅的性格正是北方的雪而不是南方的雪。所谓"几个孩子来访问他,对了他拍手,点头,嬉笑","晴天又来消释他的皮肤,寒夜又使他结一层冰","嘴上的胭脂也褪尽了",都有春秋笔法,包含着他对表面浓艳、美丽,青春一样的南方雪的某些怜悯乃至嘲弄。"在晴天之下,旋风忽来,便蓬勃地奋飞,在日光中灿灿地生光,如包藏火焰的大雾,旋转而且升腾,弥漫太空;使太空旋转而且升腾地闪烁","是死掉的雨","雨的精灵","是孤独的雪",这才与鲁迅的精神相通。同时我又认为,鲁迅《雪》就是写雪,写北方雪无意于"夫子自道",写南方的雪也无意于象征别的什么,但这却是鲁迅的雪,不是冰心、张爱玲的,也不是胡适、巴金的雪,这里的雪有鲁迅的个性。

写作上常常有这样的情况,有时甚至能构成文字狱。你如实地写一样东西,但读者能够联想到很多,因为你已经将自己的灵魂与所写对象融合起来。这里我举一个自己的例子。一九五六年九月我发表《组织部新来的青年人》,次年初老作家康濯写了一篇批评文章。小说有一段写主人公林震与赵惠文告别,赵惠文说:"你闻到小槐花的香味了吗?它比桃李浓馥,比牡丹清雅,你闻不见,真是的。"我写作时并无任何动机,只是表现二人之间心情的交流,但康濯老师作了特别精彩的分析,说两个主人公用桃李比喻芸芸众生,牡丹比喻权贵,他们既看不起芸芸众生又看不起权贵。这样的分析尽管有对我产生不良后果的可能,但我不能不佩服,它比我写的伟大,也许与我所写的真的存在着某种联系,因为它反映着人们精神生活的走向。

古典诗词更是如此。我曾经与叶嘉莹先生讨论温庭筠《菩萨蛮》"小山重叠金明灭,鬓云欲度香腮雪。懒起画蛾眉,弄妆梳洗迟。照花前后镜,花面交相映。新贴绣罗襦,双双金鹧鸪"。该词描写一位美丽女子的闺中生活,但清人张惠言认为是表达士人不为所用的苦闷。我实在无法理解温庭筠写此词就是为作政治的讽刺,但世上的事有许多是相通的,一个女子的貌美得不到世界的承认,既不能参加选美,也不能参加模特大赛,甚至不能被某个"大老板"看中给"包"过去,在那儿闲置着,她和一个很有才能的人在那种体制下得不到重用是一样的,而偏偏中国的知识分子人人都相信自己有伟大的才能,李白、杜甫、李商隐、韩愈、王安石、苏轼等都相信。再举杜甫《春夜喜雨》。"随风潜入夜,润物细无声"现在频频被使用,不是作为对雨的描写,而是作为一种道德的标准,尤其是师范教育的标准——我们要为人师表,要桃李满天下,要"润物细无声"。但诗本身字字写的是雨,尤其是"晓看红湿处,花重锦官城"。

由此我们得出结论:如果你是"仁人",你所写的雨、雪、花、风、草、山、水就都有"仁心"存焉;你是"义士",就都有"义气"存焉;你是不合时宜的"牢骚鬼",你写的酒、肉、娶媳妇、聘闺女,也都会充满牢骚。相反,如果非常执着地用考证的方法解释诗,说它是为写什么而不为写什么,就会煞风景,扼杀诗意。越是好的诗,相通的东西越多,与人生况味相通,与诗人自己的精神走向相通,与刚刚发生的某些大事相通,甚至与某种科学道理相通,就像鲁迅《雪》一样。解诗不能非得坐实,关键是诗本身有没有概括性和普遍性;有时坐实了,反倒会把一首诗杀了。我在报纸上看过一篇文章,作者说自己一直弄不懂白居易《花非花》"花非花,雾非雾,夜半来,天明去。来如春梦不多时,去似朝云无觅处",可他们家保姆一看就懂,说这是谜语,谜底是冬天玻璃上的"霜花"。她解释得好极了,简直是个天才保姆,可也是白居易的天才"杀手"。我原来非常喜欢这首诗,可是现在每每想到这个保姆的解释,就如同吃了一只苍蝇。所以我们解诗,尽可能地不要超出情理所允许的范围,不要忘了它是一首诗,要留有联想的余地。

## 三　传统诗词的整体性特征与个性特征

中国的诗歌传统与外国不同,譬如讲"出处"。《红楼梦》十八回写元春省亲,命贾宝玉题诗,贾宝玉用了"绿玉"二字,薛宝钗说元妃最讨厌"绿玉",叫他改成"绿蜡",宝玉问"绿蜡"可有出处,宝钗说出自唐朝钱珝《未展芭蕉》开头第一句"冷烛无烟绿蜡干"。(后来我看《红楼梦》的注解,说曹雪芹写错了,这首诗原是宋人写的。)什么都用典,什么都得用陈言,要求无一字无出处,无一字无来历,这确实讨厌,五四时期最受批判;真正的大诗人,是敢于用新鲜词语的。但这也是有原因的,中国的诗词好比一棵大树,一棵汉语的大树,一棵文学的大树,你用传统诗词形式写出来的就是这棵大树的一片叶、一个芽,必须与这棵大树"匹配"。

我所以想到这点,是受一些老朋友写旧体诗词的启发。现在一些老人喜欢写旧诗词,有的写得还行;有的写得实在可怕,怎么看都不像。其原因很简单,他们没看过《唐诗三百首》,也没有背过《千家诗》，不是说"熟读唐诗三百首，不会作诗也会吟"吗？对此，叶嘉莹老师有一个很有意思的解释，她说中国的传统诗词有自己的语言系统，学写诗词就像学外语，必须背，背下来，写得就像。人们写诗词并不把自己的创作放在第一位，而是把中华民族的精神之树，语言之树放在第一位，所以要找"出处"，这样味儿才对。现在有些人的诗词，虽然也用一些词，就是味儿不对，以致让人觉得他倒不如去写快板、三句半、顺口溜什么的，就是不应该写旧诗词。

中国人是不讲知识产权的，欧阳修有一首《蝶恋花》"庭院深深深几许……"李清照非常喜欢这首词，写了许多"庭院深深深几许"，这是抄袭吗？不是抄袭。再如毛主席的"天若有情天亦老"，来自李贺《金铜仙人辞汉歌》（"衰兰送客咸阳道，天若有情天亦老"）；"一唱雄鸡天下白"来自李贺《致酒行》（"雄鸡一声天下白"）。最近，《文汇报》上有一场争论，著名诗人流沙河说苏轼《念奴娇·赤壁怀古》中"乱石穿空，惊涛拍岸"是"剽"诸葛亮的《黄牛庙记》中"乱石排空，惊涛拍岸"；另一位老师反驳说并非如此，因为《黄牛庙记》可能是伪作，而且可能是苏轼以后人的伪作。我觉得即使《黄牛庙记》确实是诸葛亮之作，苏轼在词中化用这两句，也与剽窃毫不相干，因为中国诗词里这种情况太多太多，根本不能用现在的知识产权的观念去作评判。化用你的词和你的韵脚，可以传为佳话。

但是讲"匹配"也产生另外一个问题，即陈陈相因，难有个性。中国古代大量诗词很雅、很美、很贴切，音韵、用字、炼字达到很高水平，就是缺少个性，结果是有这首诗不多，无这首诗不少。如乾隆皇帝一生写了两万四千多首诗，都没有大毛病，但没有一个人承认他是诗人，其诗还不如"张打油"的《咏雪》："江上一笼统，井上黑窟窿。黄狗身上白，白狗身上肿"，这首诗虽是胡闹，反倒给人留下点儿印象。"张打油"的这首诗，我觉得还有点味儿。"江上一笼统"，就挺有意思；"井上黑窟窿"，有艺术感觉，能够把井看成黑洞，而且"黑洞"是非常摩登的概念，"黑洞"概念原来是"张打油"首先提出来的?!"黄狗身上白,白狗身上肿",也还有些幽默,不算黑色幽默,也不好算黄色幽默,可以算"白色幽默"。由此可见,先得"面壁十年",好好背《唐诗三百首》《千家诗》,然后还须"图破壁"。

讲到这最后一个问题,我要和第一个问题联系起来,真正能言"志"就有个性,否则就只能人云亦云,成为应酬之作。

中国诗词既是个人的又是整体的,如果你对中国诗词不熟悉,不背上几百首诗词,就贸然写传统诗词,是会很令人遗憾的;反过来说,你如果不能写出个性,不能写出锥心之语,不敢破壁,也写不出好诗来。

发表于《书屋》2006 年第 6 期